海边的葡萄园乡

HAIBIAN DE PUTAO YUANXIANG

王月鹏 著

中国文史出版社
CHINA CULTURAL AND HISTORICAL PRESS

目　录
CONTENTS

第一辑　慢生活

1

慢 生 活

MAN　SHENG　HUO

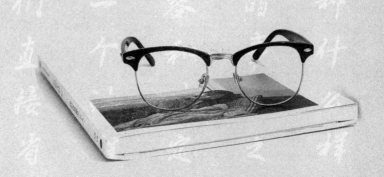

另　一　种　桥

　　我一次次走近又离开那座栈桥。当我试图表达我的感受时，总是欲言又止。终于有一天，我停步，回首，从一个不远也不近的距离打量栈桥，恍然发现它在面对大海遥望彼岸的时候，其实也是一种欲言又止的表情。这个发现让我备受安慰，让我从此知道一个人与一座桥之间，其实是有诸多相仿之处的。人生的某些际遇，倘若大海给不出答案，或许从栈桥那里可以得到解释。

　　栈桥是一种态度。我从它的欲言又止的表情里，看到了一种坚定。置身波涛之中，它并不期望抵达彼岸，也无意于征服什么，它只是固守属于自己的一份命运，这是最诚实的生命态度。

　　一个欲言又止的表情，让我的书写和表达变得尴尬。

　　在物欲横流的现实之中，如果栈桥也有欲望的话，那么它的欲望则是对于风浪的欲望，它向大海深处的延伸，只为了更真实地看到和体验风浪内部的秘密。在海之上，并不企望征服大海，它停止在一个应当停止的位置，保持着一种理性又节制的姿态，拒绝彼岸的诱惑，拒绝所谓的征服。它知道，大海是永远不可以用来征服的。海纳百川，当"百川"都成为被人类欲望玷污的伤口，大海别无选择的容纳显得更加悲壮。栈桥甚至拒绝作为桥的所谓使命，在遍地架桥的现实世界，它是另一种桥——不以抵达彼岸为目的。在道路断裂的地方，它承担人类与风浪之间的沟通，接续一些更为重要的东西。

　　栈桥拒绝连接此岸与彼岸，但我相信栈桥一定连接了一些什么。有

些不为人知的消息，从大海深处乘着风浪而来。

看到大海内部的风暴，听懂海浪携带的消息，并且据此明白了彼岸的世界。栈桥向着彼岸保持守望的姿态，这是一种坚持还是一种放弃？

懂得放弃，愿意慢下来，是何其不易的境界。

遇山劈山，逢河架桥。然而这世界并非全是坦途和通途。看不见的裂痕与沟壑，不仅仅是在大地身上，也在人的心上，任何外在的连接其实都是无效的。太多的桥弱不禁风轰然倒塌，通往目的地之路，被一只看不见的手斩断，然后风也平，浪也静。这并不是一个真实的海。

在这个支离破碎的世界，每一块碎片都是一个向往尊严的独立存在。

倘若人心是龟裂的，播种将是一件徒劳的事情，所谓明天也会变得更加遥远和无望。

栈桥的存在让我明白了，局部地观察桥，单独看待一段桥，或许更易于理解漫漫长路。那些所谓完整的宏大意义，常常不过是一个虚空。我们都是道路的奔波者。我们无路可逃。结束或开始，解脱或陷入，每一次选择都悲欣交集。我时常想，是否可以把脚下的漫漫长路分割成为若干份，每一份都视同一段栈桥，以缓慢和从容的心态去走，拒绝风雨兼程。慢下来，才会更清楚地看到沿路的事物。

这座名叫天马栈桥的桥，位于黄海之滨，套子湾畔。夹河在这里浩荡入海，夕阳下可见鸥鸟翔集，波光粼粼。从天马栈桥西行不足百里，是蓬莱仙境，那里可以看到黄海与渤海的交汇处。一条分界线，隔开了两片海。

天马栈桥在我所工作与生活的这座工业新城的西部。栈桥向海里探进四百多米，形似一个跳跃的音符。桥身是木板铺就的，脚底下腾起原木的清香与海的气息。岸边有大片葡萄园，被誉为这个城市的"肺"。很多人周末赶到这里，像是奔赴一个约定，又像是在逃离什么。当这种浪漫越来越日常化，天马栈桥被赋予爱的意味，到栈桥上摄影留念几乎成了这座城市婚礼的一个约定俗成的环节。海是背景，栈桥是爱情的见证者，也是浪漫情怀的参与者。在一座追求速度与效益的工业城市，天马

栈桥谢绝速度，保有正常温度和客观立场，且以爱的宣言为己任。这样一个建筑作品的诞生，是我心中一个不可忽略的精神事件。我知道，它顺应了这座城市和这个时代深处的精神潜流，就像栈桥深入大海内部洞察了风浪的心思和秘密一样。相对于那些所谓功能意义上的桥，栈桥是"残缺"的，它以自身的不完整，表达某种越来越罕见的自主与健全。

像一个巨大的隐喻。

海是不可穷尽的。栈桥懂得海的不可穷尽。它让我想到另一种人生态度。拒绝速度，拒绝对彼岸的抵达。并且，它是有爱的，见证爱，宣示爱，滋养爱。

几乎每个周末，我都到天马栈桥附近的一个小屋去读书写作和发呆。站在阳台上，整个葡萄园尽收眼底。我对这片葡萄园心存忧虑，就像面对一个精致的工艺品，越发担心它哪一天会被跌碎。在别人的不以为然里，我在做着杞人忧天的事情。

我一次次陪同外地来的朋友走向栈桥，走向大海深处。初秋的海边有些凉意，海风吹拂，女儿在沙滩上奔跑，她不时地弯腰拾起贝壳，对每一个贝壳都满心好奇。她把贝壳用海水洗净，摆放到盘子里，一双小手就托起一盘七彩世界。我们走走停停，在栈桥的尽头坐下，面朝大海，并不言语。他燃起烟斗，眯缝着眼睛看大海。穿过烟斗上方缭绕的青烟，他一定看到了别人不曾看到的东西。我不问，他也不说，此刻任何语言都是一种打扰。一群年轻人涌了过来，他们面向大海，相互挽着臂膀，放声唱起了张雨生的《大海》。想起我的青年时代，也曾深情且忧伤地唱过这首歌。那些懵懂的激情岁月倏然而逝，一晃二十多年了。他们挽着臂膀面向大海一遍遍地唱，用心，且用力，歌声嘶哑，像是在呐喊，又像是郑重承诺。看着一张张年轻的脸，眼前浮起了我的远去的青春，还有这帮年轻人终将到来的中年。其实我们处在同一个时代，有着共同的爱与痛，那些不同的体验和认知，并不是用"代沟"这类词语就可以简单解释的。鸥鸟在飞。前方的岛屿若隐若现。站在栈桥尽头，临海听涛，心事苍茫。向东，可以看到这座城市的大致轮廓，它是由钢筋混凝土和松林构筑的；向西，是几个零星的渔村，还有一个巨大的造船厂。我曾

无数次陪同参观考察的外地来客去那家造船厂，钢铁的世界、穿梭的车辆、电焊工冷峻的表情、金属碰撞的刺耳声响，还有长长的波堤……这些凌乱的意象是如何铸就了一个懂得乘风破浪的钢铁空间？那年下了很大的雪，雪把整个造船厂几乎湮没了，几辆巨型铲车轰隆隆地忙碌一整天，才将满院积雪推进了大海。我是听人转述这个情景的。我的心中满是疑惑，一座雪山被推向大海的时候，会是一个什么样的情形？大海是怎样接纳一座雪山的？一座雪山与海水之间，需要怎样的沟通才能达成最终的融合，它们之间是否也存在一座别样形态的"栈桥"？

因为彼此之间的默契，天马栈桥成为我内心的一个"结"，它浓缩了一片海，日日夜夜涌动潮汐的声音。当我沉默和徘徊时，总能听到海浪在不停地拍打心扉。它在岸边的喧嚣，以及内在的宁静，是浑然一体的。

在黄昏时分走向天马栈桥，几乎成了我每天的一项功课。从不同的角度看栈桥，或者在栈桥不同的位置看海，都会看出不同的感受；同样的一座栈桥，同样的一片海，还有同样的一个我，彼此呈现了日常中被喧嚣和匆忙遮蔽的那些最真实的部分。驻足栈桥，我看到大海的徘徊，看到滨海路上来来往往的不同人生，回望身后城市的万家灯火，心中涌起一种难言的滋味。我说不清我与这座城市之间是一种怎样的情感，想要挣脱一些事物，却又难以割舍另一些事物。此刻的栈桥，是懂我的。

岸边灯火此起彼伏。栈桥的灯光是朦胧的，越往深处走去，越发显得柔和。薄薄的雾气在海面缭绕，让栈桥显得更加脉脉含情，大海也有了与人类相同的体温。栈桥像是一个历尽世事的人，它体验爱与孤独，它保持沉默，始终不开口说出自己的心事。海在脚底下匀称地呼吸，我走在栈桥上，身影被海浪托举着，像一个小心翼翼的秘密。置身桥头，与海对视久了，蓦然回头，我时常把来路的方向当成彼岸，不知今夕何夕。

天马栈桥旁边的广场时常举办盛大的演出。歌声、掌声、呐喊声，混合着海浪的声音，海成为各种表演的巨大背景。歌舞声中，有人在栈桥上漫步，偶尔驻足，远远地望着海边的表演，不知在想些什么。那个夏季，海边广场的大舞台每天夜里都热闹非凡，他们在评选这座城市的

草根明星。那些放下锄头和瓦刀的人，站到自己的舞台上挚情歌舞，掌声从海面涌起。我站在台下，一动也不动地仰望台上，被深深地打动了。从所谓的艺术层面看，他们固然是有局限的，甚至有着不可弥补的缺憾，但是他们真实、真诚，这更让人珍惜和感动。在天马栈桥与葡萄园之间，建起了一片住宅区，楼房错落有致，这片镶嵌在葡萄园与栈桥之间的建筑物，散发一种让人心安的力量。住宅小区的后续工程正在施工，建筑工人劳作一天，三五成群地踏着夜色走向栈桥，融入桥上的人群。走在栈桥上，生命都是平等的，摘除面具，摒弃速度，生命回归本来的样子，缓慢，自我，不为外界所动。走在栈桥上的人，其实都是心怀心事的人，喜悦的，或悲伤的，想要倾诉的，不可言说的……我还留意到，几乎所有来到栈桥的人，他们的行走都是缓慢的。那些沿着海边跑步的人，那些驱车而来的人，步入栈桥，都自觉地减速，保持一种漫步的姿态，像是一个共同的约定，又像是进入了某种"场"，没有理由也不需要理由，一切都是自然的。远方公路上传来车辆疾驰的声音，栈桥以自己的方式呈现了一种不合作的缓慢。在栈桥上，速度是没有意义的。

栈桥的尽头是大海，不是彼岸。其实所有道路的尽头，未必都是预想中的圆满结局。所谓梦想，实现亦即破灭，这样的一份悖论被我们略过了。

一截路，义无反顾地伸向大海深处的风浪，而不是相反。临桥而居的人，相同表情下隐藏着不同的想法，大家迈着同等节律的步子，走着同样的一段桥，内心抵达的地方却是不同的。

车在戈壁滩爬行，放眼望去，满目苍凉。同行的人都嫌沿途没有景致，因为单调所以更觉疲累。我珍惜这样巨大无边的单调和苍凉，它本身即是人世间最不可替代的风景。早晨从敦煌出发，中午抵达嘉峪关，下午就乘坐飞机离开了那里，我没有看到"大漠孤烟直，长河落日圆"的景象。像那些风尘仆仆的当代游客一样，我从一个地方奔赴另一个地方，不知道究竟看到了什么。

我们都是匆匆赶路的人。

海边的葡萄原乡
HAI BIAN DE PU TAO YUAN XIANG

　　登嘉峪关，我并没有雄壮之感。瑞典探险家斯文·赫定曾经这样描述嘉峪关："这个伟大的建筑，像一座复杂古老的工艺品一样，屹立在西部的大地上。"一座关隘，像一个"工艺品"，这是嘉峪关的伟大之所在。塞外的粗风粝雨中，一座关隘除了它的功能作用，在局部细节上居然如此讲究，多么让人心动。与古人相比，当代人的心灵何其粗糙。在嘉峪关，我抚摸城砖，想要感受历史的体温，可惜冰冷一片，很难想象这里曾经凝结了那么多热血男儿的豪情。我更多感受到的，是苍茫——现实的和历史的苍茫。远山静默。我以我的方式与远山对视，我内心的苍茫比眼前看到的更为苍茫。有一种想要落泪的感觉。在嘉峪关的苍茫中，我得到另一种洗礼，获得另一种力量，明白了多年来没有想明白的一个问题。这是否叫作彻悟？

　　那次大西北之行，是我人生的一段"栈桥"。在那里，面对巨大的苍茫，我终于明白人生并不是所有的抵达都有意义，不浪费生命，不将生命消耗在无谓的事情上，这是对生命的最大负责。其实多年来一直在思考何去何从的问题。我还不够坚定和决绝。同行大西北的一位退休干部，一路上总结自己的职场生涯，叹息一生中最好的年华都用在撒谎上，到了晚年才想到要做一个诚实的真实的自己，但是已经没人愿意听他说话，即使对于他的那些泣血忠告也充耳不闻，他感到悲哀，为自己，更为他们。再匆忙地赶路，也该明辨方向；人生更像一场散步，而不是只顾低头赶路，路的尽头并没有沿途的这些风景。从大西北回到我所工作与生活的城市，我学会了使用"减法"，从俗世的目光和欲望中抽出身来，以放弃的方式固守属于自己的命运。对得住自己这条命，不枉到这世上走一遭，这是活着的意义，哪怕它最终只对我一个人有意义，也是无怨无悔的。我庆幸自己在一个还不算太迟的年龄里，真正坚定了这样的一个想法。那一刻，我觉得第一次真正懂得了身边的这座栈桥。

　　天马栈桥让我想到了其他的更多的桥，还有它们在现实中充扮的角色。生活空间飞速拓展，心灵空间却变得越来越逼窄。人的内心是最不该忽略，又最容易被忽略的地方。很多人忙着与世界对话，却忘记了倾

听自己内心的声音。栈桥告诉我，缓慢是可能的，拒绝是可能的，与自我的对话也是可能的。时间会验证这其中的奥秘。一个不曾被时间穿越的空间，是不具备生命力的。我看到那些来自遥远地方的时光，它们蹒跚着，一步一个天涯。

汹涌的思考。节制的表达。这个现实是经不住追问的。

诗意的栖居只能沦为一抹回忆了。现实在欲望的怂恿下，一次次宣告诗意栖居的不可能，以及所谓努力的徒劳。有些焦虑，其实正是源自对这种徒劳的不甘。

从人群中走出来，在重新走向人群之前，是栈桥接纳了我，我们。

珍视身边的这座栈桥，它让我以漫步的姿态抵达了这世间所有不可企及的地方。

一滴酒里的世界

"葡萄酒反映了人类文明史上的许多东西。它向我们展示了宗教、宇宙、自然、肉体和生命，它是涉及生与死、性、美学、社会和政治的百科全书。"

——【法】古多华

慢 生 活

朋友馈赠的两瓶葡萄酒，在车的后备厢里放了好长时间。直到有一天我准备品尝时，却发觉酒味基本涣散了，只剩下了微苦。朋友说，这是因为酒在车上来回颠簸，结果被晃晕了，现在唯一的办法就是把它放到一个安静的地方，也许它会自己静养回来。

被晃晕的酒。需要静养的酒。我知道，刚启瓶的葡萄酒是不能马上喝的，醒酒是一个不可忽略的环节，让酒在杯子里氧化一会儿，然后轻轻地晃动，才会渐渐地舒展、绽放，呈现出不同的风味。但是我并不知道，这个晃动原来是有限度的，倘若过于剧烈，比如放在车上长久地颠簸，酒很容易就被晃晕了。人无醉意，酒已先晕，这真是一件比较尴尬的事情。

在这样一个加速度的时代，葡萄酒是一个被误读的角色。它以慢的方式，参与到了快的节奏之中；它以安静的品质，成为很多人倾诉和寄托的工具。其实，葡萄酒也是需要理解的，那些陈年的滋味，那些经过

漫长时光的酝酿和发酵才形成的内涵，需要慢慢去品味，浮光掠影是不可能抵达的。葡萄酒的发酵，犹如男女之间的爱情，热烈、激荡，最后终将归于平静。平静不是平淡，这平静里有着复杂的人生况味，和彼此之间深深的懂得。有些物事如果过于浓烈，则很容易将细部的风味掩盖了。葡萄酒曾在酒窖中安静了那么多的时日，当然也期待一个具有同样安静品质的人，启瓶，品尝，相互懂得，彼此珍惜。这是人的态度，也是酒的命运。

很难想象，一个端着葡萄酒杯的人，倘若焦躁不安或者暴怒如雷，会给人一种什么样的感觉。人生也是需要发酵的。有的事物之所以美好和丰富，有的人之所以从容和淡定，往往正是因为经历了发酵这样的一个过程。很多人已经越来越缺少耐心，他们直接省略了这个过程，更相信速度与效率，在速度与效率中体验快感，或者粗暴地压缩一些中间环节，演绎当代版的"拔苗助长"。

那个夏日午后，我陪同一位来自江南的写作朋友游览了葡萄酒庄园。在模拟生产线前，我们投入一枚硬币，体验葡萄酒的生产流程，一瓶酒很快就"酿"成了，然后进行简单的加工与包装，她在标签上签名留念。这样的流水线游戏结束后，我们开始谈论文学，很自然就切换成了郑重的态度和语调。我们都是慢的写作者，并且固执地相信在提速增效的生存环境中，慢是一种勇气，也是一种能力。我记得那天是这个滨海城市多年来最热的一天，我们坐在酒庄里淡淡地交谈，时间从谈话的间隙里悄然溜走。后来，因为工作关系，我时常陪同外地客人到那个酒庄去，介绍、参观、体验，然后离开，流水线一样的程序，紧张并且有序。我不知那些行色匆匆的客人，究竟在酒庄里看到了什么，带走了什么。

年份的怀想

一九六一年，在伦敦，一瓶拥有四百二十一年历史的斯泰因葡萄酒被开启了。

　　著名的葡萄酒历史学家休·约翰逊是这样描述当时的情景："我从来没有亲眼看见过这样的事实，原来葡萄酒的确是有生命的，这瓶外观类似马德拉葡萄酒的棕色液体仍蕴含着数百年前的活力和炽热的阳光。它甚至还带有几分难以言传的德国酒的风格。在空气将这四个多世纪的精灵破坏之前，我们有幸得以每人品尝了两口。它在我们的酒杯中绽放出最后的瑰丽，然后消失。"随后，休·约翰逊忍不住做了如此感慨："能品尝到这么古老的酒真是一生的幸事，而且更令人感到难得的是，这是一瓶陪伴德国经历过黄金岁月的葡萄酒。"

　　对于年份酒，我曾经有个错误的理解，以为那是强调年代越是久远，酒就越好。其实不然。好的年份酒，更多的是指当年风调雨顺，是对自然的一份纪念。这是葡萄酒内部的自然属性，是被人们忽略了的一种东西。现在看来，一个好的年份是多么值得珍惜和怀念。风调雨顺、五谷丰登的图景，已经越来越被人的野心和欲望破坏掉了。

　　葡萄酒是有生命的。对于生命，尊重和理解是最基本的底线，也是一种最高境界。懂酒的人，他与酒之间的默契，这本身就是一种情趣。这样的情趣，用诸如高雅、浪漫之类的词语是无法概括的，它拒绝言语，拒绝形容词。他会将目光放得更长远，更有宽度，他不会略过葡萄酒背后的故事，它们与自然有关，与风雨有关，与劳动有关，它们参与并且成了葡萄酒品质的一部分。岁月流逝，真正留下来的正是这样一种品质，来自自然，超越于自然，血脉中永远有着自然的禀赋。它进入饮者的肠胃，以自己的方式提醒他们，要亲近自然，敬畏自然。

　　在酒庄，一个把葡萄变成酒的地方，我忍不住想到很多，很多。酒庄起源于法语，原意是中世纪为了防范敌人入侵而修建的城堡。后来随着时间的迁移和葡萄酒的发展，就被用来泛指那些专营葡萄酿酒的庄园。一个与战争相关的场所，居然演变成为一个浪漫之地，在这种超越常规的转变中，时间和葡萄酒究竟起到了什么样的作用？一粒粒紫色的精灵，从最初的栽种、成长、采摘，一直到酿成葡萄美酒，这样的一个过程让人充满遐想。

　　在葡萄身上有一种天然的"悖论"，它对土壤环境要求很高，同时对

地域的适应性又非常强。关于土壤的辨别，据《塔木德经》记载，有的人用鼻子品闻土地的味道，有的人趴在地上用舌头舔土地，还有的直接用嘴来咀嚼泥土。不同的土壤，不同的气候，都可能促发葡萄树基因的改变，要想绘制葡萄种类的系谱，注定是徒劳的。因为，它总是处在变化之中，而且这种变化因地而异。我更喜欢把葡萄托付给一个遥远的并无确切所指的时光概念，它不会把我导向具体的某个地域，某个时间。在我的心目中，葡萄酒也是属于远方的事物，它来自远方，带来了远方的消息。我们是未知者，理应把先见放下，接受这份最真实的传达。

年份酒，与自然有关，与记忆相连。那是我们珍藏的记忆，或者，是我们忽略和淡忘了的记忆。不管怎样，它一直留在远方某个安静的地方，等待我们终有一天的回访与认领。

被抑制的成长

葡萄酒的成长秘密，一半在土地，一半在酒窖。美国作家威廉·杨格曾经说过："一串葡萄是美丽、静止与纯洁的，但它只是水果而已；一旦压榨成酒后，它就变成了一种动物，因为，它有了生命。"

被装进橡木桶里的葡萄酒，仍然在继续"成长"。它拒绝热闹和喧哗，渐渐地变得安静。它并不是与世隔绝，只是把对外界的需求进行了过滤与选择，比如说空气会通过橡木桶的毛孔，缓慢地渗透到桶里，与葡萄酒发生舒缓的氧化，于是原本生涩的酒液渐渐变得柔和、圆润和成熟。这个生命转变的过程，橡木桶是唯一的见证者。被封闭到橡木桶里的葡萄酒，就像人的成长与成功，需要懂得对外界环境进行适度拒绝，经历一段孤独寂寞的时光。

在人的眼中，葡萄藤的所有能量，都该用在如何结出好的果实。人类按照自己的欲求，判断哪一根枝条可以保留，哪一根枝条必须剪除，采用修剪的方式对葡萄藤进行成长规划。他们知道，如果不修剪，枝条就会肆意疯长，就会白白浪费能量和营养。他们当然也知道，繁衍后代是生物的本能，葡萄树通常会把营养首先输送给果内的种子，余下的才

给果肉，果肉对于葡萄树来讲只能算是副品。葡萄树的生长，为的是让自己的种子成熟，而不是什么甜度、酸性之类。人类更在意的，却是酿酒用的果肉和果皮，他们将这样的想法和期望，嫁接到了葡萄藤的身上，希望它们结出理想的果实。至于葡萄最为看重的种子，并不是他们所关注和关心的。他们深深地懂得，最有效的成长，不是自由地成长，不是肆意地成长，而是节制地、被抑制地成长，是按照人类规定的方式去成长。这种"改造"也体现在茶叶上。种茶的人都知道，一旦茶树开花结果，从这棵树上就难以制作好茶了，因为茶树的营养首先会供应给花束，而不是茶叶。所以茶农在修剪茶树的时候，会毫不留情地将花束剪掉。我们享用的茶和葡萄酒，是通过抑制了植物的繁殖本能而得来的。我们常常忽略了这样的"抑制"，或者将其视为人类所特有的智慧。我们明白节制之于成长的重要性，并且将这一法则运用到植物身上，却忽略了自身其实更为严重地存有同样的问题。

节制是一种自信，一种美德，一种更为长久的成长规划。人类从自身的欲望出发，不懂得节制，不尊重事物的发展规律，对这个世界进行肆意改造和利用，并且视之为所谓开拓与创新的例证，这是一个究竟该怎样看待的问题？我无法给出一个可以说服自己的答案。

"发表"

电影《杯酒人生》中，一个人在介绍葡萄酒时说，这款酒刚发表两个月。他用了"发表"两个字。作为一个写作者，我觉得这是对于葡萄酒品质的另一种阐释，这意味着每一款酒都是一件作品，当这样的作品公之于世、准备供人品尝的时候，谓之"发表"。就像一个作家，将自己酝酿、构思、写作和修改多年的作品正式发表，这里面自有一份郑重，他和它都在期待一个美好的回声。

葡萄酒是有生命周期的，它会年轻，会成熟，当然也会衰老，并不是"愈陈愈香"。在一个好的时辰，打开一瓶好的酒，宛若人与人的相遇，是一件缘分注定的事情。我曾跟一个朋友谈过我在写作关于葡萄酒的文

章，我说我写得很不顺利，进展非常艰难。她说葡萄酒就像女人，是需要爱与懂得的。一瓶葡萄酒产自哪里，经历过什么样的岁月，在哪里被开启，由谁来品尝，这都将影响到酒的个性和品位。对一款酒的描述，通常会说它是丰富的，丰满的，丰盈的，甚至是丰腴的。而这些词语，本是用来形容人的身体，是健康与活力的代名词。所有这些，都将归于"回味"。一款值得回味的酒，才算得上美好的酒。人亦同理。

　　一滴水，一滴叫作"酒"的水，它穿越了太多时光，有着绵厚的余韵，就像生活本身，或者像生活中的某些物事。被发表的酒，渐渐成为一种文化符号，被赋予了更多情感意义与价值依托。花看半开，酒至半酣，乃是最好的境界。夜里读书写作累了的时候，我时常自斟自饮半杯葡萄酒，很快就觉得神清气爽，很多环节被打通了一般，有一种创造的快感与欣慰。正如富兰克林所说的那样，好的葡萄酒证明了上帝希望我们幸福。在工作节奏越来越紧、精神压力越来越大的背景下，葡萄酒的存在价值，不在于 GDP、产值之类的概念，它预示着人的生存行为方式，以及人与自然的关系，具有了一种新的可能。

　　在格鲁吉亚的博物馆里，收藏着一些作为陪葬品的葡萄藤，它们跟人的小手指差不多长，被一个浇铸而成的银套子紧紧套住，藤上的嫩芽轮廓清晰可见，保存得完好无损，一眼就可断定是葡萄藤上截下的木段。这样的陪葬品，透露出的是古人对葡萄藤的看重，即使离开人世之后，也希望能够将它们带到另一个世界去，继续栽种它，拥有它。他们难以忘记和割舍的，不仅仅是葡萄酒带来的欢愉，还有一种信仰和梦想。

　　当年麦哲伦率领船队环球航行，船队携带大炮、火药、盔甲等火力装备的投资，远远低于购买和储备葡萄酒的费用。最初读到这段史料时，我想象在漫长的旅途上，在汹涌的波涛中，一支船队朝着未知的目标破浪远航，是葡萄酒增添了他们的勇气，消解了长夜的孤寒。这也让我想起，一个诗人曾经写下的诗句："带着我踏上风雪征程，我会点燃你的好歌喉。"这是我在少年时代读过的一首与酒相关的诗，我把它认真地抄录在笔记本的封面。是的，带着我踏上风雪征程，我会点燃你的好歌喉。这歌喉，在黄土高坡，在广场，在 KTV，也在心里。是酒，帮我（们）

打开了自己，向这个世界展露了更为真实的自己。这是一个人的另一种生命形态的"发表"。走在拥挤的人流中，还有什么比酒更易于打开一个人的心扉？

色 与 味

一篇题为《葡萄熟了》的文章，讲述了这样一个故事——

大学生阿尔福雷德在一次事故中双目失明，他无法面对这样的打击，将自己封闭在屋子里，拒绝与外界往来。后来，他到法国某个著名葡萄酒产区散心，认识了刚满九岁的小女孩黛尔。在黛尔的鼓励下，双目失明的他走进了葡萄园，用心品尝和分辨园子里的各种葡萄，渐渐地恢复了乐观和自信。若干年后，他成为一个顶级品酒大师，在伦敦拥有了自己的葡萄酒鉴定公司。一天，一位年轻的法国游客，带来一款新制的葡萄酒请他鉴定。他把杯子里的酒靠近鼻子嗅嗅，然后抿了一小口，怔了怔，随即微笑道："由精选的苏蔚浓和白麝香合成，来自我一个朋友的葡萄酒庄园，而且还私下加了点新鲜的塞蜜容葡萄汁，百分之八的比例。这一次葡萄熟了，我想她也长大了。"游客笑着拉住阿尔福雷德的手，像好多年以前那样抚在她的脸上——葡萄熟了，带着年轻稳定的柔顺气息。当年那个叫作黛尔的小女孩已经长大成人，脸上还泛着阿尔福雷德看不见的羞涩红润。

这个故事让人心醉。自从我在杂志上读到它，就一直收藏着。好多年过去了，这个简单的故事，就像葡萄酒一样越发地意味深长。它把葡萄酒植入人生，既写出了酒的味道，也写出了人生的况味。瞬间的味道。可意会不可言传的味道。深深触动灵魂的味道。那些难以忘却的物事，是通过味道来储存和传达的，它们在舌尖缭绕，可以感知，却无法言说。这样的一种气味，以特有的品质构成了对技术成分的有效拒绝，是离艺术最近，也是最接近人性的一种状态。

高脚杯里斟满了冰酒。金黄色的液体，薄如蝉翼的杯子，就摆在我和电脑之间的桌面上，安静、柔和，发出淡淡的光。在书桌的一角，是

剩余的半瓶冰酒，它安安静静地等候着，像一个久违的朋友，恍若一梦。我无法准确地说出这种感觉，它以冰冷的方式传递温情，它历经沧桑，表现出的却是一种平淡，一种安宁。这样的静物，让我听到了岁月流动的声音。它不是黄色的，也不是红色的，它是一种岁月的颜色。岁月是什么样的颜色，我说不出，它存在于每一个人的心中。透过这种颜色，我体味到了葡萄酒的"幽"。是幽深、幽静、悠长、幽香。《说文解字》是这样解释的："幽，隐也。"葡萄酒在酒窖中隐忍了那么多的岁月，就像一个人，因为太多世事磨砺变得丰富驳杂。这样的一瓶酒，从酒窖来到了尘世，是不可能一下子就被理解的。它的美好，在于它的含蓄，在于平淡中的不平淡，安静中的不安静。它的魅力，只能借助于回味。据说专业的酿酒师通常使用九百多个专用名词，来界定葡萄酒的色与味。它们是相互纠结融合的，有一种立体感。面对一款酒，最需要的是想象力。人们在现实中已经越来越务实，越不屑于想象了。

"冰酒"，我喜欢这样的一个意象。那个夜晚，我长时间地端量手中的高脚杯，它太薄了，很容易让人产生错觉，担心它甚至经不住空气的抚触。斟酒，脆响中有一种清韵，沿着杯壁飘逸而出。那声音，像是冰块融化的声音，它来自冰酒的体内，带着寒冷与火焰，以及冰酒将要说出口的秘密。

心　愿　树

　　他在自家院落栽下那棵幼槐，已是若干年前的事情了。在这座工业新城边缘，黄沙漫漫，海风寂寥，没有人留意一棵树在某个院落的成长。几年过去了，这里发生翻天覆地的变化，高楼林立，人气越来越旺，特别是夏日夜晚，海边栈桥成为这座城市的休闲之地。他把那棵幼槐从自家院落移至海边，栽在距离栈桥不远的地方。移栽当天，他举办了郑重的仪式，我是后来从录像资料中看到当时的情景，隔着时间和屏幕，依然能强烈感受到他的虔敬。这是一个心有敬畏的人，他以这样一种方式表达对于这片土地的深爱。在蓝天与大地之间，在海边，这是一个人的仪式。那天一只喜鹊停留在树梢上久久不肯离去，像是被眼前这个简朴的仪式所感动。幼槐的周围，是护墙。他没有把一棵树直接推向海边，选择在远离人群的地方，在对风浪有所遮挡的地方，让一棵树安心地扎根成长。成长是一件具体的事情，需要经风历雨也需要关爱呵护。他默默关注这棵树，每天早晨都要去看一看它，绕着树走几圈，在同一个位置亲手给它拍一张照片，不管如何忙碌，这成为他每天的必修课。他不仅仅种下了一棵树，而且每天都牵挂和惦念着这棵树的成长，每天都去看一看它，记录这棵树每一天的成长与变化。我时常在想，在繁忙的现实冗务中，他对一棵树的惦念一定赋予了信仰意味，他的心里一定有某种东西在伴随那棵树一起成长，每天迎着朝阳走向海边，去看望一棵树，他在行走的过程中，精神越发明亮起来。他远远地打量那棵树，有时候走近了抚摸树的枝叶，心里有说不出的感动。海浪声中，他甚至能听到

树在拔节的声音，像是与他的心灵对话。他听懂了。一棵树，与大海朝夕相伴，他听到树的身体内部的潮汐，那是生命生生不息的召唤。大海的浪花与树的绿叶遥相呼应，一如他与大海彼岸遥遥相望，这种最沉默的语言，可以诠释世间最浪漫的事。日本诗人谷川俊太郎曾经说过，因为自然的某种状态而唤起的感动，是他创作诗歌最重要的内核，每天早晨他都会到院子里散步，曾经有一整年他在早晨同样的时间、同样的位置，以院子中央的一棵枫树为中心，拍摄院子里的风景，三百多张照片做成一个相册，记录下院子里的每一个清晨。作为诗人的谷川俊太郎，在他的取景框里以一棵枫树为参照，对周边风景做出取舍和判断。这也让我想到身在海边的他，对一棵槐树的移栽和关注，他不仅仅是在培植风景，他在关注生命本身，以生命关注生命，在一个人与一棵树之间，存有某种隐秘的精神关联。那棵槐树一天天拔高，渐渐超越围挡，露出葱郁的树冠。它看到了大海，看到永不疲倦的潮汐声的来处。作为一棵树，它的根已经足够扎实，可以独自应对来自大海的所有风暴，它将见证大海所见证的，细密的年轮将会刻满这个区域成长演变的密码。一棵树，以年轮的方式，留存成长的记忆，刻下关于风雨和梦想的印痕。他在这棵树的身上寄予了一种期望，让这种期望在缓慢的成长过程中渐渐实现，这样的寄托方式显然不符合当下急功近利的风气，大家早已习惯了速成，习惯了拔苗助长，恨不得一下子省却所有的过程。他拒绝这样，在一棵树的缓慢成长中渐渐走近心中的梦想。缓慢让他心安，一个懂得速度的人，也深切体味到慢下来的真谛。他注视一棵树，注视它的缓慢成长，这是一种价值观，一种对于社会和人生的独特理解。他并不期望所谓的理解。他只是在做着，按照自己的方式，他相信当这棵树葳蕤蓬勃的那一天，将是他最感欣慰的日子。立村必先植槐，他在这里扎根，把大海当作故乡。他忘不掉故乡村头的大槐树，那是整个童年的记忆，在大槐树的护佑下，他一天天长大。如今村庄的树木越来越少，到处都在上演大树进城的当代寓言。他栽下一棵幼槐，在自家院落，在海边，在异乡，体味整个成长的过程。他把这片居住地当作自己的故乡，亲手栽植一棵槐树，向遥远的故土致意，在日新月异的生活里，这份记挂传

统的朴素情怀有着最动人的力量。他是一个沉潜的人,一个对生活对生命有敬畏心的人。这世上,很多的人在忙碌着,很多的人有着这样或那样的想法和抱负,但是心怀敬畏的人委实不多。关于一棵槐树的林林总总,我是在偶然的交谈中获知的,一个人如此郑重地对待一棵树,这让我感动。每次散步路经栈桥,我都会特意走过去看望那棵槐树,在它的身边默默站一会。它天天依旧。在天天依旧的状态里,突然有一天,我发觉它长高长粗了。成长是一个缓慢的不可逾越的过程,明白这个过程,并且懂得体味这个过程,才算是彻悟了人生。

我并不懂得人生。我只是一个对生活有追求也有抗拒的人。

我们去参观的规划展览馆被誉为那座江南城市的会客厅。以客人的身份进入会客厅,我被不安感深深攫住,高科技堆积出的幻觉,还有大地上发生的那些事情,完全被虚拟化了。我眼前所看到的一切,隔着一层说不清的什么,小心翼翼地走在展厅,生怕脚底下一脚踩空。向前三十年,向后三十年,半个多世纪的时光浓缩并展览在这个空间,我有一种想要逃离的念头。那些冰冷的数字化表达方式,它们切割你,将你分成若干份,每一份都有你的影子,每一份都已经看不出一个原本的你。我想回避它们。它们拒绝回避。

从展览馆出来,感觉自己像是从另一个世界回来,恍若隔世,现实的世界不再清晰。南方的冬日并不寒冷,阳光淡淡地照在身上,有些冷意。我在展览馆门前的空旷地带踱步,漫不经心地走来走去,很快就留意到两棵被包围在脚手架里的老树。是两棵香樟树,在这座城市街头随处可见的树种,只是这两棵树看上去更苍老。许是"主人"对树的造型不太满意,他们围着树冠搭起了脚手架,树的枝杈被捆绑被固定在冰冷的钢管框架里,像颓然的囚徒。那些钢管在树身周围密密地交织着,像是对一棵老树的不放心,又像在别出心裁地托举和矫正着某些枝干的形态。我恍然明白,这是两棵被绑架的树,他们希望这两棵树按照他们的设计和要求去成长,最终符合更多人的观赏眼光。远远打量这棵被囚禁的树,冰冷的脚手架让人恍然觉得进入了一个建筑工地,这类建筑工地

正在遍地开花。两棵香樟树，被移植到了这个广场的展览馆门前，就像平地拔起的钢筋混凝土建筑物，是冰冷的，没有丝毫温情。

两棵被展览的树。

两棵被绑架的树。

脚手架的存在，是为了让树木按照他们的预设来成长，这让我感到无限悲凉。这样对待一棵树，即使再光鲜再标致又有何用？倘若缺少对生命的起码尊重，所有言行都是经不住追问的。我回过头来，重新打量矗立在眼前的展览馆，它是静默的，在阳光下闪着耀眼的光。

当地的朋友问我："你喜欢这两棵香樟树？"

我摇头，不语。我不喜欢被展览被绑架的树。我所关心的，是一棵树的命运。这些命运被谁决定，凭什么就这样被决定？一棵树也是有生命有尊严的。从一棵树上，我看到了人类的影子。一棵经风历雨的树，自然懂得季节的意义，懂得顺其自然的意味，在常人目力不及之处，它看到了人的未来样子。

后来，我在安徒生童话中，读到了关于树精的描写。安徒生在一百多年前，就预言了当下正在发生的事情，他在《树精》中写道："我们的时代是一个童话的时代。"

这样一个童话时代，总在上演一些真实的故事。

一个依附于栗树的树精，梦想着到豪华富贵的环境中去，每天黄昏，她都朝着巴黎的方向望去。这棵梦想去巴黎的树，终于有一天告别自己脚下的土地，向着日思夜想的城市而去。一个声音，像末日的号角一样响起："你将到那个迷人的城市里去，你将在那儿生根，你将会接触到那儿潺潺的流水、空气和阳光。但是你的生命将会缩短。你在这儿旷野中所能享受到的一连串的岁月，将会缩短为短短的几个季节。可怜的树精啊，这将会是你的灭亡。你的向往将会不断地增大，你的渴望将会一天一天地变得强烈。这棵树将会成为你的一个监牢。你将会离开你的住处，你将会改变你的性格，你将会飞走，跟人类混在一起。那时你的寿命将会缩短，缩短得只有蜉蝣的半生那么长——只能活一夜。你的生命的火

21

焰将会熄灭，这树的叶子将会凋零和被风吹走，永远再也不回来。"

这是对树精的忠告。这个声音在空中回响，丝毫没能改变树精对城市的渴望。作为一棵有根的树，她希望自己像漂浮的云块一样，可以远行到谁也不知道的地方去。许多人带着铁锹来了。这棵树被连根挖起，装到马车上，向巴黎运去。这是快乐的旅程。这是期盼已久的旅程。这棵树的枝叶忍不住颤抖起来。她并不知道，自己爱上了一个虚无。

她被栽到了城市广场上。这里曾经站立过一棵树，一棵被煤烟、炊烟和城里一切足以致命的气味所杀死了的老树，当树精被运抵广场的时候，那棵老树刚被装在马车上拖走了。树精并没有意识到，她所目睹的这一幕，正是自己接下来的命运。

泉水，微风，甚至清新的空气，都离她远去。工业文明像一个蓄谋已久的伤害，等待一棵远道而来的树。钢筋混凝土的世界，以冷漠的方式接纳了这棵树。

"一切跟我所盼望的是一样，但也不完全跟我所盼望的是一样！"树精陷入了矛盾，一种不曾有过的想法开始折磨她。在她的梦想中，既有对人的生活的向往，又有对云块的羡慕。云块是自由的，也是虚无的。树精不得不面对的，是一个被改造的真实世界。回归的不可能，以及生命的枯萎，成为一件注定的事情。"上帝给你一块土地生下根，但你的要求和渴望却使你拔去了你的根。可怜的树精啊，这促使你灭亡。"风琴的调子在空中盘旋着，用琴声说出了这样的话。

十年前，我曾为自己的一本散文集命名《远行之树》。我想像一棵树，既得扎根，又要远行，这是它只能直面的命运，也是它无法解脱的生存悖论。这里面有着一个人的犹疑和抗争。我把这些难以言说的情怀，托付给了一棵远行之树。那时我不曾想到，在若干年后的城市化浪潮中，树的远行会成为一个普遍现实。一双看不见的手，把大树从深山移植到了城里，在钢筋混凝土之间，一座座没有年轮的城市正在迅速成长。大树进城，大树的枝叶上蓬勃生长着的，是人的急功近利。被移植到城里的大树，在城市天空下支撑起另一片天空，这是正在被创造的所谓奇迹，是"拔苗助长"的当代版本。

树的渴望与人的欲望，在漫长的时光中交汇成为一个点。这个点逐渐地扩大，逐渐地有了光环，逐渐地被更多的目光关注，被更多的人提起，成为这个时代的热闹景象。

云块是在高处的一个虚渺存在。树精对云块的向往，让她最终成为地上的一朵残花，被人类的脚踩成尘土。我的那份曾经寄望于远行之树的遥远情怀，已成为某些人急功近利的一个注释。那些风尘仆仆的赶路，究竟是要去往哪里？

有生命的事物，是不该仅仅成为装饰品的。一棵经风沐雨的树，被移植在钢筋混凝土之间，成为当代城市的一种点缀。这棵树的枯萎枝叶，把城市天空的倒影分割成了若干碎片。

如今，城市建设者纷纷把目光投向大树，依靠大树进城，快速营造城市的历史感。这是对自然规律的强行改变，是人的急功近利的最真实的表现。一座没有年轮的城市，一座无根的城市，所谓繁茂的枝叶，都不过是短暂假象。季节交替，当风霜雨雪走过，这座城市显露本来的荒凉面相，将是一件必然的事情。

那年冬天，我时常去郊区看望那棵古槐。她的树干已经枯朽，谁也不知道她在村头究竟站了多少年。村庄正在拆除，她依然站在那里，像是一个对世界放心不下、心中怀有牵挂的老人。她站在那里，看着村里的人走出去，看着村外的人走进来，她已经没有可以迎风摇曳的树叶，失去了最真切的语言。她无声地看着眼前的这个村子，这个小小的村子，就是她的整个世界。她的整个世界就要消逝了……

我看到一个老人，站在古槐下，形单影只，像是从古槐身上折下来的一截枯枝。

这棵古槐，对这个村子是有恩泽的。我轻抚她的枯朽的树身，就像握住时光苍凉的手。那一瞬，我是一个被时光遗弃的人，我比古槐更苍老。

总有一些故事，曾与这棵树发生关联。树是见证者，见证了一些在时光中流逝的事物。

一如此刻的我，是此刻的唯一见证者。

　　站在山顶俯瞰这座城市，我的心中涌起阵阵疼痛。那些苍茫的岁月，变得如此切近和清晰，我说不出这座城市之于我，以及我之于这座城市，究竟有着怎样的一种关联？我的牵挂，我的悲悯，我的无言的爱，消失在冰冷的钢筋混凝土之间。

　　做一个有着正常体温的人，如此艰难。

　　曾经读到某位作家写他如何在树叶上写诗的文章。在树叶上写诗，然后收集飘落的树叶，这究竟是浪漫还是矫情？即使作为对生活的一种理解方式，我也不相信它在现实中的可能性。我更愿意相信的是，一棵站在风雨中的树，它将风雨的洗礼，以及对风雨的理解，内化为生命的年轮，沉积到了根部。这种内在的力量，是一棵树坦然面对成长的资本。那对民工兄弟唱的《春天里》，我在网上一遍又一遍地听，忍不住热泪盈眶。所谓艺术，在此刻并不重要；重要的，是他们对这个世界的理解与热爱，是他们以歌唱的方式呈现出来的一颗心。他们勾起了我对青春岁月的记忆，对当下被遗忘被忽略的现实的关注。我也曾经告别故乡，一个人在城市流浪，心怀梦想，对这个世界付出真诚与热爱。如今麻木多了，看起来我已把生活打理妥当，已经不必再有什么忧虑与牵挂，沉浸在一己情感里，不再拥有更为宽广的情怀。日常生活成了一个巨大的战场，我与若干个我作战，难分胜负，似乎战争才是唯一的选择，缺少一种更大的力，超越和掌控这样一个已经沦为日常的战场。

　　当我看到大海与广场连为一体，心底涌起一种悲怆感。空间如此辽阔，却不知该把一颗心放在何处？大海不合适，广场也不合适，我是一个海边的流浪者，大海和广场都不能让我停步。我走着，却不知将要走向何处，大海和广场也不知道。抗拒被裹挟，需要多倍的定力。我的方向在脚下，就像扎根，朝着大地的深处挺进；而枝叶，是朝着天空舒展的。

　　在天空与大地之间，一棵树正在远行。

　　我所要抵达的，其实仅仅是我自己。

　　如果一种刻痕，不能给我彻骨的疼痛记忆，当岁月的风沙袭来，我

会茫然不知所措。直到有一天，我似乎理解了，他从自家院落移植到海边的一棵槐树，是他在苍茫岁月里的刻舟求剑，他在关注成长本身，遵循自然的规律，摒弃那些所谓的效率和效益，留下生命最真实的刻度。在城市化浪潮中，这个人在用心做着最纯粹的一件事情。一棵树承载他的梦想，迎着风与浪，一天天成长。当有一天，太阳从大槐树繁茂的枝叶背后升起，那样的一个瞬间，作为见证者的大海也将被打动。

　　我走向你，在一个白雾迷蒙的早晨。我沿着海边一步步走去，看不到栈桥，看不到那些熟悉的建筑群，眼前唯有一片白雾。我走向你，已经不再奢望白雾散尽，我所能做的，就是在太阳升起之前，一个人穿越迷雾，走到栈桥的跟前。在栈桥旁边，有一棵被惦念的成长中的树。

打开一扇门

石板铺就的小径被绿草掩映，铁艺围栏挡不住满院春色。那些蓬勃的，那些待放的，那些草木后面若隐若现的红顶房子，经得起细细打量和品味。

开启一扇门，意味着一个世界的打开。这个世界以蓝天为背景，蕴含无限的可能性。一扇门的背后，是未知的世界，也是日常的生活。我曾一次次从那里走过，像一个人缓慢穿过内心的某条从不示人的路径，我最终所抵达的，是我自己。

这是一条回家的路。一条回归内心的，越走越让人安宁的路。在路边看蜂蝶飞舞，它们的流连忘返，让我也生出不知身在何处之感。这条回家的路一直等候在身边，不必寻找，它就在脚下，像草的成长一样自然随意。铁艺栏杆上的红花开得正艳，是那种既铺张又矜持的氛围，犹如这里的生活，是舒展的，也是含蓄的；是待解的，也是拒绝阐释的。所有的喧嚣，都被黑铁栏杆挡在外面。绿意葱茏，让人暂时淡忘了外界事物，此刻的这栋红顶房子，是一个心安的所在。

一扇开启的门，让我想到了另一扇门，它的打开与关闭都已不再重要。呈现在我面前的这幅图景，更像是来自一个旁观者的角度，他站在门外，远远地打量，始终不曾步入这个空间。显然，这样的生活与日常是有一些距离的。石径间的绿草与红色的屋顶，似乎构成了某种对话关

系，它们操持别人听不懂的语言，相互诉说。

在栏杆和绿草的后面，在那个窗口的后面，我看到一个沉默的人，他注视着这一切，也被这一切所注视。

他会看到那个旁观者吗？

打开一扇门，我所面对的是一片辽远的天空，清澈、洁净，欲语还休。疯长的草，蓬勃着内在的生命激情，有一个比天空更为宽广的存在，悄然发生在这个空间，让每一个正在到来的日子都变得安宁和踏实。

天　马

被翅膀剪切的阳光，在大地流泻。一匹马，当它飞离大地，天空将是它更为辽阔的草场，没有嘚嘚的马蹄声，一双翅膀把阳光变成漫天黄金。天空因为一匹飞翔的马，平添了更多神采。

那个静默的建筑物，不是舞台，只是一匹马的起点。它始终以展翅的姿态等候在那里。一匹马，将会带我去往何方？

一匹在天空飞翔的马，俯览芸芸众生，它会明白怎样的生活才是美好的，什么样的日子更值得去过。这些属于我的问题，对一匹马并不构成任何困惑，它的唯一使命，就是在天空驰骋，就是不委屈自己的个性，按照自己的方式表达自己，完成自己。

一匹飞翔的马，大于整个天空。它的翅膀在天空划下漂亮弧度，将太阳的光辉包容其中。这是一匹马在天空走过的道路，翅膀震动，若干个弧度重叠接续，组成一条铺向远方的天路。任何仰望都无法穷尽这样的一条路。唯有在想象中才可出现的这个景象，让我一次次陷入感动。想象的存在，为生活和人性提供了某种解脱。我们已经习惯了匍匐在地，习惯了向现实的名利弯腰和爬行。一匹马，拒绝眼前的所谓草原，它展开翅膀，既是对大地的态度，也是对天空的向往。有谁会理解这样的一匹马？

我们已在现实中越陷越深。那些莫名的束缚，让一匹奔跑的马还必须长出翅膀，它对自由有着比人类更迫切的向往，它在脱离大地之后，从天空获得真正的安慰。

　　一匹展开翅膀的马，让我想到天空，想到具有烟火气息的生活居住地。那些人与事，那些隐在人与事背后的因果，让我从此难以理解这个世界的逻辑，从此明白天空与大地之间的说不出的关联。大地上的事物，在一匹马的翅膀掠过的地方存在，并且继续存在下去。也许，存在即是最好的解释。在更多的时候，我把自己比喻成老黄牛，负重耕耘，实在累了时，偶尔把自己想象成为一匹飞翔的马。我的这个想法，来自狭窄局促的精神空间，以及看不到尽头的机械一样的劳作。一匹马的翅膀，给了我突围的勇气和无限遥远的远方。在更远的远方，有个人一直在等候，等候一匹马带来同样遥远之地的消息。

太阳的出场方式

塔吊下，悬挂着一颗太阳。

太阳浮在海面。塔吊傲然挺立。需要一个什么样的角度和一双怎样的眼睛，才可以发现塔吊将太阳从海中打捞而起？

晨曦中的城市尚未醒来，一切都在悄然发生。钢铁的框架，横卧海面，谓之栈桥；挺立海边的是塔吊，它承担了太阳所要走过的路途。而这一切，仅仅是一种幻象。没有人可以真的靠近一颗太阳，这不是真理，只是一个常识，我们在真理与常识之外的谎言中沉浸得太久。塔吊的臂膀，比长夜还要漫长。在太阳浮出水面之前，塔吊长长的臂膀让大海屏住了呼吸。万物静默。塔吊是晨曦中唯一的语言，它以冰冷的方式，试图说出一些温暖的话，然而这是徒劳的。这是一个缺少温度的早晨。在太阳升起的每个早晨，最强烈的感觉并非暖意。万物中最为清晰的这座塔吊，让远方朦胧的城市成为一个凸显的主题。脚手架。钢筋和混凝土。正在拔高的建筑物。晨曦中那些模糊的楼群，将在阳光中渐渐清晰起来。那些被挖掘出的新土，该蕴育和滋长怎样的新生活？远方正在成长中的城，谁会记住它迅速被改变的容颜？

近处的塔吊与远方的栈桥，我看到了某种相似之处，它们像一截路，指向某个所在，却无法完成最终的抵达。这世间，有太多的路并不以抵达为存在的理由。栈桥是安静的，像一条长长的路，向着大海深处延伸。栈桥看到大海深处的风暴，一如塔吊在高处体验的寒意，它们依靠自身的语言系统，无法完成最真实的言说。而我所看到的是，太阳从海里被

打捞出来——这是太阳的出场方式，是新一天的开始，也是那些并不热爱生活的人的一个普遍错觉。

海被太阳染成了橘红色。天空依然宁静，是大地上喧嚣升腾前的最后宁静。一颗湿漉漉的太阳从海面升起，万物都在侧耳倾听，它将以怎样的语言唤醒这座沉睡的城市？一个彻夜未眠的人，用眼睛看到了原本该由耳朵倾听的那些事物。

在我与塔吊之间，是一段并不遥远的距离；而从塔吊到太阳之间，隔着遥不可及的距离。在这个朦胧的清晨，我所看到的仅仅是一个美丽错觉，就像一个关于现代性的寓言。我还看到，鱼在海底窃窃私语。那些真实发生的，那些语言无法表达的，寓言是最有力量的呈现方式。

在黎明真正降临之前，我对这个错觉将心甘情愿地保持沉默。此刻的沉默是一种美德。

还有一片海

鹅卵石清晰可辨。绳索是断裂的。船板的沧桑，让人想起成长中的林木。从一艘船，想到一棵曾经的树；就像从一滴水，想到眼前的这片海；就像从静止的此刻，想到那些已经流逝的和将要流逝的时光。同一轮朝阳变成了夕照。海依旧。海以陌生又熟悉的眼神打量这座城市。

一艘船。一个人。还有一片海。海浪托举着隐约的绿。这巨大的绿意，荡漾人世间最无私的情怀。

船的缆绳清晰可辨。不是弃船，它在等待新的启航。那个系下缆绳的人，渐行渐远。他把一艘船留在沙滩，留在海的面前，兀自提着灯笼向远处走去，他要寻找的是大海之外的东西。他走过海浪，更多的海浪在前方等待着他的路过，沙滩上的足迹很快就被身后的海浪抚平。他所在意的，是脚前的浪；大海深沉的回声，并不是他耳畔里的唯一召唤，他所走向的，仅仅是尘世的烟火，那里有他最卑微的爱恋。

一艘船，在海的面前大约不会孤独，它懂得海的语言，懂得海浪的巨大徘徊，除了海浪，没有什么能够制造和抚平它自身的创伤。一艘船，曾在大海的伤口里穿行，风浪赐予的恐惧和快感，只有亲历的人才会真正懂得。

巨大的海。平静的沙滩。海的深邃和辽阔，并不阻止一个人对于彼岸的想象。彼岸是可以想象的，然而彼岸并不仅仅存在于想象之中。一艘船在此岸的搁浅，意味着彼岸的存在；一艘船带着满身疲惫，欲语还休，它试图说出大海的秘密。

　　最丰富的，恰恰在于海浪无法填充的巨大空白。在空白处，更多的故事正在上演。

　　一艘船，让整个大海有了更多的意味。

　　一艘船的孤独，不在于巨大的海之徘徊，而在于一个人渐行渐远。

　　那个人渐行渐远。这是一个完整的世界，它以并不完整的方式，说出了已经发生的和尚未发生的一切。

成长的空间

　　一棵树向着天空生长。高处的绿，凭借一棵树的根部力量，想要与天空对话。我相信它有一天会抚摸到云彩，完成与天空的独特交流，我不知道它们的交流内容，但是它们的交流方式给我鼓舞与力量。

　　在一棵树的衬托下，楼房也是有生命的。

　　一盏灯，像一朵朝向天空绽放的花朵。高耸入云的楼房，柔和的光线，我始终以为是与这盏灯有关的。而这盏灯，又是与这棵树有关的。而这棵树，究竟与什么有关？

　　当楼房、树和灯，以及天空这些原本平常的元素组合到一起，所给予我的震撼感，该怎样表达？任何一栋楼房，一棵树，一盏灯，一片天空，都不足以触动此刻的想法。

　　对于这棵树的成长，每个窗口的后面都有一双关注的眼睛。

　　太多的空间都是凝固和板结的。因为一棵树的存在，天空作为一个巨大的空间，有了无限的生机；那些高耸的楼房，也有了正常人的体温。

　　我一直在想，所谓成长，是守候在一方空间，还是去另寻一方新的空间。在楼宇之间，原本可以存留更多的物事，而最终一棵树的成长，构成一个观照与省察的角度。这个角度是弥漫的。对于这片具有日常气息的居住地，这不是一道景观，这是一个精神事件，它所蕴含的坚韧、超拔，以及对高远的向往与执着，是高楼和高楼里的人应该致敬的。一棵树的筋脉，让我感受到了来自根部的力量和高处的召唤。

　　天空的召唤是无声的，一如来自大地的叮咛。始终伴随成长的，不

是喧嚣，不是说教，而恰恰是这些无声的事物。最坚韧的力量，常常诞生在无声之中。

太多的成长，是向着虚无的。我看重根，看重飞翔，更看重天空与大地之间的存在，这是最真实也最震撼的部分。原本被忽略的空间，因为一棵树的成长，从此具有被仰望的意义。那些楼房像一个个具体的人，它们的站立，因为一棵树的映衬而有了力量和温情。

是温情，让我们在一个不易感动的年代，被一次次地感动。

这是成长中的家园。我们伴着家园，在成长中成长。

质 感 生 活

日子就像源源不断的水。飞溅的水花，让日常生活有了质感。

美好的女子，在平静地拍摄。而这一切，被另外的一双眼睛看到，并且定格。拍摄者与被拍摄者共同构成一道风景，就像在生活之外，总有一种另外的生活值得期待。水是活的。水花飞溅，恰似生活里某些难以言喻的细节。

我不仅仅是在看，更是在谛听，水的声韵里藏有对生活的理解。我喜欢那些被聆听的声音，因为，它需要一颗心安静下来。当一颗心安静下来，整个世界也就安静下来，被喧闹遮蔽的声音，将从安静中沉淀而出。那些被捕捉到的声音，曾经从我的体内遗失。在声音的缝隙里，我所听到的和想到的，让我同时获得安宁与不安。

这是一幅与"我"有关的图景，它更适合珍藏心里。水在动，心也在动。木质的地板纤尘不染，看不到一片叶子落下。在广场的另一端，有许多的人在漫步，观望，然而此刻，我只在意你，从众多的人与物中，我的取景框只截取了你。你的拍摄姿态，因为专注而越发显得平静和优美，有一种气息随着飞溅的水花弥散。不说一句话，我恍然意识到，这是素朴且有尊严的质感生活。当一种生活被以拍摄的方式呈现出来的时候，倘若依然能够体味到质感，这样的生活是值得珍存的。在生活里，我们已经心浮气躁，粗糙不堪，这样的一种呈现方式，最接近我对生活的理解。这么多年了，我所经历的，我所看到的，以及我所念想的，都是一些剪不断理还乱的事物，我无力让自己从中超脱出来，一路走来，越陷越深，那些一天天积攒起来的所谓功名，让行囊愈发沉重。我活在自己的累里。累，是我介入生活、面对他人的看似最合乎情理的常态。只懂得招架外界干扰，却不会打理自我，活在别人的目光中，我其实是一个迷失自我的人。

家，已经不仅仅是肉身的栖息地。

水滋养万物。没有什么生命可以离开水的滋养。在流水中，我体味岁月的流逝，也汲取活下去的力量。活在自己的世界里，并且成为别人眼中的风景，这样的一种人生境界，不是依靠用心或用力就可以抵达的，它离不开一些枝枝蔓蔓的，看似与所谓主题无关的事物。而此刻，所有的复杂都已退去，只剩下这样简单明朗的"关系"——你在拍摄风景，我在拍摄你。再复杂的人际关系，都变得简洁和美好。在这个院落，我们彼此是息息相关的；在这熙来攘往的尘世间，我们是有关联的人。

是什么样的感觉将她环绕

一顶红色帽子，比悬在楼顶的太阳还要灿烂。大地上的事物，与空中的阳光遥相呼应。

在楼群里，站起一个人。这个美好的女子，让耸立的楼房也有了温度。裙裾飞扬，不知道风来自哪个方向。走在楼宇间，可以不必关心方向，只管漫无目的地走下去。是什么样的感觉将她环绕？通往外界的出口有若干个，回家的路唯此一条。在这里漫步，没有唯一的方向。一栋楼房可以挡住太阳的光芒，却无法遮蔽她的青春活力。她的漫步，让这个院落弥漫着青春的气息。这个并没有回首的女子，时光跟在她的身后，保持了不快也不慢的速度，她的优雅，即是岁月的优雅。静止的某个时刻，让我想到速度，想到远处的生活。太阳悬在空中；最浪漫的事，未必都在别处。此刻此地，每个窗口背后的生活，都是值得向往和祝福的。

青春的气息，需要隔开一段适度的距离，以便静静地打量和体味。在日常生活中发现如此动人的情景，这也让我发现了自我的改变，如何面对自我，如何度过属于自己的每一个日子，这是从此应该郑重对待的问题。曾经，我是多么骄傲于"我的世界"这个说法，并非狂妄，我深知它背后的激情与谦卑。青春与激情相关，但是仅有激情是不够的，倘若缺少了必要的理性底色，极易失之偏激和肤浅。一个心里有爱且有信念的人，他的表情是会与众不同的。

　　这条路可以无数次地重新走过，这份感觉从此不再拥有。裙裾飘逸，阳光在楼顶与天空之间热烈涌动。那个怀旧的人，在回忆与展望之间踯躅，他什么也不曾遗落，却一直在固执地寻找。一个美好的女子，让他想到世间最纯美的爱情，想到现代化潮流中关于一个人的从容与安宁。

脚手架上的人生

　　被格式化的人生里，我感受到了一种生命激情。在波涛之上，在脚手架之上，你在走自己的人生路，就像你和工友们正在建设的栈桥，并不企望抵达彼岸。悬挂的身影，以蓝天和大海为背景，还有模糊的城市，苍茫的远山。没有人更多地留意这样一种悬在半空的生活，不管仰望和俯视，这世间都容不得你的浪漫，每一步都来不得丝毫飘忽，每一步都像一个积攒全部力量的烙印，握紧距离自己最近的钢丝，就是抓住了生命的稻草。坠落是随时都可能发生的事情。在你并不懂得所谓理性所谓逻辑的思维里，有着最为严谨的处事态度。所谓飞翔，所谓扎根，对你来说都是一个陌生的不曾谈起的话题。暮色中的海，波光粼粼；日子就像一些碎片，是堆积的，漂浮的，也是涌动的。而此刻，你用全部的精力走在脚手架上，这世间最狭窄也最漫长的路，并不指向那个温馨的家。

　　无边的日子被分割成了若干份。

　　天空与大海犹如你的胸襟。空空的胸襟，并没有装下任何的安慰。你不在意天空的色彩，也不会去倾听海浪的呼吸，你活在自己的世界里，除了用不完的力气，你的世界一无所有。在脚手架上，你看到了什么？关于天空，关于大海，关于这个城市，关于生活和生命，这是我所在意的。我知道这样的想法有些矫情，我不曾真正关心你们最具痛感的生活。此刻，以及此前与此后的时光，也许你唯一关心的，就是脚下所踩踏的，以及手中所抓住的，这是苍茫世界所能给你的唯一的安全感。在你的安全感面前，我的取景框，还有我的抒情，显得多么矫情和多余。

脚手架把天空和大海分割成了若干份，每一份都是一个不可替代的取景框，站在岸边，我看到了那些存在物。它们不是风景，它们是存在的事物，是我以前不曾真正理解的事物。

生活并不给你太多的选择。太多的选择与可能，其实都来自幻觉。此刻就是生命中的全部时光，此刻就是生活里的全部价值，明天和更为遥远的日子，此刻不必去想。看得见远处的城市，看不到更远处的老家。老家一直藏在心里，藏在别人看不到自己也看不到的一个地方，即使悬在半空中，也要过最踏实的生活，走最心安的路，在最逼窄的空间里创造最坚实的事物，哪怕它并不属于自己，也唯有做下去，别无选择，这是你所给予我的启悟。我坐在书桌前的人生道路，在别人眼中是否也像一个孤绝的脚手架，我的每一举动，所有集聚心力的付出，惊险且徒劳。这些年，我一个人在以文字的方式盖一栋高楼，我想等我年老时，可以在这栋用毕生精力盖起的楼房里，安放自己的一颗心。这颗心躁动了一辈子，当它终于疲累的时候，可以有这样的一个地方，让它安宁，让它有尊严地存在。这个规模宏大的建筑物在我心里越来越清晰，终有一天，他们是会看到的。

多少年风风雨雨，我并不知道关于你的任何消息。然而我知道，你在迎接怎样的命运，以及那些未知的日子将以什么样的姿态走向你。你的汗水洒落海里。汗水是咸的，海水也是咸的，汗水和海水不需要任何过程就融合到了一起。一滴汗水滴落海里，该是我所能想象到的最让人心酸和感动的细节。在脚手架上，你低头挪步的姿态，是我敬畏一生的高度。

当脚手架撤离的时候，一座栈桥出现在海面上。我从此看到的是游人，再也没有看到脚手架上的那个熟悉又陌生的身影。

窗　口

　　从窗口看去，其实一切都很简单。在简单的生活里，我们越活越复杂，离真实的自我越来越远。

　　这个窗口是面朝大海的。大海，意味着更多的可能性与不确定性。栈桥上彩旗飘飘。海是安静的。凭栏远眺的人，此刻并不在栏杆前。那些无眠的夜晚，他曾经把栏杆拍遍，他的内心纠结着太多事情，有时候会突然有一种枯竭感。从窗口看去，是一望无涯的海，世界丰沛依然，生命里只要还有热爱，时光就是有意义的。我所遗憾的是，过去浪费掉的那些时光，一去不复返了。逝者如斯夫。那些如水一般流逝的，是否汇聚到了眼前的这个海里？这个海，对于日常的生活，对于不经意的一瞥，以及窗前长久的伫望，究竟有着怎样的意味？

　　若干年前的一瞥，已成为青涩且珍贵的记忆。一片建筑物，簇拥着一颗红太阳，远方青涩的处女地似乎在等待此刻的浸染。太阳所隐喻的，以及我们内心所向往的，弥漫在这幅黑白分明的图景之中。关于城乡问题的思考，我已经写下了很多，这样一个等待开发的场景，多年来始终留在我的心里，即使这里早已发生沧海桑田的变化，它们依然不曾改变。这是最珍贵的记忆。当我们谈论这个地方的未来的时候，我会说我记得它在昨天的模样。

　　远方一片蔚蓝。红顶的房子，屋前是树，屋后是海。而我伫立的地方，也有一幢红顶的房子，身前与身后，除了大海和树木，还有一些什么？

　　我理解我自己。我所看到的，正是我心里所装着的。海是一面镜子，照出了另一个我自己。以旁观者的眼光打量居住地，我从此更加理解了那些漫漫长路。

绿荫下的伞

　　在绿荫下，我依然为你撑起一把伞。红花开得正旺，像某种情绪，热烈且奔放。然而表达却是含蓄的。绿荫下，我为你撑起一把伞。不要说谢谢，不要开口说出任何的话。最真的情感，就在此刻的静默里。我注视着你。你注视着我。世界在此刻也是多余的。唯有你，在我的眼里，心里。银白的雕塑，葱郁的枝叶，还有火红的花朵，就像一去不复返的青春，成为我们共同存在的背景。

　　绿荫下的伞，这是生活里的生活。伞外是晴朗的天；伞内是我想要说给你的话。

　　有些情感，在岁月中沉积下来。一如这幅照片，在时光中留了下来。

　　那是某个午后，阳光晴好。在花前，在绿荫下，我注视着你，就像注视着那些期待中的日子。此刻的我们，是多么欢喜。

作为背景的海

每个窗口的背后，都有一双默默的眼睛。在所有眼睛的背后，是唯一的海。

唯一的海。从楼宇之间的空隙里，可以看到海的一部分，整个大海于是有了日常生活的气息。同样的窗口，有着不同的梦。面对这么多的窗口，就像站在人生之外面对不同的人生，其实所有的人生都有大致相同的外部格式，关键是，如何在大致相仿的人生里创造不同的精彩和意义。

唯有一扇窗是半掩的。一个半掩的窗口，让我恍然意识到所有窗口都是对外敞开的，就像一种灵魂的大面积展现。众多单调的窗口，构成了一种丰富。

从楼宇间的空隙看海，这是谁的眺望角度？那个人，站在被所有窗口习以为常的地方，看到了一个全新的海。一艘隐约的小船，是远航归来还是正要远航？

海与天的界限是模糊的。天空就像倒悬的海。一艘船在海面漂着，像某些思绪，在时光的河流上漫无目地地漂浮。

这是高处的存在。也是日常的场景。

因为海的存在，每一个窗口都变得深远和丰富。总有一些无法言说的秘密，藏在内心。

我是所有窗口的旁观者；每一个窗口也都是我的旁观者。我们彼此看到了什么，这是一个最素朴也最重要的问题。

小 憩

等待一壶茶。

等待一个人。

等待某个悠闲的时刻。

将要出现的，该是怎样的一个人？他只需在这里坐下来，就是一道风景，就是一个不必说出口的故事。

日常的气息在弥散。草是日常的。树是日常的。石径是日常的。那些停放在楼前的车是日常的。还有，这个木制的亭子也是日常的。我曾经无数次在某个黄昏，捧一本书，坐到那里，一直读到眼前升起了万家灯火。我在读书，也被别人读，读与被读，理解与被理解，在这里都是自然发生的，不必解释，只需留在心里就好。

思乡的时候，就过来坐一坐，我总把这里当作故乡的村头，总觉得这个院落有一股旷野的味道。偶尔也关心一下楼顶的云彩，天空有鸟飞过，没有任何痕迹，只留下悦耳的鸣声。

一杯浓茶，故乡的气息就在胸中弥漫。

被雪覆盖的喷泉

音乐停止的地方，大雪覆盖了喷泉。

被雪覆盖的生活，有一个与春天约定的梦。不忍在雪地上留下一个脚印，我只是远远地看着这里，就像打量别人的生活，每一个细节都是熟悉的，每一片雪都落得恰到好处。

一盏灯上也积满了雪。当夜晚降临，当这盏灯亮起来的时候，雪将融化。这局部融化的雪，对于更广大的雪，对于那些落在喷泉上的雪，将有什么启示意义？在水与雪之间，究竟发生了一些什么，将要发生一些什么，这都是我所不知道的，也是我并不关心的。我在意的，是此刻的这幅景象，让我想象水与雪的存在方式，以及它们究竟将在哪个节点相遇？

没有风。雪落无声。在结冰的池里，雪蒙住了鱼的眼睛。这个沁凉世界，是用来陶醉的。在音乐停止的地方，雪在继续，某种氤氲的情怀在继续。雪片之间的语言，我并不懂得，但是我相信它们之间的交流，相信它们在走向融化之前的相互告别。

当喷泉绽放的时候，那些流动的水里，可以看到雪的影子。

雪是素洁的，也许并不期待融化。我希望以这样长久的注视，让身心得到净化。我注视着这一切，它们提醒我：你心中其实是有梦的。

这些素洁的雪，总让我想到火焰，想到在雪中燃烧的一团火。等梨花开了，我们相约一起走向山野。这么多年了，庄稼和泥土对我来说已经变成陌生的事物。今日，梨花似雪，挂满这个院落的所有枝头，我徘

徊，伫足，在时光静止的瞬间，蓦然记起曾经的相约。不是什么承诺，只是曾经说过的话，就像一场雪，轻轻地覆盖了眼前的万物，然后终将迎来融化的一刻。

　　落雪的一夜，我竟度过了这么些年。每一片雪，都是熟悉的。

　　不忍看到融化的时刻。在某个湿漉漉的清晨，我将携带一颗太阳再来看你。

静　　物

　　窗玻璃是洁净的，大海看上去纤尘不染。

　　看海的人，此刻并没有伫立窗前。一束花，经由怎样的一双手，插在窗前的这个花瓶里？

　　在花瓶里的花与大海的风浪之间，隔着一层玻璃。此刻的海，宛若一面巨大的镜子；房间里风平浪静。金色阳光落在藤椅上，影子也让人感到温暖。那个伫立窗前的人，去了哪里？

　　这样的简单和简洁，让我想到了很多。巨大的意义往往产生于简单的重复之中。单调的重复，是可能产生大力量的。能够将单调的重复一直坚持下去，需要一种信仰来支撑，因为信仰的存在，你会看到单调里有着怎样的繁复和美。最单调的美与最丰盈的美，也许差异就在于一颗心如何感知。在现实生活中，我已经麻木很久了，以至于时常淡忘肉身的存在，活在所谓的精神世界，巨大的孤独也是巨大的享受，它不可言说。在北京的那个院子里，我度过了一段最难忘的时光，每天饭后都会绕着围墙散步数圈，不仅仅是为了健身，我赋予这种简单的重复活动以宗教的意味，相信这种几近刻板的方式，一定会让我与这里的气息建立某种隐秘的精神关联。我在这种虔敬的行走中，坚定着一种东西，也放大着一种东西。

　　这个简单的场景，总让我想到那些更为复杂的人与事。可以不在意海上升起的一轮明月，最深刻的相思并不需要借助外在的事物来寄托，留在心里就是最好的安慰；可以忽略海上的风与浪，淡忘风浪里的远航，

一叶小舟停泊在心港，它惦念着别人看不到的那个彼岸；可以面向大海，忘记你的名字，忘记了走来时的道路……但是，不可以在窗口挂起帘子。这样的窗口，向着天空和大海敞开，不需要任何的遮掩。

窗户对面的墙壁上，悬挂着一张巨大的地图。那个人曾经无数次站在地图前，怔怔地出神，他的目光随着手指越过千山万水，抵达一个又一个期待中的城市。然后，他累了，坐到藤椅上，背靠着窗口。窗外是浩瀚的海。他曾经无数次伫望的那片海。在他的心里，装得下身后的整个大海，这世上还有什么会让他纠结和失眠？

这面阳光照不到的墙壁上挂满了涛声。夜深人静的时候，一面墙，就像站立起来的海，那个难眠的人成为一枚被海遗忘了的贝壳。

不只是风景。从重重叠叠的故事里走出来，我所看到的，仅仅是平静的大海，以及在大海上空的花朵。我忽略了花瓶的存在，就像忽略了那把藤椅的存在一样。

而那朵花的存在意味着，走出这间屋子，走向大海，你将遇到另一个春天。

林 间 小 径

在竹林里穿行，我把自己走成一株竹子。当有了竹感之后，再复杂再纠结的现实困惑都变得简单，不再成为一个问题。

对于这条小径，速度是没有意义的。不需要速度的路，自然会走出另一番感受。我曾从这里无数次地走过，在小径尽头，有一个叫作家的地方，不需要守望，也无所谓等待，举步或回首，都是家的影子。

宁可食无肉，不可居无竹。竹是飘逸的，像是那些想要飞起来的生活。傍竹而居的人，在竹林间的小径徘徊，内心也渐渐变得空了。这是最好的精神减负。我曾与一株竹子长久对视，想要与竹说些什么。我的心里装着太多事物，而竹子淡看世间，几乎拒绝任何东西进入内心，我们的语言，我们的诉求，是不对称的，无法抵达最终的理解。然而在这个过程中，我受到了触动，更深地明白了舍弃的意义，一个人要想保持内心的畅通与轻松，唯有懂得舍弃，学会拒绝。一株又一株的竹子，像一个又一个超脱淡然的人，站在路边，随时对路过的人传递对于生活和生命的理解。我曾经那么固执地相信内心的力量，当我模仿一株竹子，把内心排空，重新面对我所要面对的那些难题，才发觉一切都已发生了改变。

这个世界不曾改变。改变了的，是我的内心。

与一株竹子对话，不需要风来翻译彼此的语言，我的内心早已狂风大作，一些坚固的事物随风而去。

满院的竹子，绿意盎然，我却从未想过秋天的收获。在这里，收获并不是最重要的。没有关于收获的期待，这让我更加坦然地享受这里的绿意。也许，这是更珍贵的收获。

海浪的赐予

海变得模糊。栈桥变得模糊。沙滩变得模糊。天空和太阳也变得模糊。唯有这个贝壳，像一朵绽放的花朵，细密的纹理清晰可辨。

这个小小的贝壳，是谁的家？

谁把一个小小的家，交付给了无边的大海？

这样的情景不管怎样呈现，总是容易被错认成浪漫的事。在最真实的情感里，有一份最深的落寞。而所有的这一切，被这个人发现。他仅仅是一个居住海边的人，怀着日常的心态，在散步时发现了这微小的一幕。

一枚小小的贝壳在我内心引发的波动，胜过了大海的惊涛骇浪。

在沙滩上发现一枚贝壳，并不比在人群中遇到一个相知的人更容易。我只是一个在沙滩上漫步的人，不想带走任何的一枚贝壳，它们属于大海，正如我不管在沙滩上走出多远，也终将回归人群，回归岸上的日常生活。一枚贝壳，将会记住我对大海的这份理解。

那天海边有人在拉网捕鱼，我陪同外地客人去看海，女儿赤脚在沙滩奔跑，快乐地玩耍，她把捡拾的贝壳高高地举起，大声对我说："这是海浪的赐予。"

多么诗意的语言！我被深深地感动了。我的孩子，你在大海面前捡到了美丽的贝壳，并且视之为大海的一种赐予，你的小小的心灵，已经有了这么宽广的情怀。

而此刻，这是一枚被遗忘的贝壳。它与大海隔着一段短短的距离。

　　这枚小小的贝壳，是彻底舒展的状态，宛若一朵绽放的花，想要把远方的太阳包裹到花瓣里。这枚小小的贝壳，以绽放的姿态面向大海，它究竟是想把心交还给大海，还是想以自己的胸怀接纳大海？我相信一枚贝壳的内心可以盛放得下整个大海，我相信一枚贝壳的内心比天空和海洋更为宽广，我甚至相信那颗映在海里的太阳也是从贝壳打开的内心升起来的。我把大海的喘息声，听成了贝壳的咚咚心跳。

　　贝壳是一个小小的家。它接受海浪的洗礼。

　　海渐渐褪了颜色，变得模糊。这枚贝壳是清晰的。

　　大海不言。一张渔网，包含了一枚贝壳对生活的理解与向往。

内 心 丛 林

是伸向天空的臂膀，想要支撑一些什么。此刻的栈桥，在阳光里多么安静祥和。几条小船横在海边，此岸与彼岸都变得不再重要，海浪涌动，宛若一些沉默的语言。海是蓝的；天是红的。海天之间，阳光正好。

空无一人的此刻，让人想到巨大的喧哗。这是夜晚刚刚离去的时光。在夜里，这里曾经发生一些刻骨铭心的故事。不远处的栈桥，各怀心事的散步者还没有到来。风没有衣袖，海也没有余温，太阳的光泽让人想起最初的恋情。有什么可以度量此刻的情景，钢铁的丛林，在阳光和大海之中显现最真实的面容，凌厉、倔强，无所畏惧，像一些没有枝叶的树，直指天空。这是黎明降临前的天空。太阳从海上升起。钢铁丛林的根，是扎在漂泊的船上吗？

漂泊的根。那个人在船板上看到了林木的影子。茫茫大海一如茫茫人世间，最起码的扎根成为最艰难的事情。

其实，这是一个人的内心丛林。在迅疾变化的尘世，人的内心是该存有一些坚硬的东西，作为精神与人格的支撑。不管世界怎么变化，内心的这个尺度始终不渝。这是没有枝叶的丛林，这是钢铁的丛林，拒绝枝枝蔓蔓。我们有限的心灵空间，已被太多的枝枝蔓蔓侵占。

海是平静的。惊涛骇浪都已走过。海边就像一个人的内心，平静，温柔，并且充满坚硬的信仰。

这是谁的天空？我忘记了所有人的名字。

在海边，我一个人。太阳冉冉升起。内心里的隐秘情绪，像眼前这

个漾漾的海，某种热情从水中渐渐燃起，成为海水的火焰。

这不是诗意的风景。走过漫漫长夜，我同时看到了生活的倦意和激情。除了晨曦，还有什么可以紧握这些伸向空中的手臂？它们并不想索要什么，它们更像是一种态度。一种需要向天空表达的态度。

这是新一天的开始，它并不宣示任何主题。人世间最真实的存在，就这样存在着，所有的形容和阐释都是多余的。

然而除了形容和阐释，我又该怎样呈现这样的一种存在？

时 光 印 痕

　　其实，这是一个心灵的角落。绿叶闪着绿色的光芒；雨水曾经来过，阳光曾经来过，一只蚂蚁曾经郑重地从这里穿过；一只飞翔的鸟，曾经栖息在这里，那些斑驳的光与影，让它开始了遥远的找寻。还有，一抹气息穿墙而过。我听到了时光的声音。

　　斑驳与绿意，自有来处。谁也不知道，在这个不为人知的角落，在那些习以为常的日子里，究竟发生过一些什么？没有人力的推动和驱使，一切都是自然的，万物的规律与逻辑，在人力之外正常发生。这个角落所发生的，我并不懂得。这个角落里的这方泥土，让我想到了外面无边无际的世界，到世界上去的欲望时远时近。在这方泥土前蹲下身来，我从中寻找我想要寻找的。我并不知道我想寻找什么。这方斑驳的泥土更像一面镜子，我从中看到了自己沧桑的容颜。时光荏苒。我留了下来。地里的庄稼种了又收，收了又种，这一丛绿叶曾经有过几多枯荣？我试着理解它们，被光与影分割的这方小小的土地，让我同时感到了巨大的安宁和躁动。

　　不是被遗忘的角落。这是安静的所在，是不被打扰的存在。这方小小的土地，在光与影的簇拥下，像一张名片，传达的是一个人的内心的安宁。

　　安宁，是这世间最珍贵的礼物。

　　在并不茂密的绿叶下面，曾经发生过一些什么？当一个人开始关注这类问题，他的生活注定是慢的。在慢生活里，人的状态才可

海 边 的 葡 萄 原 乡
HAI BIAN DE PU TAO YUAN XIANG

能真正舒展。

　　我多想把这方小小的泥土复制下来，铺在书桌上，它的龟裂，它的斑驳，以及它的艰难的绿叶，对我都是某种人生启示。面对这样的一方土地，我知道除了耕耘，还有很多更重要的事情需要去做。

此刻的物事

　　已是多年的积习了。你打理自己的方式，就是不断地销毁曾经写下的文字，或者将它们变成隐喻，留存到某一篇文章中。多年来你很认真地写着日记，每离开一个地方就重读一遍，然后付之一炬。这是你与自己作别的方式。你清楚这种矛盾行为的动因，不仅仅是对那些文字的不满。你说不清这种不满，但你满意于这种总也不满意的心态。

　　然而对于生活，你是满意和满足的。你总也记不住很多应该记住的事情。或者说，你总是能够轻易忘记那些不该忘却的过往。不知道这是一种坏记性还是一份好心态。这既让你备感苦闷，也让你格外愉悦和轻松。

　　在这个"标准"混乱的年代，你最看重的是内心尺度。比如说"进步"，这是一个有着怎样意味的词语？被现实注入太多所谓内涵，一些可意会不可言传的东西。就像阶梯，一层又一层地摆在那里，是用来穷尽某些人的一生。你在中途已经察觉，但有一种惯性难以抗拒。它并不想放过你后来的时间。

　　所谓关心的背后是漠不关心，所谓无私的来源是自私，所谓事业心的动力是名利之欲……难道现实的真相不是如此？这原本是可以理解的，因为它与人性有关。不该原宥的是，它们打着别样的幌子，以截然相反的面孔出现。人与人之间，更多地成为彼此的工具。你不相信这样的工具，不善于使用这样的工具，你注定是"不合时宜"的。

　　那段日子，你疲惫且郁闷，觉得五脏六腑都要腐烂了一般。这般心

境下，居然接受了晚报一个关于幸福的访谈，答非所问地说了一些话，唯一能够说服自己的，就是结尾那句"西西弗斯是幸福的"。你幸福吗？你常常觉得自己就是"西西弗斯"，一个心甘情愿去接受惩罚的人。所谓意义就是在无意义中创造意义，所谓希望就是在无望中并不绝望。

因为石头的阻遏，流水溅起亮丽的浪花。在河边的观赏者眼中，浪花是一种美。而对于流水，这是粉身碎骨的痛。

这个人此刻的煎熬，被别人和以后的自己解读成为一种丰富。一些真实的东西流失了。一些别的元素添加进来。这个人，还是"你"吗？

他是你的老师。一个以思想的方式与现实对话的人。那天去他的博客，得知他的手腕骨折已经半个多月。你拨通他的电话，听到一个熟悉的声音，疲惫、苍老。他刚退休，一个老人，要照顾比他更老的患着痴呆症的父母。他谈到写作，谈到生命和生活，谈到他的堂兄，很健康的一个人，前些日子突然去世。他说生命是很难说的，到了他的这个年纪，正常的事情其实就是家里的这些琐屑事情，好好活着，用心把身边的这些事情做好，不像年轻时心比天高志在千里。你捧着话筒安静地听他说话，回味着他近年写下的文字。曾经多少个深夜，你读着那些文字，像在倾听一位智者娓娓而谈。他以一种素朴简约的方式，谈到自己的所思所想，这些思与想更多的是融解在此刻的物事之中。此刻的物事，于是拥有了一份遥远的意味。置身于这样一个迅疾变化的世界中，他始终在守护着自己的内心准则，并且对所有企望动摇或改变这个内心准则的物事，都做到了直面、警醒和质疑。他既在洞察外部世界的真相，同时也在为自己的心灵世界把脉。在速度所产生的快感之中，他更多想到的是"方向"；在冰冷的楼群里，他更加珍视的是人与人之间的理解和友情；在雨夜，他惦念着那盏灯如何抵御黑暗和寒冷；在公园赏花，他更多看到的是赏花人的心态；在街头漫步，他时常猜想那个每天晚上都到外面闲逛、并且不时仰望天空的人，究竟看到了什么想到了什么？在当下，我们判断问题的标准和尺度是什么？我们究竟能把握什么？一个灵魂纯粹的人，果真比一个灵魂残缺的人更幸福更快乐吗？认真是一种过错吗？真诚需要表达吗？……在常识被颠覆被忽略的现实境况中，太多的

犹疑和不甘他不肯放弃。在他看来，我们所知道的，也许正是我们所不知道的；我们所自以为是的，或许恰是我们的愚昧和浅薄之处。他洞悉了世事真相，但这不足以让他无法安宁。让他无法安宁的，也许是他以为还有更多的真相不该被放弃，还有更多的人、更具体的物事不该被忽略。他无法停止追问。他更多的是在问自己。在他那里，文字既是一种表达的方式，也是一个抵达和探究自己内心的过程。他通过词语，不断地探究和呈现自己。他忠实于自己的内心感受，哪怕它们是不合时宜的。在他的文字中，你同时看到了他的坚定与犹疑、宽容与谴责、冲突与安然、沉默与倾诉、梦想与现实、期待与失望、沉静与躁动、阳光与黑暗、欢乐与忧虑、爱与恨、冷与热……经历太多世事，淡定和从容成为他的生命底色。他言说着，像在与不同时期、不同状态的"我"对话。他从这种对话中发掘了诸多可能，并且赋予它们新的更多的可能。

　　是什么让他无法安宁？你抚摸着那本书的黑色封面，想了很久也想了很多，想到漆黑夜色中轰鸣的鞭炮和转瞬即逝的焰火，想到他在台灯下欲言又止的神情。这些带着体温的文字，这些有着隐喻意味的文字，他写下它们，也许是在结绳记事，也许既不是为了纪念也不是为了忘却，而是认为有一种生活值得去过，有一种意义值得追求，有一种爱可以终生珍藏。这样的无法安宁是值得珍视的，它与日常有关，与来时的道路和正在去往的远方有关，与很多人都习以为常的冷漠和麻木有关……

　　你想到了自己。你忽略生活已经很久很久，把生活中的那些具体物事抛给妻子，自己一个人埋头读书与写作。你热爱读书与写作，对生活却付不出起码的热爱。生活总是有着千万条触须，每一条触须都让你焦虑和烦忧。这些年来，你一直在与生活抢时间。最简单的想法，就是要把花费在公共场合的时间，从具体生活中弥补回来。大多的业余时间于是被浓缩到一张书桌前。紧张、疲惫以及焦虑，成为生活的常态。日常的、具体的生活被忽略，形而下的操劳与形而上的逍遥完全割裂开来，写作成了一件自私的事情。"在别处"果真是值得期待的吗？倘若上帝为你关闭一扇门，那你要相信他会为你开启一扇窗的。比如说工作确实是繁忙，但你得到了体味和观察现实社会的一个角度。工作既是谋生的方

式，也是观察和思考的角度。在更真实的层面介入社会真相，并不是每一个知识分子都可以幸运遇到的。你曾经是那么固执地不屑于让自己的文字介入现实，那么固执地在乎别处和远方。其实，对"未来"真正有意义的，或者最有可能在"未来"留下来的，恰恰是你的"现在"，你的"当下"。恢复对生活的爱，对琐屑生活的温暖感受，好好地把握它们，写出它们，也许这才是真正重要的。

马尔克斯的那个经典开头，所谓的"过去将来时"，先前更多的是作为文章技艺层面来看待的。如今静下心来想一想，感觉它在人的具体生活中其实有着更具意味的价值。向前看不是问题，向后看也不是问题，问题在于能否站到那个必然的将来，省察一下现在？这样做并不艰难，很多人却做不到或不屑于做到，有的即使做到了，也大多是在外力作用下促成的。

从此刻出发，成为一个正常的人，活得更像自己。读书、写作、散步、休闲……像一个正常的人一样，从此刻出发，向着远方绽放更多的可能。

"如此幸福的一天/雾一早就散了，我在花园里干活/蜂鸟停在忍冬花上/这世上没有一样东西我想占有/我知道没有一个人值得我羡慕/任何我曾遭受的不幸，我都已忘记/想到故我今我同为一人并不使我难为情/在我身上没有痛苦/直起腰来，我望见蓝色的大海和帆影。"这是米沃什的一首名为《礼物》的诗。这是你送给自己的礼物。

感谢生活，感谢阅读和书写，让这个尚未进入中年的人开始拥有这样的一份淡定和从容。

第二辑

旧 时 光

JIU SHI GUANG

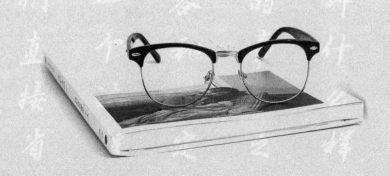

西 沙 旺

"西沙旺"已经名不副实了。"西沙旺地儿荒,零零星星几个庄,黄沙从秋刮到春,提来咸水洗衣裳……"这支童谣,依然记得这座城市曾经有着怎样的过往。二十多年了,一些事物匆匆而去,一些事物留了下来。这个我安身立命的地方,是曾经的西沙旺,也是如今的工业新城区。高楼林立,外商群聚,原本荒弃的土地开始身价攀升,零零星星的那几个庄,也都渐渐没了踪影,到处贴满"外向型""现代化"的标签。我走在街头,常有落寞的感觉袭上心来。从西沙旺到这座城市之间,仅仅是一段从荒凉到繁盛的距离吗?这些年来同样被改变了的,一定还有一些别的东西。

我来到这里已经整整十年了。最初记忆里,西沙旺的路面有些单调,偶尔才能见到行人和车辆,特别是逢年过节,那些工作与生活在这里的人,都理所当然地回到一个叫作老家的地方,这里于是变得更加空落起来。时光交织叠加,现实在以比想象更快的速度发生着变化,置身其中时日久了,渐渐也就生出几分麻木。我亲见了西沙旺的成长,熟悉它的每一个细节。道路纵横交错,东西走向的是用江河命名,南北贯穿的则以山脉称谓。三十六平方公里土地上,几乎包罗了所有美好河山的名字。长江路为主干路,泰山路属商业街……夹河是名不见经传的,但它是一条真实的河,一路奔波到这里,是为了融入黄海。夹河轻柔地把西沙旺与市区分割开来,一座长桥横卧河上,将断裂的道路牵连起来。人在桥上行,水在桥下漾,一半海水一半河水,交汇之处依稀可辨。然后沿长

江路自东向西，依次是东村、海关、彩云城、天马、行政中心、天地广场、科技大厦、3—2小区……这些原本没有意义的字符，已经嵌进这座城市的躯体，成为其中的一个部分。再继续往西，就是"新区"了。外资项目潮汐一样蔓延，村庄在夕阳的余晖中沉默着，钢筋和混凝土结伴前行越来越近。它们略过了那片葡萄园。在潮来潮去的日子里，我更在乎更惦念的，正是那片园子。它位于老区与新区之间，里面有一个很好的酒庄，窖藏了上百年的葡萄美酒。如今，葡萄园陷入工业重围之中，有一种说不出的孤单和尴尬。我一直在想象，一座飘着葡萄酒香的城市，该是怎样的一座典雅、浪漫且富有底蕴的城市。向外地朋友介绍这座小城的时候，我总是一厢情愿地谈到葡萄园，谈到葡萄美酒。

这样的一片葡萄园，让人满怀倾诉之欲。在冰冷的楼群里，在匆忙的车流中，这种倾诉的欲望还有多少？

留住这片葡萄园，永远地。它是一个不可复制的梦想。

一场大雪，让那个冬天真正地成为冬天，也让人体味到冷暖之外的更多东西。雪把房屋压塌了，这是我所亲见的事实。雪是美的。当美以风暴的形式呈现，会给人带来什么？雪也是柔弱的。当柔弱携起手来，制造出的却是另一种暴虐和威胁。记得落雪那天，我正沉浸在书房里，写着一篇与雪无关的文章。当我写完最后一个字，终于将窗帘拉开的时候，我看到一片耀眼的白。

去看望那栋被雪压塌的房屋。然后，我离开了。我一直没有说话，只是一个人在看，在走。脚下的积雪很厚，像一些坚硬的心事。行政中心对面的天地广场几乎全部结了冰，有人从中间凿出一条路，窄窄的，仅容三两个人同时走过。我走在雪地上，看到焰火燃放后的痕迹。焰火在高空展示辉煌和美丽，却在地面留下炭黑痕迹。我想象那些夸张的焰火，它们以夜空和白雪为背景，绽放，然后消逝。那个老人从对面如约走来。每天散步时，我总会在这里遇到他。据说他是一个退休了的局长，曾经有着笔直的腰杆，还有拒人千里之外的威严。此刻他正在散步，手里拽着一根细细的绳子，绳子的另一端拴着一只宠物狗。他面无表情地

走过焰火燃放后的那段炭黑路面，然后面无表情地从我的身边走过。看着他渐行渐远的背影，我听到雪在融化的声音。

以雪为背景，我在做着一些很具体的事情。修理吸尘器、订购家具、邮寄信件、加班赶稿子……这些很具体的事情，在排队等候着我。我想绕过它们，但它们迟迟不肯放过我。一个人可以承受多大的压力？这是一个问题。一个人值得承受多大的压力？这是另一个问题。也许，我更适合更愿意面对的，是一张书桌，一张可以同时容纳风雨雷电、苦辣酸甜的书桌。这样的一张书桌，可以让我同时拥有宁静与不安、丰富与贫瘠、短暂与恒久，以及这样与那样……我总觉得我应该是那样的，而不该仅仅是这样的。这样的我总在为那样的我而焦虑，并且心甘情愿或者既不心甘也不情愿地忙碌着。

大学毕业那年的冬天也是多雪。我应聘到西沙旺的一家外企上班，在郊区租了房子住。每天的早晨，我都会匆匆地穿过一段街巷，若是碰到面熟的人，就匆匆地点点头，然后说赶班车呢。那个时候，我觉得赶班车是一件值得骄傲的事情。我觉得我不是在赶班车，而是在赶一种被大家认可的生活。只要忙碌着就好，只要不再是流浪的、没有着落的就好，我把别人挑剔的目光，错认成了照耀自己匆匆赶路的北斗。那时我租住的，是一个四合院里的厢房，大约十平方米，没有水，有电，还有一个土炕，每月租金一百三十元。房东是个八十多岁的老人。每个月初的大清早，他都会很准时的来取房租。他总是一个人，赶很远的路来敲我的门，他咳嗽和哮喘的声音，比夜色还深还浓，常常从一个我并不知晓的地方出发，远远地就漫延过来，成为我睡梦中的背景和底色。那时我的生活很拮据，经常需要饿着肚子。那是 1997 年的冬天，在烟台市建设路一片待拆的铁路职工宿舍区里，靠着一堆书籍和劣质纸烟，我熬过了那些孤寒的夜晚。第二年的冬天来临时，我从那家外企调入党政机关工作。办公室在六楼，单位在二楼有一间仓库，就做了我的临时宿舍。那间屋子先前是"公证处"的办公场所，宽敞、舒适，有着很好的暖气。我住在里面，渐渐地就有了奇思怪想，总想着某一天会有人来找我公证或验证一点什么，就像那段时间我所写下的那些激情文字，总想为这个

世界公证一些什么似的。事实上直到我搬离那间屋子，也没有一个人来找我公证什么，我这才想起那个写着"公证处"的牌子早已挂到斜对面的另一个房间。在一个不挂任何牌子的房间里，我体味到了什么是安静，并且明白这个世界其实是不需要我来证明一些什么的。夏夜里，我几乎听得到窗外柳树的呼吸，还有柳条垂向的那一湾池水，沉默得简直让人无所适从。我住在那里，也工作在那里，白天从二楼坐电梯到六楼上班，下班后再从六楼坐电梯回到二楼。单位与"家"的距离这么短暂，我渐渐地感到了无聊和厌弃，开始盼着拥有一个真正属于自己的空间，哪怕是在某个居民区租住一间屋子，只要能与单位拉开一段距离就好。多年后我才明白了自己，那种想法的更深层次原因是，我想把工作和生活尽可能地区分开来。我不想让它们混合在一起。或者说，工作仅仅是作为谋生的一种方式，我对生活还有更多的理解和想法。这个想法从此就一直跟随着我，再也没有消失过。

从单位到家是十分钟的路，从家到海边也是十分钟的路。从家去单位，然后从单位回到家里，是每天都在重复的事情。偶尔，也会去海边走一走的，比如在高兴的时候，或者不高兴的时候。穿过一片防护林，海就在身前了。

海是阔大的。海边的路并不宽阔。我在海边并不宽阔的路上来回走动，向往着走出一份阔大的心境。我时常看到一个人，在海边旁若无人地吊嗓子，那些来自心底的奇异腔调，不知大海是否能够听得懂？一群穿红袍的老人在练太极拳，他们的一招一式都认真、含蓄，而且绵长，像是躲在潮汐背后的一种力。这样的力可以推动潮来汐去，却总也拨不开早晨清淡的空气。我觉得这里面有一种人生哲学。他们付出大半生的时间，终于弄懂了这种哲学。我也一直在试着去懂，但总也无法抵达，感觉不是多了一点什么，就是缺少一点什么。我相信他们一定经历过太多风浪，一定也曾有过激烈和抑郁，如今都已释然了。在海的面前，他们不需要任何回忆和解释。

沿着海边走，我时常看到一些年轻人在沙滩上嬉戏玩耍，他们把垃坂丢得到处都是，在阳光下格外刺眼。我也看到那些漫步的人，随手就将烟盒或饮料瓶子抛向大海，然后心安理得地离开。我想，这些应该不在电子眼的监控范围吧。不在监控范围的，其实还有更多事情。那天，我在海滨路上散步，看到两个拾荒人拥挤在公用电话亭里避风，他们衣衫褴褛，神情漠然，互相并不说话，像在积攒所有力气来抵御外界的寒冷。接下来，我看到一个老人倒在前方的路边，他像影片中的蒙太奇镜头一样，是慢慢地倒了下去的。来往的车辆若无其事地来来往往。终于有一辆车减速停下来，司机刚从车窗探出头，就被车里人一声呵斥，然后匆匆摇上车窗，一溜烟儿地开走了。我离那个倒下的人越来越近，我想过去扶起他，又担心沾上某些说不清的麻烦，好心人因为救人被诬告被索赔，早已不是什么新闻了。我不断在心底劝告自己多一事不如少一事，掏出手机正准备报警，躲在电话亭里避风的两个拾荒人已经走过去，他们扶起倒在地上的老人，然后不停地招手拦车。来往的车辆仍在若无其事地来来往往，有的车辆甚至提速了。终于，一辆人力三轮车停下来，他们手忙脚乱地将老人扶上车，然后飞速地向着医院的方向蹬去。我愣在那里，好长时间没有动身。就在不久前的某个傍晚，我在海边还看到一个妇人与人力三轮车夫讨价还价。她的怀里抱着一个孩子，她讨价还价的认真与她的时髦穿戴，以及人力车夫苍老的表情，好像不在同一个时空。因为怀里的孩子开始哭闹，她终于才肯在三轮车上坐稳，然后对着孩子说："宝贝你如果再哭，长大了也让你去蹬三轮车。"那孩子居然不再出声，变得安安静静起来。同样沉默的，还有那个蹬三轮车的人。他一言不语，低头蹬着车子走远了。

那天我沿着海边走了很久也走出很远。在一个小渔村，我看到满地蠕动的挖掘机，一片浩大的施工场面。据说有个重要的工业项目落在这里，需要填平一方海域。那是我第一次看到填海工程，巨大的石墩井然有序地摆进海里，然后是乱石、混凝土，等等。偌大的海，那些鱼儿该去往何处？

一直以为，我与这个叫作西沙旺的地方有着相同的体温，有着一份

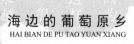

不必言说的默契。我常常念想她的原初模样，黄沙漫漫，阡陌纵横，一片并不美好的田园。二十多年过去了。我想写下这座城市的成长，写下她的繁盛以及繁盛背后的东西。当我拿起笔时，才发觉自己对这座城市其实并不了解。这个没有炊烟的栖息地，总让我觉得心里有些空落。也许，这仅仅是我安身立命的地方。我的梦想一直是在远方、在别处的。记得有天傍晚我在法院门前等人，居然看到了一个卖爆米花的老人。老人的脸膛是黑色的，比他手中摇着的炭炉还要黑。这是我童年记忆中的人物。他穿街走巷，不知道穿越了怎样的一段距离，才从乡村胡同走到现在的高楼与高楼之间。看着这个原本属于乡下、属于记忆的场景，看着爆米花老人黑色的脸膛和龟裂的手，还有那灼烧着我的童年快乐的小小火焰，我有一种说不出的感动。我站在那里，安静地看着这一切，一股暖意从心底渐渐涌起。然后，一辆城管的车冲了过来。然后，车上跳下几个穿制服的，抬起爆米花的炭炉丢进车里。然后，他们就走了。老人吃力地直起腰，满脸的茫然。我是旁观者，我看着茫然无措的老人，看着老人背后的影影绰绰的人群，还有来了又去的风，我觉得心里有一灼小小的火焰在抖，在抖，终于抖灭了。

　　这是异乡。我的故乡在别处，在心里。岁月如河，谁曾察觉流水的伤口？那些炊烟，那些蛙鸣，那些素朴的日子，我都用心珍藏着。它们留存在记忆里。它们只能留存在记忆里。这个曾经叫作西沙旺的工业新城，到处都是生产流水线。在这冰冷的格式里，我期望邂逅一些与炊烟蛙鸣有着同样品质的事物，它们来自一个我再也回不去的地方，带着久违的温情，还有说不出的痛。

空　间

一

蝉鸣，来自窗外的某棵树上。这只鸣叫的蝉，之前曾在地下蛰居了多少年月，我并没有想过。似乎，这也不需要去想。

我每天的生活，像这蝉鸣一样悠长单调。太阳升起的时候开始晨练，然后吃饭、上班，间或微笑、沉默；黑夜降临之前，下班、回家，然后吃饭、散步、上网、睡觉，或者失眠。没有为什么，一直觉得生活本来就该这个样子。在家里，我会利用一切空闲的时机，教我的女儿背诵三字经，她才四岁，整天把"一而十，十而百，百而千，千而万"挂在嘴边，她觉得这挺好玩。

每个周末的早晨，我总在太阳升起之前，从住宅小区的西门出来，然后穿过五个十字路口，抵达一个地方。那里有一间空空荡荡的房子，距我平日的住处大约十多里地。我的工作很稳定，家庭也很幸福，但是说不清为什么，总有一种从日常生活逃离出去的念头，而且这念头越来越强烈。终于有一天，我不顾已经背负的房贷压力，再一次从银行贷款买下了这间小型公寓。选中这个地方，是因为它位于城与乡之间，距离我工作和生活的城市不远也不近。我从小在农村长大，现在却已不再习惯农村的生活，在城里定居多年，一直没有完全地融入和适应城市生活。正如一个诗人所说的那样，故乡是再也回不去的故乡，异乡是待不下去的异乡。不管是故乡还是异乡，我都怀着同样的一种不甘。我知道，那

是流淌在血液中的一种东西，任何外力都无法将它更改。在城乡接合部，我终于拥有了一个可以安放身心的空间。这间小小的房屋，背靠大海，坐拥一片浩荡的葡萄园，我给它起了个名字叫"葡园"。每个周末，我都会去到那里，像奔赴一场私密约会，读书、写作，或者什么也不做，什么也不去想。狭小的房间里，摆放着一张阔大的绿色书桌，这让我时常想到窗外绿意葱茏的葡萄园。我很少去葡萄园散步，也不会去海边凝神伫望，只是守在我的房间里，偶尔眺望一下窗前的葡萄园和窗后的大海。对于窗外的世界，我有太多的话要说。我写下了它们，那是一些永远没有机会发表的文字。我会一直写下去，以这样的方式，并且始终不改变这样的品质。这是我的命。我认命。将来某一天，我会把这些文字装进漂流瓶，让它随着时空去漂流，期待在某个时刻某个地方，与某个人邂逅。文字倘若有着这般命运，应该知足了。

写累了的时候，我会在房间里踱步，从窗口走到门口，然后从门口返回窗口，来来回回，每次我都默念着步数，至今仍然没有记住这个房间的确切长度。因为书桌的存在，我总觉得房间之外的那片葡萄园，其实也属于我的房间的一部分。有时候，我会在阳台久久地俯视楼下的葡萄园，偶尔回过头看一眼我的绿色书桌，好像它们有着某种内在的联结。往远处看，这座城市一片平坦，路面很少有起伏和坡度，更少见到山，哪怕是很小的山。站在阳台上，目光越过大片的葡萄园，可以看到一座山，山上有着隐约的建筑物。我从同事那里得知，那是在山上新建的看守所，而且，看守所人满为患，每年都在不停地扩建。我对看守所不感兴趣，对看守所里的人倒是很有兴趣，他们对现实规则的拒绝和破坏，究竟源自一些怎样的想法呵？我与他们的最大不同，大约在于他们将拒绝和破坏付诸了现实，而我仅仅是生活在纸上，最单薄的纸上，然后这些写满虚无的纸，将随同漂流瓶穿越时空，抵达那个更加虚无的人的手中。

因为厌倦喧嚣和热闹，我逃离到了这里；在这里，我却又感到一种说不出的孤单。阳光是沉默的。沉默的阳光终于爬上桌面。一只苍蝇追逐而来，我没有驱赶它。这个房间太清冷，有生命力的，除了我，就是

这只小小的苍蝇。阳光照耀着我与苍蝇，这个房间平添了若干暖意。我聚精会神地盯着桌面上的苍蝇，想起一个朋友拍摄的关于苍蝇交配的视频。他曾经绘声绘色地向我描述，那段十几分钟的视频，如何让他寻找和捕捉了整整一个夏天，他觉得那是世间最纯洁和美好的"两性"关系，为了拍摄这样的一段视频，他甘愿付出漫长的时间代价。那位朋友是一个公务员，也是一个摄影爱好者，我无法相信平日循规蹈矩的他怎么会有如此创举，何以产生这么奇异的想象力。他说他所拍摄的，其实仅仅是一种本能，人和动物共有的一种本能，并不需要所谓想象力，需要的只是耐心，还有尊重。

　　我不曾亲见那段视频，更无法理解和认同那个朋友的情感逻辑。很多荒谬事情，其实有着更为荒谬的原因。直面这个世界，爱这个世界，与这个世界始终保持对话关系，这不仅仅是一种越来越稀缺的能力，更是一种珍贵的品质。若干年前，我对葡园的寻找和选择，其实不过是在现实中节节败退的结果。这个发现让我百感交集。在这个叫作葡园的地方，我与另一个自己对话，我们谈到了往昔，谈到了将来，唯独不谈论当下。我和另一个自己都想拒绝当下，都想将生命意义浓缩到一张书桌上，不关心书桌之外的任何事情。然而，这是不可能的。

二

　　留意到那个窗口，是在一个黄昏。我站在阳台上，不经意间发现对面有个窗口架着一台望远镜。像我这样的一份简单生活，居然也值得偷窥？我找不到任何理由来解释藏在窗口后面的那双眼睛。或许，那台望远镜的存在，本意是用作看海的。海在我的身后。

　　某个午夜，我在书桌前写作，偶一抬头，看到对面楼上的那个窗口，一个女子倚在窗前发呆。两栋楼之间仅仅隔了一条马路，我有点难为情，却又忍不住偷窥的欲望。那一刻，我说不清自己究竟是一个偷窥者，还是一个被偷窥者。我一个人躲在这个房间里，其实这个房间一直在别人的目光里，我从来不曾独自拥有过它。似乎仅仅几年的时间，城市就像

潮水一样蔓延过来，这间房子被巨大的建筑群湮没了。这间房子的门，其实一直是虚掩着的，从来就不曾彻底关闭。透过这扇虚掩的门，我看到外面的影子，斑驳的，残缺的影子。

终于有一天，这扇虚掩的门被敲响了。我正在午休，枕边放着读了几页的莫拉维亚小说集《不由自主》。这个房间的门从来没有被敲响过，这里的物业管理很严，除了业主，外人是很难进入的。我犹疑着，打开门，是一个年轻女子，似曾相识的样子。我说你找谁，她说你是戈多。她的语气，不是打听也不是询问，是直接判断。我点头，越发地糊涂了。

我可以进屋吗？她不等我回答，径直走进房间，在沙发上坐下。她好像对这里的一切都很熟悉，沉默了一会儿，才开口说话。她说很喜欢我的那个中篇小说《别问我是谁》。

我完全懵了。没有任何人知道我一直躲在这个房间里，至于那篇叫作《别问我是谁》的小说，是我昨晚熬了一个通宵刚刚完成的初稿，根本就没有公开发表。我不知道坐在我面前的这个年轻女子是怎么知道我，怎么找到我的。这个房间没有电话也没有互联网，我与外界没有任何的联系，更谈不上与陌生人有什么交往了。我说："你必须告诉我，你是怎么找到我的。"

她浅浅地笑，说这并不重要，可以给杯水吗？

我站起身，冲了杯咖啡递给她。我每天的生活都是靠着苦咖啡支撑的。离开了咖啡，我对这个世界总是表现出一副无精打采的样子。那天我和她喝了一杯又一杯很浓很苦的咖啡，说了很多很多的话，一直说到夜色渐渐降临。她始终没有谈及她是谁，是如何找到这个房间来的。当我下定决心要追问到底的时候，却突然睡醒了。我看到，房间的门依旧紧闭，电脑依旧开着，正午的阳光洒满了绿色桌面……

三

葡园后面的海是原生态的，岸边礁石丛生，刻满了风浪的印痕。突然有一天，礁石被炸掉了，据说要在海边修建一座栈桥。与栈桥一起规划的，还有葡萄园附近的一个高档别墅区。就像孩子堆垒积木一样，一栋又一栋的别墅转眼间就搭建起来。在这片别墅区里，随时可以看到业主带着宠物狗在溜达，每栋别墅的院落里，还喂养了几条很大的看门狗。狗与狗是不同的，正如人与人的不同。这个偏僻的城乡接合部，这个最初被穷人无奈选择的地方，越来越被有钱的人留意和看好。

　　年轻的时候，大约是在二十世纪九十年代，我曾经热切地盼望拥有一个 BP 机，一款极为普通的手机。如今，我对手机厌倦至极，因为平静生活随时都可能被它打扰。我想关机，但又不能，在政府机关里谋生，单位要求必须二十四小时保持通讯畅通。到了周末，我躲进葡园以后，会把平时与外界联络的手机关闭，仅仅开着那部专门用作办公的电话。这是别人通向我的唯一渠道，因为生计问题我不能阻塞它。我不希望电话铃声响动，偶尔有电话打来的时候，总会惹人烦躁和不愉快。一般情况下，那部手机躺在书桌一角，安安静静地，周末两天始终默不作声。时日久了，突然在某一刻，我的心底涌起一股被人遗忘的感觉。我不知道，这种所谓的归隐生活，是不是依然有着与这个世界交流与融合的渴望？

　　记得参加工作之前，我曾对母亲说，如果每天早晨都能吃上几根油条，那该是一种最美好、最值得过的生活。那时在我的心里，城市生活的最重要标志，就是早餐可以吃油条。后来，当我住进郊区那个租赁的厢房时，我开始过上城里人的生活，油条成为我的日常早餐。每天早晨起床后，匆匆地洗把脸，然后匆匆地往外走，去路边的小吃部吃油条。小吃部是我的朋友东子家里开的，我几乎每天早晨都会得到特殊的关照，比如在米粥里给加上一勺白糖，这让我觉得一整天的生活都很甜蜜。我吃完油条，就在路边等候单位的班车，上了车，汇入城市的车流，看着窗外的人与物，回想自己这些年来走过的路，心里常常涌起很复杂的想法。这里面，有一种我永远也说不出的感动和感激。对于生活，对于那些陌生的人，我是心存感激的，是他们的帮助，他们的打击，甚至他们给予的伤害，让我成了我。我感谢他们。

　　很快，我就对油条有些失望了。那个晚上我去东子家里借一本书，

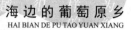
他刚好正要调面，以备第二天早晨炸油条之用。他把袜子脱掉，然后两只脚探进一个大面盆里，反复地踩着，搓着。这让我惊愕得好久没有合上嘴巴，我不敢相信城里的油条居然是这样做成的。我质问东子怎么能用臭脚丫来调面？东子笑着说，这样省力呵，你这个乡巴佬，脚躲在鞋子里，比手干净多了，手每天要接触多少细菌呵。东子的解释，让我更加的不明白。若干年后的今天，当地沟油、毒奶粉肆意泛滥的时候，我终于明白了朋友东子的话。这并不是一个干净的世界，一双手每天要制造多少事物呵。相比之下，我越来越觉得脚是值得信赖的。我爱上了散步。我在散步的时候会想到很多的人与事。人生应该是一场散步，而不是一次长跑，更不是什么百米冲刺。慢慢地走，慢慢地看一些事物，想一些事物，你会给自己鼓掌的。很多人拼尽了力气，一口气冲到别人设定的那个目的地，然后在别人的掌声与喝彩中，独自体味不为人知的疲惫和落寞。我在散步的时候，时常会与路边的一朵小花对视，我相信那朵小花是不寂寞的，我也相信它会觉得我并不孤单。有时候，我会蹲在地上，密切关注一只蚂蚁的去向，它吭哧吭哧地爬了半天，总也爬不出我的视线，于是我觉得我的眼光真是长远，我满意于这样的眼光。生活其实就是这样，很多的所谓超前意识，所谓宏伟抱负，不过是鼠目寸光和急功近利的代名词。

……

在葡园，我的关于这个世界的记忆，几乎全是支离破碎的。对这个世界的完整记忆，是我从来就不曾拥有过，还是后来被我弄丢了？我越来越搞不懂自己了。我固执地拒绝安装互联网，企图尽可能地保持一份田园感觉。我与这个世界是脱节的，这让我安宁，也隐隐有着某种念想。或许在我的内心深处，一直盼望着来自远方的消息，我对这种所谓田园生活的选择，其实正是为了拒绝这样的一份等待。人是一种很怪的动物，往往越是强调什么，越会反证了同样的什么。我对外界的固执拒绝，事实上这最终导致了我的更加在意。没有来自远方的消息，我一直活在记忆里。葡萄园、海，还有通往海的视线，都在不停地被篡改，我不知道除了记忆，还有什么会是我所熟悉的？

四

　　这一摞手稿，是他的母亲帮助誊抄整理的。他研究哲学，读过太多的书，写下了太多的文字，几乎过着一种与世隔绝的生活，人届中年，仍然不具备与这个现实社会打交道的能力，不得不与父母生活在一起。我是他唯一的朋友。除了我，他与外界几乎没有任何联系。我曾经主动说起要帮他整理一些文稿，争取出版一本书。他的母亲很快就把他的一大摞日记本寄了过来，字迹潦草，怪异，需要很吃力地逐字辨认。我下过决心，想拿出半年甚至一年的业余时间，专门来整理他的这些手稿，希望这些文字能被更多的人读到，得到更多人的理解和认可。如果不能帮他做好这件事，我的内心是会不安宁的。这些手稿跟随了我好长一段时间，搬家，工作调动，一直带在身边。那些年，正是我的工作和生活压力最大的时期，即使业余时间，我也没有自主支配的权利和自由，整天被工作折腾得焦头烂额，以至于自己的文学创作也被迫停顿下来。这般境况下，他的书稿根本无暇顾及，我一直没有兑现自己的诺言。后来，我终于鼓足勇气把那些手稿退还给他，并且希望他能够自己重新整理誊写一遍，然后我来联系出版事宜。大约一年以后，他的母亲托人把誊抄清楚的文稿捎了过来，工工整整的十本。

　　一个年迈的母亲，戴着老花镜，忍受着病痛，用了整整一年的时间，一笔一画地抄写整理儿子的文稿。我无法想象，当她一边照料现实中不能自立、无法沟通和交流的儿子，一边要面对儿子所写下的那些思考，那些不被理解的孤寂与伤痛，内心会是怎样的一种滋味？

　　我一直固执地以为，他是一个艺术天才。他记不住自己家里的电话号码，但他几乎记得西方所有重要哲学家的生卒年月，谈到他们的著作更是如数家珍。大学时期，我和他是舍友，我们时常到半夜了还在谈论艺术，有时候观点发生分歧，争论越来越激烈，谁也无法说服对方，就干脆起床痛痛快快地动手打架，有一次竟然把宿舍阳台的玻璃打碎了。第二天大清早，我和他相约一起去吃早餐，若无其事地继

续探讨昨晚的艺术问题。临近大学毕业，他却突然退学了。文凭在他眼中，只不过是一张废纸。他拒绝接受这样一张纸的覆盖。毕业数年以后，我结婚度假去上海，在他的家中逗留了一日，然后带他一起去周庄游玩。途中，因为要给他的家里打个电话，他仍然记不住自己家里的电话号码，需要从记事本里查阅。我把这个事情跟一些搞文学的朋友说过，他们大多当作笑料，或者感到不可思议，一笑了之。

　　他是一个缺陷太明显、优点却丝毫没被发现和挖掘的人。他活在城市的某个不为人知的角落，在父母的照顾下孤独地生活。他的母亲在电话里说，他是一个精神有病的人，一直在吃药治疗。他拒绝被当作病人，情绪激动的时候非常可怕。他不会上网，他获取知识的唯一途径就是书籍，整天待在家里读书，很少锻炼，体质越来越差。他居住的房子，是父亲单位给租赁的，在上海机场附近，条件很差，一下雨屋里就漏水。他父母的梦想是，按揭贷款在镇上买个小房子，一家人搬到镇里居住。

　　一个艺术天才，一个不满并且不甘于现实的人，难道就该被现实赋予这样的一种命运？我时常在电话里与他长时间地谈论艺术，但我不能明确地告诉他艺术在现实社会中其实是多么尴尬和无力，不能说他对艺术的坚持究竟是正确还是错误的。我担心我的敷衍会误导了他，让他在艺术沼泽地里越陷越深。但是，倘若我坦诚以告，这对他无疑是一个致命的打击。我只是一遍又一遍地告诉他，要好好生活，做一个快乐的思想者。甚至，当他无力穿越那些思想上的困厄和障碍时，我宁愿希望他选择放弃或绕行。生活中的很多困难，常常并不是克服和解决掉的，而是被绕避和被遮蔽了。我想说的是，生活本身其实也是一种哲学。

　　已经很久没有他的消息了。他的书稿一直放在我的桌边，就像一块压在心上的石头。这是他与这个社会对话的唯一方式。他在自己的房间里写下它们，然后交付给另一个更为巨大和虚无的空间。我是唯一的见证者。不管这些文字将会从此消弭还是留存下来，不管他最终是否有勇气有力量走出自己的房间，我都祝愿他能够过得好，企盼他的世界之外的那些人，即使不能去关爱他、鼓励他，至少，不要去伤害他。

五

窗外的蝉鸣渐渐地淡了，代之而起的是建筑施工的声音。葡萄园在一点点地萎缩，楼房越来越多。这片葡萄园曾被誉为这座工业城市的"肺"，如今这座城市已经不需要正常的呼吸了。葡萄园的东北角挺立着六栋楼房，脚手架上人影模糊，"叮叮当当"的施工声音不断传来。向前看，视野被楼房遮挡；向后看，也遭遇了同样的遮挡。我的这间房屋在十四楼，原本是可以看见大海的，倘若天气晴朗，还会看到大海涌动的细碎波浪。好像仅仅是在一夜之间，海就被隔在了楼的另一端。我看不到海了，只是在静谧的夜晚，会听到海在哭泣的声音。再后来，我读到米沃什六十岁时写的那首叫作《礼物》的诗："如此幸福的一天/雾一早就散了，我在花园里干活/蜂鸟停在忍冬花上/这世上没有一样东西我想占有/我知道没有一个人值得我羡慕/任何我曾遭受的不幸，我都已忘记/想到故我今我同为一人并不使我难为情/在我身上没有痛苦/直起腰来，我望见蓝色的大海和帆影。"合上书，我在我的房间里一次次地抬起头，我没有看到大海，我只看到了一片冰冷的楼房，看到那些建筑工人，在楼下蚂蚁一样地来来往往。他们是渺小的，渺小如一只蚂蚁，一粒尘埃。这座巨大的城，并没有一只蚂蚁或一粒尘埃的容身之地。我是一只幸运的蚂蚁，一粒幸运的尘埃，我有这样的一个空间可以停留，哪怕是短暂的停留。终将有一天，我会锁上这个房间的门，背起行囊，向着我曾经生活过的地方走去。

托尔斯泰曾经说过，我感觉我的生命越来越精神化了。我喜欢说出了这番话的这个老头。我不喜欢他的说教，比如《一个人需要多少土地》。作为一个写小说的人，我并不擅长虚构。我已经被这个社会太多的真实击伤。那些真实，已经远远超过了一个人对事实的承受能力。我总觉得那是另一些人的另一种虚构。而我，只需要真实地把它们记录下来，就可以留下这个时代的真实。或者说，虚构其实才是这个时代最大的真实。太多已经和正在发生的事情，不但打破了常规，而且超过了人的想象所能承受的最大限度。我们生活在一个比想象还要虚幻的现实之中，这对

77

我们的想象和虚构形成了新的讽喻。托尔斯泰在小说《一个人需要多少土地》中是这样虚构的：魔鬼对一个农民允诺，只要他在太阳下山之前回到早晨的出发点，那么途中经过的所有土地都将归他所有。结果这个农民累死在途中。托翁的虚构，我们自然不会当真，他只是试图告诉我们一个道理，正如他在文章的最后所写到的："这位农民的墓穴宽三俄尺，长六俄尺。"托翁的态度是很明了的，很多的人也都持有相同看法。然而，我以为仅仅用贪婪或私欲加以评判是不够公允的，农民酷爱土地是理所当然，他对土地的吝啬或贪婪都不该粗暴指责。其实我所热爱的写作，何尝不也是这样？在一条没有止境的路上，怀着仅仅是隐约的希望，独自固执地走着，直到有一天"累死途中"。这一切，很快就将被人遗忘，甚至从来就不曾被人知晓过。然而，这不能成为远离写作和拒绝思考的理由，正如那个农民墓穴的尺度无法遏制他的梦想或欲望一样，因为与魔鬼有约，与心灵有约。

六

雨是善解人意的。雨一直在下。那时她正在经历着一场刻骨铭心的失恋。长达七年的感情走到了岔路口，她终于决定只身一人从那座城市迁居上海，所谓换个环境的轻松说法，其实正是对那段感情的结束与割舍。在一座完全陌生的城市，她回忆着那些往事，不想对熟识的人说起，又想找个人说一说。"那只有你了。"后来她是这样说的。

我见过照片上的她和他，两个人之间是很默契的感觉。她说，当初读研究生时这可是被誉为校园里的神仙眷侣呵。说完这话，她在网络的另一端沉默了一下，然后说在这个充满隐喻的社会，"神仙"二字是否本身就意味着不现实与不可能？

一份不可能的爱。也许，结束是最好的选择。

但我一直不明白，很多情感的发生和结束，为什么常常是在生日这一天。那天是她的生日，她向我讲述了去年的那个生日，她和他正式分手的事情。之所以选择那个日子，大约潜意识里是想铭记一段感情，是

一种藏在心底的，只属于自己的"仪式"。

"你还记得那年的雪灾吗？那么大的雪，公路都被封了。路上没有车，他从老家出发，在风雪中走了整整一天才走到学校，只为了来看我一眼。那天他病倒了，高烧不止。

"因为他对我很好，我就觉得应该和他在一起，一直在一起。他不喜欢读书，并不理解我，沟通与交流自然成了一个问题。我知道他其实并不是理想中的男友，我一直在降低自己对他的要求，已经很低很低了，一直低到尘埃里去，还是没有开出花来。

"昨天想他了。昨天天冷，去苏州。他姓苏，苏州到处是'苏'字。想起下雨的时候他蹲在地上给我卷裤脚；冬天一起走路时他总把我的手放在他的口袋里，特别暖和；我出差时他一路发短信，怕我孤单。他又失眠了，是在博客上写的，他说有个她拉着他的手。我不想打扰他，希望他早点找到自己的幸福，可是又觉得，他不应该这么快这么轻易就从七年的感情中解脱出来。

"他在同学博客里留言说，大雪让人的行走变慢，在雪中行走，会慢慢地想明白一些事情。

"以前总觉得我可以独自承担一切，最近发现原来我是那么渴望被人倾听。真的谢谢你以倾听的方式，陪我走过了一段最难过的日子。那天在苏州很想给你寄一片枫叶，地上的太脏，树上的不忍心摘，也就只能想一想了……"

我在网上听她的讲述，始终都保持着沉默，甚至连一句安慰的话也没有说。人与人的相遇，真是一个很难说清的事情。像一列火车，突然停在一座不知名字的城市，这座城市灯火辉煌。她真是一个懂事的女孩。我甚至已经记不清与她的最初交往，偌大的网络，也许只是百无聊赖时的几句不经意的招呼，然后就彼此关注和留意了。那个夜晚，她关掉手机，看着博客上关于那座城市第一场雪的文字，蜷坐在床上发呆。博客里的音乐一遍又一遍地重复，她只听到许巍的那一句"就这样坐着"的歌词，恰如正在呆坐的自己，身心都是空的，连困倦都感觉不到了。

我始终没有见过她。我能够理解，当一个年轻女子，背负着一段失

败的感情，从一座城市去到另一座城市，然后在某个雨夜开始了对陌生人的讲述。最虚无的网络，流淌着最真实的人性。在这样的一个虚拟空间里，有着这样的一份倾诉与聆听，这已足够。

七

路过的事。

之一：去郊区的山上，参加一个与文学相关的扎堆活动。我不记得山上有什么宜人的景色，只记得我坐在车上与来往的车辆擦肩而过，与田地里劳作的农人擦肩而过，与高高的楼房和低矮的农舍擦肩而过。我努力爬到了山顶，然后吃力地从山顶向下走，在半山腰看到一个并不年轻的女人坐在巨石之上，旁若无人地歌唱。返程途中，又遇到另一个并不年轻的女人，她在公路上一个人痴笑着舞蹈，完全无视来来往往的车辆。几乎满车的人都以各自的方式，表达了对这个女子的嘲笑或同情。我在想，作为一个写作的人，仅仅有同情是不够的，还该有探究更深层次原因的勇气和力量。也许，那个在巨石上唱歌的女人，那个在马路中央独自跳舞的女人，她们也在心里嘲笑和同情我们这样的一群人。每个人总把世界理解成自己所理解的那个样子，其实世界远远不止是那样的。

之二：夜里下起了雨。我本来是要去单位的，走到半路，看到有打架的，警车的灯在不停地闪耀，三五个警察正在调查打架的过程和原因。我站在旁边听，很快就明白了大致的来龙去脉。两个女人，与那个看上去像个小痞子的男人有关的两个女人，大约是在争风吃醋，然后动了手，彼此打得头破血流。那个小痞子男人一直在打架的现场，他不知道如何是好，不知应该帮谁。他真无助。

之三：小区门口，一个交警正在处理一起交通事故。卖水果的老农骑着摩托车回家，对面的一辆出租车突然转向，于是两车碰到了一起，好在人与车都没有大的损伤。出人意料的是，出租车司机下车后的第一反应，不是关心摔倒在地上的老农，而是迅速地把出租车后面的保险杠用脚踹了下来，制造了一个假现场，然后理直气壮地指责老农追尾，装

出一副无辜受害者的样子。整个的过程，被几个过路的人看到了，他们愤怒地指责出租车司机。他拒不承认。老农不知所措。交警左右为难。这个时候，有人用手指了指小区门口的监控器。出租车司机不再狡辩，掏出一百块钱塞给老农，解释说一开始我是怕被你讹诈，然后急匆匆地开车溜走了。受伤的老农，自始至终没有说一句话。现场的交警，并没有做出任何的裁决。我站在围观的人群里，不知道是在看热闹，还是想看到最终的争执结果。人心这都是怎么了？这个世道究竟是怎么了？……

　　这是一些路过的事情。我忘记了当时是从哪里出发，要去往哪里，我只记得这些事情发生在我经过的路边，它们与我有关，与所有路过的人有关。这些日常的事情，让我的所谓理性思考黯然无趣。我不知道那些所谓的理性思考和价值意义对生活究竟有着多大的作用，我在没有弄清楚这些基本事实的情况下常常就开始了表态和发言。一些看法的来与去，好像不必经过大脑，不必经过眼睛，仅仅凭借机械一样的惯性。我知道很多的语言，常常是因为惯性而产生的。这样的惯性将把我带往何处，这是一件值得警惕的事情。

　　鱼说："没有人知道我在流泪，因为我活在水里。"

　　水说："我知道你在流泪，因为你活在我心里。"

　　这是很俗很浅的一个比喻，也是彼此的懂得。鱼与水同处一个空间，呈现了事物本来的样子。我珍视这样一份自然的、本原的存在状态。在葡园，我已看不到大海，看不到葡萄园，也没有勇气和力量去走更长更远的路，经历更多的人与事。坐在这个小小的房间里，我拨通了一个越洋电话，不等对方开口，甚至并不知道对方是谁，我说我爱你，然后挂断了电话。

城 与 乡

　　那时他还不曾见过乡外的世界。路在脚下一截一截地闪现，当他突然想起回头的时候，生活十九年的故乡已经淡远了。

　　那条千滋百味的路在一个叫作"城市"的地方终止。准确地说，他所抵达的是那座滨海城市的边缘地带。没有预想中的惊奇，那里与他的老家委实没有什么异样：田地平畅得一览无余，泛着微润的泥土气息，大片麦子在五月的风中沉吟，树影下的池塘偶尔飘起阵阵蛙鸣，三五头牛正在安详地反刍。不同的是，挖掘机、塔吊这些有别于镰刀和锄头的工具，已经占据田地一角，与不远处的城市高楼遥相呼应。像他一样的民工正从外地陆续赶来，为的是参与这块土地的开发建设。工期紧迫，接下来的日子里，他目睹了铲车轰然扑向那片刚刚抽穗的麦子。一位神情木然的老农在铲车后面长跪不起，呜咽着向麦地连磕几个响头。那不是仪式，是一种表达，是农人与土地之间独有的语言，矛盾、痛心、难舍、忧虑，还有更多别的说不出的感觉。他和工友们开始了紧张的劳作，披星戴月，风雨无阻。他们手执铁锹在土地的肌肤上制造伤口，然后用钢筋和混凝土弥补伤口。伤口从那片田野的一角开始蔓延，直到吞噬了整个麦地，直到冒出了大片的厂房。

　　"叔叔，庄稼地都盖了楼房，往后再吃什么？"一个孩子拽着工作人员的衣角，认真地问。

　　"办工厂比种地赚钱，到时候想吃什么就有什么。"那人认真地答。

　　十多年后，他才真正理解了那位老农跪拜麦地的背影，这让他更加

敬畏土地，也让他对现实开始保持一份警惕。本想，那些曾经的生活片段，那些关于麦地和工地的记忆，会被时光的利斧削成横截面，最终凝固为一枚杂质斑驳的琥珀。然而现实并非如此，那样的情景在不断被批量复制，铲车所到之处，庄稼们纷纷倒下，迅速成长起来的是冰冷楼群。那座滨海城市的边缘地带，那片曾经的麦地，在短短十年间发生了沧海桑田的变化，高楼林立，车水马龙，身兼"开发区""高新区""保税区"等若干"头衔"，被誉为最适宜人类居住的城市。他曾经随着浩浩荡荡的城建考察团去过那里，当地政府部门介绍了这座城市的发展历史，尤其绘声绘色地回顾了建设之初的艰辛和不易。以参观考察者的身份故地重游，他不知这是一个玩笑般的偶然，还是上苍的有意安排。他和它都已变得不敢相认了。在这片曾经与老家并无异样的土地上，他的民工兄弟早已杳无踪影，他们怀揣气力和梦想而来，踏着破碎之梦离去。在来和去之间发生的事情，是他们没有预期拿到足额的血汗工钱。他也是。据说工头携着工程款躲到一座很远的城市。主人向考察团介绍这座城市的开发建设历史时，不但完全略过了这个章节，而且丝毫没有触及"民工"这样的字眼，他们更多谈到的是所谓高起点规划、高标准建设和高效能管理等等。他听着，讲解的声音穿透钢筋混凝土，与沉吟的麦浪尴尬相遇。他总觉得在这座很是整洁的城市背后，掩藏着一口深深的老井，一群形形色色的青蛙在井底争论着天空的大小，阳光笑着跌落下来，很快就被井底沉积多年的黑暗吞噬。青蛙们仍旧自以为是地聒噪着。老井是阳光的陷阱，阳光本是属于天空和大地的。追求阳光的人，常常忽略了身后的阴影。

　　阳光一如既往地洒落下来，安静而又从容。

　　"叔叔，庄稼地里都盖了楼房，往后再吃什么？"他听到越来越多孩子的追问。

　　他们等待回答。

　　他们在唾摸着锈迹斑斑的铁钉。

　　他们是孩子。

"那个夏季炎热多雨。农人弯着腰，挥舞着镰刀，大片的麦子纷纷倒下。在麦地的尽头，唯独你依然站立着，脚下淌着雨水，身上流着汗水，眼里噙着泪水，宛若一株尚未成熟的庄稼……"

这是他最初的文字。若干年后的今天，那些情景早已模糊成为一种母乳般的气息，时淡时浓。他体味到了一丝久违的苍凉。

四季轮回，一如既往。改变了的，究竟是什么？

回忆，从春天出发。堤岸的垂柳已经抽出绿芽，叮咚河水洇湿了沙地。栖在枝头的阳光偶尔被风晃落，跌到草叶上的露珠里。河的对岸，他和伙伴们尽情嬉戏，疲累时各自折了一截儿柳枝，躺在沙地上小心翼翼地拧着，直到把柳条芯儿抽出来，柳哨儿便做成了。朴拙的柳哨声中，天空变得更加湛蓝高远。之后，是夏。阡陌纵横，他一个人踱着，身前身后都是一片耀眼的金黄。正午的阳光，大把大把从天空抖落下来，与麦子融到一起，很快就没了痕迹。麦子们相互簇拥着，彼此手牵着手，向着不远处的村庄随风歌唱。农人腰上别着镰刀，手驾小推车，兴致勃勃地赶到自家麦畦前。他们一言不发地端详麦田，偶尔用粗糙的大手轻抚麦子。麦芒刺在手上火辣辣的，这才叫痛快哩！多结实的麦穗啊。镰刀飞处，麦子竞相折腰。它们等待这一天已经很久了。从一粒种子变为更多的种子，它们熟悉季节的每一个细节，它们感受到了大地的每一次战栗。土生土长的他站在麦丛之外，想象着一些与劳动相关的事情。他感到了羞愧：你何时真的融入过这麦野？你肯变作一株饱满成熟的麦子，作为对故土对生命的报答吗？接下来，秋日降临。晨，山野罩着一层微润薄纱。脚下的草不再葱绿茂盛，路径时隐时现，依稀可辨，而且弯弯曲曲地，很窄，只容一个人走过。空气里混杂着淡淡的牛粪味儿，这令人陶醉，也让散步的他平添了个小心。在路的拐弯处，是一片开阔的芋头地。芋叶儿高高挺着，密密地依偎着，宛若无数少女擎起的手臂，托着一滴滴露水珠儿。轻风拂过，叶子们漾漾地浮动，像一片碧绿的水波，露珠从一片芋叶滚到另一片，然后又是一片，直到滚动出好久好远，才怦然滴落到地上。露珠儿们就这样淘气地滚动成一条珍珠河流，让人心里流淌着激动和愉悦。他确是陶醉了，直到一个苍老的声音传来。不远

的地方，一位老农正蹲在地头，两手托一杆长长的旱烟袋，垂钓一般。老人在自言自语："躺在炕上睡不着，出来跟庄稼说说话……"他被这场景深深打动了，不忍心搅扰老人的梦境，逃避什么似的走开了。太阳不知躲藏在什么地方，蓦地就蹿了出来。地面湿漉漉的，像刚下过一场雨。远山变得空旷辽远，山脚下的村庄也不再若隐若现，轮廓愈是清晰了。袅袅炊烟，柔柔地揽住山腰，一片枯叶在他眼前打着旋儿。泥土味儿、庄稼味儿、牛粪味儿、汗水味儿，相互掺和着，弥漫着，让人感到真实和踏实。还有冬天。暖暖阳光，皑皑白雪，种子在坚韧地等待。它与春天的约会，风雪是深知的。是冬天让春天真正有了意义。

这是曾经的亲历。是永远的记忆。

它与乡村有关。

异乡的夜晚萦绕一种别样气息。远方不知疲倦的涛声，穿越那片黑松林，一次次把他从睡梦中拍醒。建筑工地已没有了白日的忙碌和喧嚣，在月光下显得格外静穆、清冷。用若干粗糙木板搭成的床铺上，躺着十多个来自沂蒙山区的、或老或少或高或矮的工友，幸福的鼾声和呓语此起彼伏。他们单纯并且质朴，辛苦而又达观，白天毫不吝啬地流汗，夜里"无忧无虑"地睡觉，期待着在岁末结算工钱，回家安心地过日子。因为劳动所以赚钱，因为赚钱所以日子才能过得好一些，这是他们外出打工的唯一理由。而他是不同的。他之所以来到这里，是为了逃避。他企望在这陌生的地方能够忘却某些东西，抑或寻找到一点什么。这种目的很模糊，但很重要。他知道，在他尚未知道外面世界究竟是什么样子时，就已经知道它对自己的重要了。他工作的建筑工地在远离闹市的郊区，塔吊林立，百业待兴，容颜每天都在发生着改变。他曾经深为这种"改变"里有着自己的一份努力而暗自骄傲。那是一段真实和充实的日子。十九岁。瘦弱的身躯，搬砖、铲土、筛沙、扛木头……每日穿行在建筑工地上，挥汗如雨。劳作的间隙里，他与工友们玩最简单的游戏，听他们讲最粗俗的笑话，或者尝试着吸他们呛人的旱烟，然后乐得前俯后仰得意忘形。他每天只赚八元工钱，他用它们买书，偶尔也买盒过滤

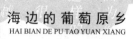

嘴香烟，让那些不识字的工友们分享。在夜里，在日记本上，他一次又一次写下"青春"两个字。那是一份与十九岁的年龄何其不相称的心情。他结满硬茧的握笔的小手知道它的分量。时隔数年之后，当他辞去工作走进大学校园时，看着同窗舍友的父母对他们百般照顾和万般疼爱时，"失落"的妒羡中恍然涌起一份浓重的感激——远居乡村的父母在无奈或无意中给了他一种弥足珍贵的东西，那就是独立的品性。这是他的"背景"，唯一的、取之不尽用之不竭的"背景"，是他全部青春履历的最有力的诠释。就像蓝天有大地，鲜花有绿叶……他有它的滋养与支撑一样。勤恳的父亲从来没有因为风霜雨雪的搅扰而放弃对每一株庄稼的悉心照料，这份精神营养是在教科书里很难得到的。他汲取了。

后来，他却身不由己了。整天忙忙碌碌，究竟都在做些什么？每一次扪心自问，他困惑的心都会隐隐作痛。当他挑灯夜读伏案写作时，何尝不曾在意别人的所谓闲适与安逸？这不仅仅是生活方式的迥异，还有骨子里一缕无法言说的东西，它们躁动不安，它们沉静孤傲，它们渗透在每一个平常日子里的每一个不经意的瞬间。不需要解释。"解释"常常在企图掩饰什么的同时，反而更加凸现了它们。芸芸众生，多少人所谓成熟的象征，就是开始学会努力把自己交给"别人"，并且为"别人"的不接纳不认可而苦闷忧愤——把"自己"都完完全全交了出去，还有什么比这更无私的呢？遗憾的是，在这种"无私"之上，偏偏滋生了那么多谓之"自私"的东西，争名夺利、随波逐流、抹杀个性、泯灭良知……难道这真的就是生活吗？他曾扛着犁铧，沿着那条崎岖山路走过了一年又一年；他曾怀揣一支写诗的笔，在都市霓虹灯下徘徊又徘徊；他曾在内蒙古、北京、唐山、秦皇岛、武汉、长沙等地独自奔波，一任塞外的风、江南的雨肆意地磨砺和润泽疲惫的心。"只管走过去，不必逗留着去采了花朵来保留，因为一路上花朵自会继续开放的"（泰戈尔）。他到这世上走一遭，不是为了"花朵"——身边的或远方的，都不是。宇宙浩茫，他珍视自己渺如尘埃的生命，不甘心随风而去。一粒灰尘，寻找并且落定在属于自己的位置——它漫长或短暂的一生，就是为了期待那样的一个时刻，寻找那样的一个地方。它甚至不知道自己应该落定何处，但它

清楚地知道自己不应该在什么地方。不应该。比如"现在"。前路迢迢，很多彼时彼地的风景都已不再重要，甚至那些曾经遥远的目标，也都成为身后同样遥远的驿站。它们曾经深刻过。那些不眠的夜晚一定还会记得。而今，它们渐渐淡去，留下的，是他，是萦在他心怀的明朗与迷惑、憧憬与怀念、孤傲与怯懦……

与她邂逅是在一个初冬的午后。那天他去参加同事的婚礼，一个二十多岁的大学生，嫁给了一个比她父亲年龄还要大的人。婚宴隆重得有些拖沓，许是因为不胜酒力，许是不愿把自己本来不够纯粹的祝福像别人那样一遍又一遍表白，直到弄得很是俗气和虚假却浑然不觉，或者还有别的说不清也道不明的什么原因，他在婚宴的中途退场了。一个人，百无聊赖地独步小城街头。风冷冷地，行人匆匆。停停走走，在一家可以避风的时装店前，他总算把咬在嘴里的纸烟点着。然后抬头，然后就看到了她。这么简单！多年来不知她去往何处的种种猜测与惦念，都在这不经意的一刻得到解答。这太突然，突然得让他几年来四处向昔日同窗学友打探她的下落的那份歉意丝毫来不及逃遁或掩饰。他与她是同学，也是同乡，两个村子之间隔着一条浅浅的河。寒暄、客套，扯了一阵子连自己都感觉陌生的话，然后沉默，久久地。

"你还好吧？"她似乎恍然记起了什么似的，问。

"还活着。"他答。

……

"进去避避风吧，这是我经营的一家时装店。"

"……好的，这鬼天气冷得简直不近人情。"他迟疑片刻，也学着那些路人发起了牢骚。

时装店里挂满形形色色的时装；形形色色的时装挂满时装店。他有些目瞪口呆，转身用一种陌生的眼神打量她。

她苦笑一下，嘴角闪过一丝淡淡的无奈。她开始牢骚生意难做、赚钱不易，言语中偶尔也掺杂了丝丝缕缕难以自抑的成就感。她的慨叹，好似响在遥远的天边，又似来自地层的深处。他意识到自己犯了一个很

天真很幼稚的错误——多年来那些对她的担忧都不过是多余的一厢情愿而已，其实人家活得很好，过得也有滋有味。她早已不是生活在乡村的那个需要安慰与鼓励的女孩了，如今能够潇洒地自立于世，全然没有初涉社会屡屡碰壁受挫时的那份困惑与无助。她曾在乡村的深夜给他写过一封封很长很长的信，诉说她对这座滨海小城的憧憬，以及自己种种不尽人意的遭遇，还真诚地感谢他发表在报刊上的诗文对她心灵的"拯救"。那时他正跻身于远离乡村的县城，整日在觥筹交错中自我陶醉，为自己总算在乡村之外"杀"出了一条血汗之路而感动。他只在乎自己的处境，不曾真正静下心来体味她的心境，完完全全忽略了她信中的信任，以及信任之外或许存有着的别的东西。甚至当她把一张精美的贺卡剪成碎片，然后重新拼贴成"祝福你"的字样寄到他手中时，他也只是将它锁进抽屉，很快就淡忘了。后来，当他突然良心发现时，每每将它在灯下展示，总会勾起深深的羞愧和歉意。"祝福你"——它是用一颗支离破碎的心拼贴成的。万丈红尘之下，纵然在没有出路的焦灼与苦闷中，她依然没有忘记诗意的表达。他没有正视它，没有像她所期盼的那样给她回信或打电话。他选择了逃避，彻底辜负了她的信任与"祝福"。若干年后，他辗转来到这座滨海小城，工作、读书、写作……过着一种心静如水的日子。他曾经想把自己写的书寄赠给她（可惜不知她去了何处），希望能够继续给她"拯救"。幸亏这个幼稚的错误没有机会发生。比如眼下正在经营时装店的她，倘若送他几件服装，仅仅是因为他薪水微薄生活拮据，他会感动会感激吗？

"曾经以为我的家，是一张张的票根……"时装店里正回荡着一曲如泣如诉的《驿动的心》。一对年轻恋人踱进屋来选购衣服，她笑容可掬地迎上前去。他只能起身告辞了。

"买衣服时别忘了到老乡这儿来，给你八折优惠。"她没有挪步，在忙于讨价还价的间隙里抬起头，很是认真地对他说。

这世上，情感原来是可以"打折"的。

林林总总的往事从心头再次碾过。山路、麦野、桑园、孤灯、焦灼、疲惫、清泪、微笑……它们已不仅仅是"词"，而是溶在血液里的一种情

结。是他赋予了它们另一种含义，还是它们锻造了他如今坚韧而又敏感的秉性？这是一个永远都纠缠不清的谜。他只知道它们一直在固执地追随着自己，并且在方格稿笺里排列、组合成不同的文字，陪他度过了一个又一个不眠之夜。"多少年来我无法接受/我在的地方/我觉得我应该在别的地方。"米沃什这种"生活在别处"的情怀，在他身后的脚印里，也在远方的召唤中。有一种感觉叫流浪，它总是如影随形。他在拒绝乡村的同时也被城市拒绝，在跻身城市之后开始怀念乡村。很多人像曾经的他一样，仍在费尽心机地向城市涌来。谁曾体味，这种普遍的逃离会是乡村最深的痛？曾在央视看过一台庆祝五一劳动节的大型文艺晚会，当民工代表与歌星同台演唱时，作为观众的民工们将大把大把的鲜花纷纷献给歌星，而让自己的兄弟在旁边手持话筒备受冷落，成为一个尴尬的陪衬。为什么会是这样？为什么城市总是作为目的而存在？不管是战争年代里的农村包围城市，还是和平岁月中的城市吞噬农村，城市几乎都是以"目的"的身份而存在。这其中的意蕴，本是不该遭受忽略的。他感到了悲哀。他知道自己的血管里，流着的永远是农民的血，理应痛着他们的痛，理解着他们的理解，忧虑着他们的忧虑。"个人已经获得了一种习惯把自己的一生视为一个整体，于是越来越多地为着自己的未来而牺牲自己的目前。"当他在罗素《西方哲学史》中蓦然撞到这样的句子时，禁不住长叹一声，点上一支纸烟，默无声息地用力吸着。"为着自己的未来而牺牲自己的目前"，它们一定也曾这样暗示或安慰过他，安慰过像他一样的那些乡下同胞。"未来"在哪里？"目前"为何时？没有人能够告诉他，他也不曾需要任何人的任何所谓答案——就在他审视那些往事，并且断断续续地写着以上文字的时候，才恍然明白：自己的"目前"注定将截止到生命结束前的一刹那。电击一样的一刹那，战栗而又幸福的一刹那，是"目前"也是"未来"的一刹那，它涵括了整个的生命及其意义。为着"目前"之外的东西（或许它是"未来"）付出生命的所有，也许除了一身伤痛，他最终什么也没有得到，甚至永远都不会清楚地知道在"目前"之外自己孜孜以求的究竟是些什么。对于个体生命而言，这足以击溃所有美丽的梦想，亦能令巨大的现实哑口无言——遗憾或庆

幸的是，这样的事情只能属于"未来"，属于"目前"之外的那些未知的日子。他的心开始不再平静，因为洞悉了这份活着的秘密。站起身，推开窗，楼下的行人熙来攘往，他已经这样俯视他们多少年了，透过这扇或开或闭的窗。他无法真正理解他们，就像他们永远不能理解他一样，不管付出怎样的努力，费尽怎样的心机。就像人怎么能够知道草木、山峦、海洋的喜怒哀乐？它们的思想不是以"思想"的形式存在，它们的语言亦非用"语言"进行交流。可以探究它们的所谓奥秘，却永远无法真正地知道"它们"。你的，我的，人类的自以为是，就这样不被察觉地存在着。"理所当然"省却了许多麻烦，也造就了诸多谬误。日复一日年复一年地说着或听着那些真实的谎言，不知该算作幸运还是悲哀？于是在他的生命中除了关于精神的、物质的所谓体悟之外，又增添了丝缕别样的慨叹，模糊而又清晰，强烈而又微弱。这份对自我灵魂不断抗争和诘问的无奈，在语言之外，在"理所当然"之外。相对于"正确"的现实，它永远都是荒诞的，一如当他把一个并不真实的自己呈现在世人面前之后，却意外地得到频频赞许与认可那样。在"是"与"非"之外或许还有别样的价值判断标准，一如在"城"与"乡"之间理应有着一种真正和谐的存在状态。

然而很多人略过了这些。

这是城与乡的接合部。"农村的出路在于城市化，农业的出路在于工业化，农民的出路在于市民化"。偌大的红色宣传标语悬挂在城与乡之间的十字路口。

他更关注的是自己的出路。他已从建筑工地的民工摇身变为政府机关的一名公务员，本职是爬格子，一份需要加班熬夜的活计，时常半夜才能回家。他的回家路径很简单，走过一段长长的柏油路，途经一排练歌房、美容院之类的休闲娱乐场所，然后斜穿城与乡之间那个十字路口，再用一刻钟时间就可回到家里，某座筒子楼最顶层的某个房间。那天，一个很平常的日子，他走在回家的路上，午夜的长街有些冷寂，练歌房、美容院暧昧的粉红灯光开始闪着倦意，小姐们三五成群地飞出屋来。她

们也开始下班了，开始结束这个丰收或失望的夜晚。他突然有些伤感，对她们滋生了几分理解，往日的歧视心态蓦地淡去。她们奔走在娱乐场所，却与真正的快乐无缘。倘若歌声笑语不是源自快乐，那该是一种怎样的苦？也许，她们来自穷困的山村，只是因了一次预设的欺骗，抑或因了对命运的最后抗争，她们被这条路所选择和收留。在这世上，她们贫穷、脆弱得只能主宰自己的身体。她们对身体的主宰就是放弃身体，在遭受鄙视的同时，也折射出一道不需诠释的反讽。练歌房对面，是一幢半拉子工程。若干年前，一个房地产商卷走所有卖"楼花"的钱，将这座尚未封顶的十四层建筑抛弃了；若干年后，另一个房地产商从另一座不知名的城市携款而来，开始启动这个巨大的半拉子工程。如今，原本黑乎乎的庞大建筑镶嵌上了巨大的绿色玻璃，巨大的绿色玻璃让这座城市最大的"疮疤"摇身变成一个亮点。生活常常就是这样，昨天还是垃圾，今天可能就变成炙手可热的精品。他一直弄不明白的是，在垃圾与精品的相互转化中，究竟是什么起到了最为关键的催化作用。在路边临时搭建的工棚里，他见到一大群民工兄弟。工棚没有防盗门，仅有的木门也朝着马路敞开，民工们四仰八叉地躺在木板连铺上，鼾声此起彼伏，就像对面练歌房里隐隐飘出的歌声。他们白天干得卖力，夜里睡得安心，不在乎别人的想法，不担心别人的闯入，心目中甚至从未有过"丢失"或"被盗"的概念。他们一无所有，贫穷得只拥有力气。他们不担心别人算计，担心的是自己遭遇拒绝。他们格外珍视这个可以出力的机会。出力才能赚钱，舍得出力才能养家糊口。他们认这个理，固执地认。

　　若干年前的那个夏日午后，也是路经这栋半拉子工程附近的事了。那时，它还未被房地产商抛弃，正在作为这座城市的"希望工程"热热闹闹地破土动工。他记得自己是在散步锻炼，不经意间就看到了这样一幕：一方小小树荫下，一个民工头枕沾满泥浆的布鞋，正在很知足地睡着，偶尔嘴唇翕动，咕哝几句含混不清的梦话。阳光被瘦瘠的树荫割成几瓣，静静地粘贴在他的幸福的脸上。那是一个老人，古铜色脸上满是刀刻一样的痕迹，干瘪嘴角漾着一丝不易察觉的笑意。他是来打工的，把所有力气都给了这座城市，给了那栋后来被称为半拉子工程的楼房。

他无处栖身，只拥有这一方小小的瘦瘠的树荫。他知道这是别人的城市，自己的家在遥远的乡下，与麦地、池塘还有老黄牛相依为伴。他枕鞋睡觉，也许是为了在梦中回家看看——在现实之路走不通的时候，他（们）选择到梦中走路。他知道自己的这般理解其实是有矫情成分的，就像文人对乡村的所谓审美，就像学者对"三农"的所谓论争，就像城里人对乡下人的所谓同情或善待，其心灵果真在场吗？那位老人的梦境之外，行人匆匆走过，不曾在意一方小小树荫下的梦呓。对农民的淡漠，何尝不是对自己昨天的淡漠，对自己父兄的淡漠。他真想蹲下身轻抚那张沧桑的脸，静静守候老人的梦……

兄弟。长辈一样的兄弟。他在心里这样称呼老人。

残留嘴角的那丝满足委实让人心酸，他知道老人是真的沉浸在梦里了，就像他在午夜归途见到的那样，民工们在一个人心叵测的世道里，毫无提防地敞门入梦一样。

此后他一直在思考，为什么烙在心中的民工记忆，居然都与睡眠相关？他相信这一定是深有意味的。在异乡的天空下，民工们最常见的生存状态，除了劳作，就是沉睡。

世界醒着。他们在沉睡。

醒着的世界在他们沉睡时，已经发生了太多事情。外面歌声喧嚣的时候，他们正在睡着；路人行迹匆匆的时候，他们正在睡着；生活中涌起形形色色的风的时候，他们正在睡着……他们睡着，也许有梦。他们对生活的所有理解都在梦中。真正的梦是不适宜表达的。

现实在梦的另一端，以一种截然不同的方式存在着。

"叔叔，庄稼地里都盖了楼房，往后再吃什么？"孩子追问的声音越来越淡、越来越小。青蛙的聒噪日渐浓密。他看到阳光正在纷纷跌向那口老井。

作为一个出生于二十世纪七十年代的人，他一直遗憾自己不曾遭遇什么特殊的历史事件。某天某刻，他突然就想到了"民工"，突然就掂出这两个字的分量，体会到它的尴尬。那个五月的麦子、池塘和老黄牛仍旧掩匿在建筑工地背后，蛙鸣仍在继续，天空仍在俯视大地……这是生命中的事件，最为重要的事件。他希望自己在日渐迫近的所谓成熟里，永远不要淡漠这个事件，无论是过去，现在，还是将来。在良知的跃动里，这份记忆是他难舍的痛。

那时他还不曾见过乡外的世界。路在脚下一截一截地闪现，当他突然想起回头的时候，故乡早已淡远了。一条千滋百味的路把他送到一个叫作"城市"的地方。后来他才恍然明白，自从踏上那条千滋百味的路，他就永远告别青春，开始了另一种并不情愿的生活。

切 口

一

阳台上出现了几截短小的树枝。这是十四楼，周边一片空旷，除了更高处的天空和地面上的路，再就看不到别的什么，我把树枝捡起，在掌心一字排开，琢磨它们究竟来自何处。一只鸟的翅膀从楼前掠过，我想起了喜鹊，一定是它们把树枝衔到这里。几天前，两只喜鹊落在我家阳台上，唧唧喳喳地跳着，很是欢悦的样子。我与喜鹊隔着一层窗玻璃，屋里屋外是两个世界，我坐在玻璃之内，忽略了窗外发生的事情。

我开始留意窗外的喜鹊，它们在阳台栏杆上伫立、踱步，天空和远方成为它们存在的背景。我是唯一的观众。我坐在客厅，透过窗玻璃，看着它们，想起老家村头那棵大树上的喜鹊窝，我在童年时代曾经长久地仰望，惦念树梢上的冷暖。参加工作后，下乡时偶尔看到路边的喜鹊窝，村庄已经拆迁了，村头的树还在，树上的喜鹊窝还在，我不再像童年那样仰望，车子快速地驶过，我一次次从车窗探出头，拍下匆匆错过的树和喜鹊窝。那些带有速度感的照片一直留存在手机里，每次翻看，总会触动我的内心深处的一点什么。这些年我似乎变得越来越麻木，越来越不容易被打动了。胶东半岛东部海域不久前发生了四点六级地震，我所在的城市有强烈震感，那是一个午夜，我辗转难眠，一个人枯坐在书房里，刹那间，脚底下似有闪电在突奔，整栋楼房随之剧烈晃动。我知道地震发生了。那是我第一次这么真切地亲历地震，后来一直让我感

到不可思议的是，我竟然没有惊慌，没有想到逃跑，我枯坐着，像是那场地震的局外人。也许是我觉得陷身大地的伤口之中我们终将无路可逃，也许是因为我对地面的震动早就习以为常了，从去年开始，这座城市到处都在修路，路面被挖开，然后缓慢地缝合，挖掘机、铲车、货车一齐上阵，我蛰居的这间临街的屋子每天都陷在轰鸣和震颤之中，只有到了夜晚才渐渐安静下来。在巨大的轰鸣中，在不时的地壳颤抖中，我的感官变得麻木、迟钝，以至于对地震的降临无动于衷。而那几只喜鹊光顾阳台，确是在我内心激起了一丝久违的感动，平日里，我也时常站在阳台上，有时远眺，有时俯视，除了把远方遮蔽起来的高楼，除了虚渺的天空，以及地面上轰鸣的挖掘机，似乎再就没有看到什么。我一厢情愿地以为，那几只喜鹊选择落到我的阳台上，一定是它们感觉到了我的窗口与其他窗口的不同，童年时就听老人讲过喜鹊对环境有一种与生俱来的敏感，它们频频落到我的阳台上，在窗前蹦来跳去，这预示着什么？我说不清楚，我相信这是吉祥的，喜鹊在阳台上扑棱着翅膀，让我觉得天空和远方都变得亲切起来。在我最孤独最焦虑的那段日子里，是喜鹊送来了安慰。

很快，我就发觉喜鹊之所以光顾这里，大约与阳台上的花生有关。父母从老家带来了半袋子花生，晾在阳台上，让我熬夜的时候吃，说是有养胃的功效。这些花生被喜鹊盯上了。我很纠结，不知该把花生收起来，还是让喜鹊继续啄食？这些花生是父母在乡下的劳动成果，老人不辞劳苦，把它们辗转带到城里，认真地晾晒在阳台上。喜鹊的光临，像是一个玩笑，又像是给我出了一道难题。我不想成为喜鹊世界的一个破坏者。

还有更多的花生储存在乡下老家，母亲说城里地沟油太多，还是自家种点花生吧，自己榨油，图的是放心。我的幼时记忆里，村头有一家油坊，每年秋天收了花生，晒干，然后剥壳，父亲会在冬闲时节用小推车把它们送到油坊里榨油。在乡下，榨油是一件平常的事，平常到我从来没有留意它的工序，对花生是如何变成了花生油，居然一无所知。我只记得，村头那家油坊的墙壁上满是油垢，榨油的人一身油渍，像是刚

从油锅里捞出来。父亲把当年收获的花生全都送进油坊，换回一张欠条，上面写着可以领取多少斤油，然后在接下来的日子里，精打细算，随用随取；后来，村人拒绝接受欠条，榨了油，直接带走，不愿寄存在油坊里；再后来，榨油的时候，主人寸步不离，守候在现场，从头到尾盯紧每一道工序，母亲说不是怕短斤缺两，是怕被油坊换成了地沟油。在地沟油盛行的年代，让自己的孩子吃上放心油，这成为我的年迈父母的一个劳动理想，关于劳动，关于爱，在父母那里变得如此简单和具体。

每次回乡下老家，车的后备厢都会塞满亲戚送的农产品，他们说这是不施农药的，品相难看，吃起来放心，专门留着自己吃的，城里买不到。他们这样说着，深以为然，又不以为然。这些素朴的人，这些善良的人，是什么让他们变成了这个样子？他们一直在遭受算计，以冷漠回应这个世界的冷漠，以欺骗对待来自外面的更大欺骗，活着，成为一件最简单也最艰难的事。

一群喜鹊在田野里觅食，几只喜鹊在阳台上啄食花生，两者显然是不同的。当喜鹊在城市楼宇间发现并选择了晾在阳台上的花生，我不知道这算是一个审美问题还是现实问题？我不知道该采取什么态度来面对和解决这个问题。我的纠结在于，花生是父母亲手栽种的，他们想留给自己的儿子熬夜写作的时候吃，是用来养胃的。我的这种纠结情绪的背后，还有一个忧虑：当晾晒在阳台上的花生被喜鹊吃光之后，这些喜鹊还会一如既往地光顾我的阳台吗？这个问题的提出，让我吃了一惊，我无法解释自己心里何以会有这样的一份忧虑，也许是我太孤独了，而这孤独，远甚于熬夜时的饥饿和胃病的苦痛，是超越了肉身的。

几只喜鹊，让我的世界变得生动起来。隔着一层窗玻璃，我只能隐约听到它们的鸣叫声，在修路的巨大轰鸣和震颤中，喜鹊的声音显得多么单薄。我听到了它们。我想到了，几只喜鹊在城市楼宇间飞；我想到了，一群喜鹊在乡村的树林里飞。如今树林不见了，剩下几棵树，站在空空荡荡的村头，越发显得孤单。喜鹊也进城了。在钢筋混凝土的丛林里，有几只喜鹊选择了我的阳台。这些有翅膀的鸟，栖落在平凡如我者的窗前。而我，一直梦想拥有一双翅膀，向着无穷尽的天空和远方飞去。

我们忽略了脚下的大地，忽略了曾经生长庄稼如今承载高楼的大地。每一株庄稼都是大地的一个切口；每一栋楼房都是大地的一个切口。每一个切口，都有一个待解的谜。面对土地，我们究竟种下了什么，收获了什么，这似乎并不是我们真正在意的。我们走在水泥铺就的大路上，脚下一片洁净。

当翅膀成为一种负累，整个天空也变得徒然。

二

严禁清洁工把垃圾桶里的废纸带回家，成为这栋大楼的一条新规。这栋大楼矗立在小城北部，与大海隔了一片防护林，总共十八层，每层楼的卫生间门口都有一个很大的垃圾桶。清洁工没有把垃圾桶一倒了之，他们把纸片分拣出来，捆在一起，下班时随手提回家，积攒多了卖给收废品的人。这件本来不起眼的事，不知被谁看在了眼里，成为一个话题，并且很快就由话题变成了问题。接下来，这栋大楼的所有单位都配备了碎纸机，要求每一张带字的纸在作为垃圾丢掉之前，必须经过粉碎这道工序。

这件事让我想到很多。我想到了每天都会在走廊里遇见的一张张素朴的脸，想到了会议室里一个个意味深长的表情，想到了一页纸从桌面到会议室到垃圾桶再到碎纸机，这样的一个生命流程里究竟有什么东西最终能留下来？一个清洁工也许永远不会明白那些警惕与设防，在他们眼里，这仅仅是一些垃圾，是可以论斤卖钱的废纸。他们不会想到，自己最关心的那些事情，往往正是由这些纸张上的文字决定的，甚至他们的柴米油盐，他们的明天，他们的命运，也与这些文字有关。那些年里，我的工作就是写材料，我在一张张纸上写下的，既是安身立命的所需，亦是对职业理想的一份向往，那时我还年轻，不像现在这样有着不可思议的惰性，熬夜写一晚上材料，只要被认可被采纳，就觉得值了。我不曾深想过，我究竟写下了什么，它们对现实是否有效？最美好的年华就这样度过了。那时我的所思与所想，难道仅仅是因为年轻，因为对明天

尚有期许吗？不只是那样的，更重要的原因是我在那个时候还没有形成对于世界和人生的稳固看法,没有一个完整的世界观和价值观作为支撑,对眼前复杂多变的现实缺少更深的体察,我把自己的随波逐流当成了对社会的所谓适应和参与。记得到这栋大楼上班第一天，阳光洒满了办公室的桌面，科长微笑着，让我觉得人生中所有日子都将如此灿烂。从此之后，我开始了长达十多年的写材料生涯，几乎每天都在加班熬夜。科长是个搞了半辈子公文的人，各种材料堆积在书柜里，看起来凌乱不堪，但是写材料每到关键时刻，他想起哪份可以借鉴的材料，把手探进书柜，一扒拉就可找到。我利用业余时间，把他书柜里的所有材料装订成册，在扉页编印了目录，他翻阅查找起来，反倒不如以前利索了。后来，他被提拔到了新的岗位，书柜里的材料一份也没有带走，我暗自欣喜，悉数收下，逐一翻阅，且做了详细的学习笔记。多年之后，当我在这个行当里工作久了，才明白他当初该有多么深的厌倦，才会那么决绝地把半辈子的心血结晶撒手放弃，不带走一张纸和一篇文章。回想当时满屋子的材料，我的心里竟然有些说不出的恐惧。

现实有时近，有时远。我所看到的，想到的，以及我没有看到的，没有想到的，都在发生。一张纸的命运，交付给那些被写下的文字，交付给我们无关痛痒地写下。我在一张又一张的纸上写下文字，然后开始努力地忘记。我所珍视的，是隐匿在纸张背面的那些思与想。我把自己对于社会人生的麻木和无动于衷,错认成了一直在努力追求的所谓成熟，在这个过程中，我丢失了本心。

终于可以离开写材料的岗位了。去新单位报到前，我也像科长当年一样不带走一张纸片，把所有的资料都丢进碎纸机里，它们将永远从这世上消失，从我的内心消失。那是一段不堪回首的岁月，我的最美好的青春年华被消耗在这些文字的制造之中。对于这个快速变化的世界，它们缺少正常人的温度;对于那些更广大的人群，它们缺少最起码的真诚;对于我自己，它们被我写下，看不到一个人的精神主体性和人格主体性。路正长，我不想把它们继续留在行囊中，看着碎纸机里五颜六色的纸屑，我如释重负，像是获得了某种解脱。那是在一个周末，我带女儿去办公

室，她伏在桌子上画画，我则一边收拾资料，一边不停地将它们往碎纸机里丢弃，女儿看到那些纸片瞬间就变成了碎末，感到很好奇。这个五岁的孩子，她拿起桌面上的一个牛皮纸大信封，让我装了满满的一包碎纸屑要带回家，我当时并没有多想，只是觉得应该满足她的这份好奇心。回家后女儿就忙碌起来，她把那些碎纸屑用胶水粘贴制作成了一朵花，认真地摆到我的书桌上。从废弃的资料，到碎纸屑，到成为一朵漂亮小花，这是一种怎样的创意？那些资料被粉碎前，因为年代久远，色泽深浅不一，现在整合体现到了一朵花上，则像不同的纹理，栩栩如生，有一种立体感。面对这样的一朵小花，我被震撼了。关于往昔的岁月，碎纸屑是一种态度，"小花"则是另一种态度，态度与态度的不同，取决于你的心里更多地装着什么。那些承载往昔记忆的资料，有着最真的投入和最深的痛。如今，在我人生道路的"转折点"，女儿以一朵小花的方式教会了我该以怎样的心态、怎样的眼光来看待自己的遭遇，对待自己所经历的每一件事情，那些书籍和现实告诉我的，都不如我的女儿所告诉我的这样深刻。那朵用碎纸屑制作的小花，看上去端庄、漂亮，让我对生活、对自我有了新的认识，所有的往事，所有的破碎记忆，其实都是可以粘制成为一朵完整的小花用来珍存的。当我看到女儿那么专注那么郑重那么快乐地用碎纸屑制作小花的时候，我被深深地打动了，那一刻，女儿就像一个小小的哲学家，解释了我的心灵世界中一直难以解决，一直没有解决好的难题，在不经意间结结实实地教育了我，让我重新思考和对待往事，对待我所走过的路，以及将要走下去的路。一朵由碎纸屑粘贴而成的花，是写在纸上的另外的文字，它出自一个稚童之手。这个稚童尚不懂得世界的逻辑，她只是以纯真的眼光打量世界，心中有一颗美和善良的种子。我从此相信，不管现实如何糟糕，人心的美好是始终存在的，正是因为它的脆弱，才越发需要我们倍加珍惜；一朵由碎纸屑粘贴而成的花，是女儿教给我的人生态度，你的心里更多地装着什么，你就会更多地发现什么。如何对待自己的过去，关涉到你将拥有怎样的未来。我无力改变这个世界，但是我可以改变我所能够改变的那一部分，哪怕是微乎其微的一部分。太多本该有的探索和实践，止步于牢骚，止

步于内心的失衡。不管这个世界发生了什么，更为重要的是你做了什么，越是在有限度的空间里，那些点滴的付出和努力，越是具有格外的意义；一朵由碎纸屑粘贴而成的花，浓缩了我的所有遭遇，是理解旧日时光的一个切口。不管经历了什么，这朵花是美的，是值得欣赏和珍藏的。我是这朵花的旁观者，也是构成这朵花的一部分，它让我从此懂得认真地对待每一个日子，热爱每一个日子。

三

在长达半年的时间里，我几乎每天都从那个地方穿过，稀稀拉拉的树，还有不修边幅的草，两个小土坡，再往前走，就是一条公路了。每天上班下班，我从那里走过，脚步缓慢，从来没有留意它的样子。某一天，我在那里停了下来，环顾四周，居然是一片巨大的寂静，北面是一家工厂的围墙，南面土坡的背后是公路，东面是稀稀拉拉的几棵树，西面也是稀稀拉拉的几棵树，中间地带则是一片无人打理的草。草是荒芜的，可以看出曾经肆意的生长。我站在枯草中间，四顾茫然，心中越发空旷，突然就察觉到了这个地方居然是一个园子。一个被人忽略的园子。一个并不宽阔也不狭窄的园子。一个简简单单的园子。这个发现让我激动，我没有久留，一口气跑了出来，想告诉别人我发现了一个园子。

然而没有人。没有值得我告诉的人。他们形迹匆匆，对这样的一个园子毫无兴趣。

这个园子成为我的一个心事。我每天都会如约走向它。在这座城市，它是一个被遗弃的所在，我到那里漫步，像是走在独自一个人的领地。我甚至叫不上园子里的一棵树一棵草的名字，不知道偶尔鸣叫的是一些什么鸟，我只是相信，我可以把自己交付给这个地方，我与它之间有着一脉深度的理解和体恤。

我给这个园子起了个名字叫"弃园"。弃园里的草木是不遵循什么规则的，肆意地长，并不给人美感。我从这些潦草的成长中，感受到了一抹气息，它迥异于当下的城市开发氛围，同时又契合了我内心的情绪。

我一直向往着这样的一个所在。它仅仅是一个园子，在很多人眼里甚至算不上是一个园子，只是一个被忽略被遗忘的角落。在这个角落里，有一个人在郑重地散步，心里装着一些更为阔大的事情，他想写下它们，托付给遥远的时光。唯有那些遥远的时光才会真正理解他。

每次到弃园散步，漫不经心之中都会心有所动，那些在全力以赴的匆忙和焦虑中难以解决的心灵问题，在不经意间居然逐一得到解决。除了眼前的弃园，我不知还该感谢谁？弃园空无一人。只有我。那些烦琐的物事，那些复杂的表情，还有那些汹涌的表达，都在我的漫步中变得淡远。我在丈量大地的距离，心中有比大地更为开阔的尺度。我的心里盛放着太多东西。我的心里不想盛放太多东西。走在这样一个无人介意的园子，我与世界之间保持了一段理性的距离。我在这里看到一个似曾相识的影子，或许它是多年前的那个我，我对着影子回想了很久，彼此不敢相认。没有人在意这样的一个地方，没有人在意这样散步的一个人。我像珍藏一个美好的秘密一样，小心翼翼地珍藏着弃园，每天走来又走去，一切都是漫不经心和秘不示人的。我理解弃园，相信弃园也会理解我。骚动的大地上，有这样一方小小的安宁，不需要寻找，也不必刻意经营，它在不经意间出现，这真让人感动。我不想占有任何的事物，任何的事物也不能占有我，然而弃园给了我太多异样感觉，我愿意把真实的自己交付给它，再繁忙的案头劳动，也总会在累了的时候向弃园走去。

我对弃园的专有心态很快就被打破了。这里出现了一个老人，他在唱歌，面对肆意生长的草和树，他深情地唱着一支又一支的老歌。那些久违的老歌，飘在弃园的草木之间，似乎更有味道了。我偶尔放慢脚步，想要给他鼓掌，想了想，又算了，平淡地从他身边走过。在这里，理解是不需要表达的，语言也是一种打扰。我每天从他身边走过，他偶尔也会看着我，欲言又止。

很多时候，我觉得自己像是一只陀螺，被看不见的鞭子抽打着，无法停下来，即使是原地踏步，亦被速度控制和奴役。一只陀螺，在巨大的惯性里旋转，在鞭子的抽打中旋转，它看不清身边的事物，远方的世界也是与它无关的。

在弃园，我试着把所有事情都放下，把自己从惯性中解脱出来，从旋转中停下来。我试着一次次重新认识自己。散步是一种人生态度。我在弃园散步时所体味到的，远比我在其他任何场合都更多。在弃园，我成了自己的局外人，对自我的打量更清晰也更理性。当我对弃园越来越产生依赖感的时候，我被抽调到一个临时机构工作，去了一个陌生之地。不能再到弃园散步，我也成为一个放弃弃园的人。其实在这尘世中，我又何尝不是一个被放弃的人？这些年来，我的内心始终蓬勃着一股向上生长的力。面对现实，内心的力量常常是无力的，它并不能改变更多，甚至连丝毫的自我都无法改变。不管怎样，我珍视内心的力，这是活着的必须。那些所谓"外力"，就像抽打陀螺的鞭子，它们改变过我，它们只是在特定的阶段，部分地改变过我。那些所谓价值，是我一直都在警惕和拒绝的，不管外界如何变化，我必须做到的，就是永不放弃爱与尊严，对得住自己的命。

再次走向弃园，是在半年之后了。我看到的是一派轰轰烈烈的施工场面。弃园所在的地方是这座城市唯一的一块空地，是若干年前特意预留给今天的"余地"，如今这里寸土寸金，土地拍卖价格创下了历史新高，媒体宣传说这是经营城市的结果。

他们是懂得留有余地的。当"留有余地"成为一种经营策略，在那些宏大的展望里，我没有看到怕和爱。这个被规划、被忽略、被占用的园子，是我理解这座城市的一个切口，我从中看到了被林立高楼和车水马龙所遮蔽的东西，看到了在城市开发中有一条隐秘链条始终牵在少数人的手里，它关涉到更多人的日常生活和不可预知的命运。

弃园是这座城市最后一方未被开发的土地。我走在这里，心中时常升起袅袅的炊烟。置身别人的城市，我一次次把弃园当成了自己的故乡，一些与故乡相关的情绪像落英一样撒满内心，直到有一天，挖掘机进了弃园，这里变成一片沸腾的工地，每一棵树，每一株草，都是理解这方土地的一个切口。而此刻，挖掘机的巨大轰鸣，让我听不到任何来自外界的声音，我站在建筑工地，像一棵等待移植的树，成为介入这片喧闹的一个切口，我相信终会有人理解我的固守和离开。

我再也没有见到那个老人。他唱过的那些老歌，我在别处偶尔也会听到，只是永远没有了弃园里的那份感动。

不管曾在弃园如何流连忘返，我终将回归人群，我知道这世上有着太多规则和无奈，我只是一个走在人群中的步调不太协调的人，这条被众人踩得平坦的路，并不能安抚我的双脚，不能让一颗骚动的心变得安宁。我的心里一直梦想着另外的道路。

我理解这世间的变化，也固执地相信越是在迅疾的变化之中，越是该有一些不变的东西被握在手上，被藏在心里。很多消失的事物，就像时光消失在时光里，就像声音消失在声音里，就像我消失在自我里。

而在弃园，在草木消失的地方，我曾一个人静静地走过，想过。

四

去邮局取稿费的路上，我看到一帮子民工聚在十字路口的西北角打牌，若干的脑袋凑在一起，像是在争论什么事情。我走了过去，站在不远也不近的地方看着他们，从他们貌似轻松的表情里，一眼就能看出重重的心事。他们神态各异，言与行没有统一的规范，就像他们的没有保障的生活，散漫，无望，不知所终。我把他们最无奈的生活，他们最真实的遭遇，当成了"故事"，我对他们每个人的故事都感兴趣，却不舍得花费时间去倾听，更缺少足够的诚意去面对和追寻。每天，我走在路上，遇到太多的人与事，有些记住了，有些忘记了，有些不知该记住还是忘记，我就把它们交给时间来处理。每天走过的路，是柏油或水泥铺就的，冰冷，没有温度，看不到泥土，也谈不上所谓泥泞，这是日常生活里的路，它不属于修辞，属于具体；这样的一条路，并不给那些匆忙的脚步留下扎根的机会。他们的命运只能属于漂泊。

他们在打牌，嘴里叼着烟，手甩得扎实且夸张，不时地责骂对方。一把牌结束了，有人得意地笑，有人在试图争辩一些什么，站在周围低头看光景的人终于有了直起腰杆的空档，伸伸腰，换个姿势继续观战，工服上的水泥和石灰粉在阳光下散发一种说不清的色泽。这是城市的十

字街头。车来车往。有个人站起身要走，跟在后面观战的人侧身想要替补上去，于是有人开始反对，说上次你欠的钱还没还上哩，不能光想赢，要输得起。众人哄笑。那人结结巴巴地辩解，说有人欠我十块钱到现在也没还呢。对方大声嚷道，一码归一码，谁欠你的钱，你跟谁要去，不能把别人欠你的钱当成欠我们钱的理由。那人不吭声了，尴尬地站在了原地，继续充当一个观战的人。

也是在这个十字路口的这个角落，我曾遇到一个弹着吉他唱歌的年轻人，他没留长发，也没有大胡子，外表很沉静也很单薄，一个人边弹边唱，很投入，脸上看不到演艺圈常见的那种自我陶醉状。他清汤寡水一样地唱着，身边聚拢了一些人，然后散开，然后再聚拢，再散开。他兀自唱着，我站在旁边听了很久，心里满是感动。接下来的几天，我每天晚上都会走到那里，像是奔赴一个约定，站在人群里静静地听他唱歌。我相信他是有梦想的。他一直待在那里，固定的时间，固定的地点，一个人。终于有一天，我走过去，他曾在的地方，再也见不到他的影子，徒留一片巨大的空旷。也许，他走在追梦的路上，这座城市仅仅是他的一程，他只是这座城市的一个过客。"过客感"对我来说已是若干年前的状态了，那是一些流浪的日子，生活和工作都没有着落，每一天过得都像刀刻一样，疼痛，且不容懈怠。近年这种感觉变得遥远，陌生，我才意识到我对如今的生活其实有着暗自的满意和满足，甚至淡忘了我来自哪里想要去往哪里，我把此刻的状态认作是我想要的生活，无所谓激情也无所谓平淡，仅仅是一种安放身心的生活而已。

城里的柏油路看起来坚硬，光洁，它时常像拉链一样被拉开，被闭合，反反复复，无休无止。这让我想起乡下的田野，每年总被犁铧开出一道道新鲜的伤口，农民在大地的伤口里播种，劳作，过日子，一年复一年，一辈又一辈。

女儿上幼儿园时，老师曾布置过一项"作业"，让孩子们观察种子的发芽和成长过程。我从乡下老家带回几粒黄瓜种子，在阳台上备好了一个大花盆，然后到小区里转了两圈，想要找点泥土回来，结果空手而归。这个事于是搁置起来。后来，母亲从一处建筑工地上发现了新鲜泥土，她用双手捧进编织袋里，背在肩上，就像背了半袋子粮食，蹒跚地回家，上楼。女儿在花盆里播下种子，每天浇水，松土，有一天突然欢呼雀跃起来，种子发芽了。看着嫩芽破土而出，一天天长高，看着种子赖以成长的那一盆泥土，我想到母亲在这座城市寻找泥土的情景，走过了一段很长的柏油路，她从建筑工地上背回来半袋子新鲜泥土，在某栋楼房的阳台上再造了一个小小的春天。观察一粒种子的成长，女儿为之激动了好多日子，一直生活在钢筋混凝土的丛林，她的心灵世界还没有关于广阔田野的认知，也没有对于土地的真切理解。

这是我所看到的和理解的城市。最日常的泥土，距离我们的日常生活越来越远。不接地气的成长，根在哪里？没有根的成长，明天将是什么样子？

五

乡村早已不再是记忆中的乡村了。游走在胶东乡村，我所看到的，我所想到的，我所期望的，其实仅仅是我一个人的事情，与乡村里的人没有太大关系。他们已经习惯了被想象和被表达。

童年记忆里的村庄，大约都是有槐树的。如今我走过的一个又一个村庄，极少看见槐树，偶尔遇到几株，它们的苍老样子总让我的内心变得纠结和难过。此刻，眼前的这棵国槐，表情慈祥，落寞，树干大面积地枯朽，以至于形成了一个窟窿，村人用混凝土把窟窿填充起来。混凝土作为建筑物的构成元素，已经成为这棵树的生命血肉的一部分。我无法想象，被混凝土固化的树身该如何保持生命的鲜活？树冠覆在房顶，树下房屋是青色的，房侧有石碾，远看近看都很好，正是我想要寻找的那种感觉。可惜的是，在石碾的旁边立起了一块巨大石碑，上面印有"走进×××"的图画，两侧是投资建碑者的亲笔题词，下面注有一行小字："为美化村容村貌，在××与××的提议下，×××投资修建此碑。"

所谓美化环境之举，恰恰构成了对环境的破坏。我端起相机，想要选取一个可以绕避石碑的角度，拍摄国槐和石碾。挪来挪去，最终还是

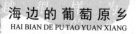
失望地收起相机，那个花里胡哨的石碑，总是不容置辩地充当了镜头里的背景。

一个老人在劈柴。

我打听这棵国槐的年龄，老人说自从有这个村子就有了这棵树。再问这个村子有多少年了，老人说不知道，继续低头劈柴。

一棵树与一个村庄之间有着怎样的关联，村人似乎并不在意。他们住在自己的村子里，把全部力气都用到了过日子上，生活对他们来说是具体的，需要全力以赴去应对。

老人说这棵槐树是有灵性的，从祖辈开始，所有枯枝都掉落到了屋后的胡同里，从来没有砸过屋顶，没有打碎一片瓦。现在树老了，房屋也被开矿的快要震塌了。这碑，是开矿人建的，字也是开矿人写的……

我用相机拍下了树干的局部，那块被混凝土填充起来的地方，像是生命中的一个补丁。"现在有啥好拍的？等开花了再拍多好。"老人自问自答。那一刻，我从眼前的树想到了阳台上的喜鹊，以审美眼光打量现实问题，这让我感到羞愧。

看着这棵树。一直看着这棵树，看着树身上的水泥补丁，我突然有一种想要落泪的冲动。我转过了身，远山苍茫。

我曾在多篇文章中都写到了大槐树，我承认我有一个解不开的情结，一棵大槐树的遭遇，更像是这个时代里关于村庄的隐喻。一棵树，守望在村头，见证了村庄的历史；可是，没有人在意一棵树的衰老。节假日从城里返乡的孩子们，聚在树底下玩耍，父母则在旁边不时地提醒他们当心头顶掉下来的枯枝。从大槐树的颓然表情，我看到了更多。她眺望远方，根深深地扎在泥土里。她的根，是理解这个村庄的一个切口，这里曾有过最热烈的对于生命的爱，以及对天空，对白云，对远方的憧憬，她以扎根的方式表达这份爱和憧憬。而今，年轻人大多去了城里，村庄越发萧条，她也越来越孤寂了。一棵树，她的生命是被忽略的；一棵树，她的存在是被忽略的；一棵树，她的成长历史是被忽略的。而一棵树所见证的历史，终将腐化成泥，参与新一轮的成长。

关于这个庞大的世界，我并不关心更多，我只是循着某个切口看到我所看到的，理解我所理解的，直到有一天我与这个世界成为同一个事物。我对生活的看见和理解，是从一个个具体的切口开始的，更准确地说，是从一个个被忽略的、不被察觉的切口开始的。在很多人眼里，"切口"是伤口的代名词，在我这里它只是一种理解世界的方式，并且伴随着最真实的痛感。是疼痛，让理解变得深刻。这个世界是由若干碎片组成的，可我总习惯于把它视作一个整体，每个切口都是通往另一个世界的窗口，让我看到更多微小或宽广的事物。

从一滴水里，可以看到整条河流。

一条河流得太远太久，以至于我们都成了泡沫。

鱼的拼力一跃，成为观察和理解一条河的切口。站在时光彼岸，我看到一条鱼跃出水面，像一把被抽出的刀，斩向流水。这是来自河流内部的力，它将水面割破，泄露了一条河想要交付远方的秘密。

雪　　寂

……

这个冬天久久不曾落雪。

读川端康成的《雪国》是在一个冬日午后。窗前落着一层微暗的冷光，想到这个冬天一直欲雪未雪，突然就有了读《雪国》的欲望。很强的欲望。

是一抹淡淡的，若有若无的意绪。岛村、驹子、叶子……一个简单的故事，什么都没有发生，什么都已发生。人性的洁净没有掩饰原初的冲动，原初的冲动也没有遮蔽人性的洁净。雪是唯一的见证者。这已足够。虽然作为见证者的雪，终将融化。

在"雪国"。一个后来沦为艺妓的女人；一个来去匆匆的男人。作为艺妓的驹子，爱上了作为过客的岛村。就像安徒生笔下的那个雪人，爱上了屋子里的炉火。岛村知道这份爱，但他更有一种难以自抑的空虚感，总把这份爱情看作是"美的徒劳"。

"你走后，我要正经过日子了。"驹子对临别的岛村说。从一个如雪的女子沦为艺妓，这之间该是一段怎样的心理距离？而一个艺妓要寻找并恢复常人的生活，又需要面对怎样的现实难堪？悲哀之情渐渐泛起，越积越浓。他知道，日语"悲哀"一词是与"美"相通的。他感到了一种清澈透明的悲哀，从这个叫作川端康成的日本作家的文字中。

雪夜的宁静沁人肺腑。但这仅仅是记忆中的感觉。

这个冬天还不曾落雪。

在不曾落雪的这个冬天，他很快读完一本叫作《雪国》的书。他看到，一片雪花落在那个人的睫毛之上。它拒绝融化——这是坚强。或是忍耐。

也是美。

忽略日记这种自语方式已经很久了。这世间，除了深锁在抽屉里的日记本，谁还是你最值得信赖、最能够倾心一诉的朋友？他自问着，却无法回答。大大小小的日记，该有几十本了。然而每离开一个地方，他总要亲手将它们销毁，只将那些熟悉的或精致或简朴的日记封皮，连同整理出来的一纸简单备忘录塞进行囊。这已是十多年来的积习。万水千山皆在脚下，有些东西只能永远藏在心里。

而黑夜是知道他所有秘密和伤痛的。尤其冬日的长夜。

走在冬日的长夜，独自一人。他手持一盏灯，一盏会把黑暗驱走的灯，抑或一盏将被黑暗吞噬的灯。这盏灯伴他从"此地"走向"彼地"，从一个夜晚走向更多的夜晚。灯亮着，他将看到脚下的泥泞与坎坷；灯灭了，他会在浑然不觉中坦然越过那些障碍或险机。然而，手持这样的一盏灯，他不敢轻易踏进那扇期待已久的门。他担心门里突然被照亮了的一切，完全不是期待中的模样。

成为自己，成为人群中不俗的自己，在这个灵与肉、丑与恶、精神与物质、道德与欲望的时代，他的所有努力和挣扎，其实仅仅是为了这样的一个愿望。"信仰就是愿意信仰，简单就是宁肯简单，美就是选择了美。"朋友这句话让他在咀嚼往事的时候，得到了一次又一次心灵慰藉。那些寝不安席、饭不甘味的事情，那些曾经旷日持久的精神折磨，浪一样地涌来，又潮一样地退去。他开始依靠文字编织一张生命之网，祈望以此遮风避雨，并在力量充足的时候冲破它。这就是生活，是命运。他知道，纵然倾注所有气力，与头顶的星空和广袤的宇宙、神秘的大自然

相比，一切意义都值得怀疑，一切价值都显得微渺。他只是做着，一如既往地做着，全神贯注地做着。

很多负重，常常没有来由也没有目的，它们的来去完全取决于你的复杂或简单。在这个冬日，他体验到了前所未有的恐慌。比如，对那件事情的耿耿于怀，已经足以将所有梦想粉碎，让所有思想沉渍。他并不知道那件事情是否已经发生，或者将来能否发生，甚至他根本就不知道那件事情究竟是一件什么样的事情。但他相信，人生在世肯定会有那样一件事情，一件影响自我、抑或涉及他人的所谓前途命运的事情，在某个瞬间悄然发生。他在现实中的所有努力，其实都是为了迎接那件事情的到来，都是为了处理那件事情造成的后遗症，都是为了撩开那件事情的面纱，弄清楚它究竟是什么……但是，一切努力都将是徒劳的。

正如比利时诗人伊达·那慕尔所说的那样："我将穿越，但永远不会抵达"。

"若干年后，他会记起那个去看小屋的冬日黄昏。"

作为一个书写者，他喜欢这个马尔克斯式的开头。它一直栖息在他的心头，每每遭遇挫折或打击时，便会强烈跃动起来，在耳边久久盘桓着，像是一种质问，又像是在提醒。这份几近平淡的叙述中所蕴涵着的，其实是一种勇气和力量的自我援助，他知道。

小屋给了他太多刻骨铭心的记忆。那时他在一家外企工作，为了寻求一份适宜读书与写作的清静，他逃离公寓，在郊区独自租住一间小屋，一间简陋的、仅有十平方米的小屋。多年后的今天，他才深深体味到，自己真正意义上的写作正是从那里开始的。

那年冬天多雪。雪总是淘气地从门上的窟窿蹿进屋来。他除了读书便是写作，偶尔用手稿在土炕洞里焚烧取暖，时常半夜去敲商店的门，恳求人家卖盒纸烟给他，用来打发漫漫长夜。雪在夜里不知疲倦地飞舞，闪着白色的光……

多年后的这个冬天久久不见落雪。那夜无梦，推开家门，路面湿漉漉的。可能是夜里下过雪，在他醒来之前融化了。是大地留不住雪，还是雪不愿降落大地？雪是洁的。洁的雪不肯降落大地了，或是大地难以容纳洁的雪了。他在潮湿的街上踽踽独步。

一个慈祥的老人和一个可爱的孩子/是整个冬天里最令人心动的情景//一场大雪是上帝扬下的纸片/上面写满对人类忠告的秘语……

在这个无雪的冬天，他读到朋友一首名为《我听到雪从远方启程的消息》的诗作。感谢诗歌，在尴尬与不安中送来安慰。

一片雪花已经日夜兼程地赶来。一片日夜兼程赶来的雪花悄然落在他的睫毛上。

融化，将在某个瞬间……

"老人与海"

　　老船长跟我说起了他与大鲨鱼的往事。他已经八十八岁了，坐在我的对面，神态安详，声音平静迟缓。他说他十四岁就开始出海打鱼，没有死在海上已是万幸。那时渔民用的是摇橹小船，海上若是起了风，小船时常被风刮到现今的烟台开发区海滨，稍不小心，船就翻了，落水的渔民即使拼命爬上了岸，因为那一带荒无人烟，十有八九也会被冻死。直到二十世纪六十年代，渔村开始使用机械船，翻船死人的情况才减少了。就在我住进渔村的那天，这座城市组织乡村老人统一参观市容市貌，老船长也在其中，他亲眼看见开发区海滨翻天覆地的变化，想起昔日这里一片荒凉，想起那么多的渔民死在沿线沙滩上，忍不住流下了眼泪。

　　这座城市的海滨旧景，我曾在老照片中见过。前几年当地要建规划展馆，策划了一个新旧对比的主题活动，从民间征集了大量图片资料，我从老照片中看到这个地方的青涩从前。我把那些照片端量了很久，不知道日新月异的现实是那些照片的背景，还是那些照片是当下形势变化的背景。我说不清这是一个审美问题还是一个立场问题，不知道该站在哪个角度看待这个问题。我把这些解释不清的东西，归结为"发展"所致。当下太多人已经习惯了用这个词语打包太多说不清的东西，直到我在渔村听到老船长的讲述，在这些照片中介入了生与死的话题，我才恍然彻悟。对于身边的事，对于我所寄身的这座城市，我通常是以审视的眼光打量它们，其实在很多时候，生存才是首要问题，很多因生存而出现的妥协与让步是可以理解的；那些自以为是的评判，既忽略了别人的感受，也在生活认知方面出了问题。

话题很快就转到了那条大鲨鱼上。那年老船长才二十三岁，他与两个伙计出海打鱼，在海上漂了一天一宿，小船依然是空的，竟然一点收获也没有。回家的路上，他们就遇到那条后来被传说了半个多世纪的大鲨鱼。他记得当时并没有喜悦，而是越发忐忑不安起来，一路上除了恐惧还是恐惧，以至于此后的若干年，当他想起那时的情景，仍然感到后怕，感慨当年没有死在海里已经是万幸的了。

那夜的星星若隐若现，海像是动物的巨大呼吸。小船在夜色里划行，有时剧烈地抖动，他以为浪太大，看看四周，海上却是一片平静，后来他才知道，那是因为网里闯进一条鲨鱼，鲨鱼在网里挣扎，不停地拱动小船，小船晃动的幅度越来越大，随时都有可能侧翻。他们紧张起来，在茫茫的大海上不知如何是好。似乎是很久以后，船突然不动了。老船长突然发现，船不动了；老船长的两个伙计，也突然发现船不动了。老船长拔了拔网，网绳是直上直下的，拔不动，三个人一起用力，总算拔出一部分，却傻眼了，是一条粗壮的鱼尾巴。他们在鱼尾巴上又拴了一根缆绳，试了试，还是拔不动。当时海上漆黑一片。老船长说不要硬拔了，先保持体力，一切等天亮了再说。

天刚蒙蒙亮，他们就开始忙碌起来，网仍然是拔不动的，他们知道打了一条大鱼，却不知道这条鱼究竟有多大。船在海上走，老船长的思想也在激烈斗争着，不知是否该把大鱼放掉。如果那条鱼还活着，他会选择把它放回海里，这条小船哪里经得住这么大的一条鱼的折腾？可是，大鱼已经被网缠死了，就此放掉，实在有些不甘心……鱼在网里，他们把网收紧了，用绳子把鱼头和鱼尾两个部位拴在船帮上，绑紧了。船平稳了许多，偶尔会抖动一下，又抖动一下，是很深很沉的那种抖动。老船长的心随着船的抖动而不停地收缩。一只小船，拖着一条不知道究竟有多大的鱼在茫茫大海里向着家的方向艰难地漂移。

老船长看不见鱼，却时刻感觉到了小船和大鱼在海水里不停地碰触；每一次碰触，就像碰触到一个危险，又像碰触到一个坚实的依靠。小船与大鱼在海浪里竟然成了一种紧张的依靠与被依靠的关系。

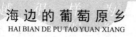

返程中，他们先后遇到了两拨鱼群，可惜的是，网已被这条模糊的大鱼全部占据了。同船的两个伙计望着鱼群，满脸遗憾。老船长安慰他们说："海这么大，我们不能啥也想要啊。"

短暂沉默。

这短暂的沉默让我珍视。我知道在我们的言说之外有些共同的感受击中了对方。巨大的海，几乎也被穷尽了；人得有多贪婪，才能把大海糟蹋成这个样子啊。老船长叹口气，打破了这沉默。他说当年拖着大鲨鱼回家的路真是漫长，他多么向往有一盏灯，就像传说中的海神娘娘那样，擎一盏灯引领他们回家的路。对一盏灯的向往，成为活下去的信念。这样的一盏灯，并没有出现。

他们三个人轮流摇橹，在海里摸索着走了一天一宿。老船长用绳子拴了秤砣测一下水深，知道已经到了威海。他抬头，西北方向的星星正在不停地眨着眼睛，他的心中咯噔一下，可能要来风了。

风说来就来了。小船在海里飘摇。他们把捆绑大鱼的绳索收束得更紧，让船和鱼更紧密地联为一体，仍然放心不下，三个人又分别检查了一遍绳索，怕有什么意外。在风浪里，大鱼起到了稳固小船的作用。风越来越大。海浪撕扯着小船，撕扯着捆绑大鱼和小船的绳索。他们不时地检查绳索，怕绳结脱扣。老船长对自己系的绳结是从不怀疑的，渔村几乎每个人都会打一手漂亮的"结"，这是渔民必备的基本功。然而此刻，这么大的风浪，他总担心绳结松动，或者绳索被船帮摩擦断了，那样他们除了葬身大海，别无他途。他把生的希望寄托在大鱼身上，却又不够坚定，脑子里不时闪过一个念头：遇风的霉运，是不是跟这条大鱼有关？他甚至动了放掉大鱼的念头。这个念头只是一闪，他就不再深究，因为时间来不及了，容不得他有第二个选择，不管这条闯进网里的大鱼究竟是福是祸，眼下全力应对大风才是最关键的。

船随着大鱼在海里晃动。一个浪头拍过来，小船剧烈地摇晃，海水跳进了船舱。又一个浪头拍过来……船舱里的海水越积越多，船开始下沉，下沉……老船长和两个伙计的心也在下沉，他们在船板上跪了下去，一边磕头祷告，一边哭了出来。船在继续下沉，他们不再磕头了，一边哭，一边不停地用锅和盆往外舀海水。风卷着浪，固执地拍打小船。水越积越深。在漆黑的夜里，在茫茫的大海上，他们无处可逃，他们所能做的就是守住这条小船。人在彻底绝望的时候，往往变得比平时更加冷静。他命令两个伙计不要再哭了，稳住船，才是唯一的活路。他们把捆绑小船和大鱼的绳子收束得更紧了，把船和鱼更紧地联结在一起。海浪不停地涌来，拍打着他们的船。巨大的海浪声中，他听得见自己咚咚的心跳。他按住心脏的位置，提醒自己，稳住，一定要活下去。

在海上遇到大风，这是渔民最担心的事。一个老练的渔民会在风浪大作的时候把船固定在某个点上，这是他们面对风浪的态度和策略。所谓乘风破浪，其实是不合时宜的。很多人从中读出了执着，读出了挑战，我也曾这般解读风浪，人到中年，心态和理解世事的方式都发生了改变。我渐渐地明白了，在风浪中该如何稳住自己的船。这更像是一个关于时代和人生的隐喻。

风终于消停了。据老船长回忆，那阵风如果再刮上一刻钟，船必沉无疑。船里的水，很快就被他们用锅和盆舀回海里。他们坐在船上，缓了半天劲，才开始重新向着家的方向划去。船里已经没有了任何食物。船进水时，他们把所有能丢的东西都丢进了海里，包括准备的食物，还有酒。那一刻，他们只想减轻船的分量，哪怕只是减轻一点点的分量，没有什么比保住船更重要的了。他们只剩下了恐惧，哪里还顾得上饥渴。在茫茫大海上，回家的路，成为一条逃命的路，离家近一步，就离生的希望近了一步；他们拼命摇橹，既是向生靠拢，也是在拼尽全力摆脱死亡的阴影。他们商量是不是该把大鱼卸掉，以逃命为主。老船长有些不甘，也有些不忍。是大鱼救了他们的命，他们与大鱼之间一定有些说不清的关系。犹豫了一番，他决定继续带着大鱼上路。他无法预料，下一刻，是否还会遇到更大的风和浪，至少在刚刚过去的那一刻，是大鱼救了他们。

似乎很久之后，海上刮起东风，船顺风漂向老龙山。远远地看到了老龙山，虽说有些模糊，但是那种关于老龙山的感觉是清晰的，老船长叹口气，悬着的心终于落了下来。初旺的渔民出海打鱼，只要看到老龙

山，就知道到家了。

船在即将靠近初旺村口的时候，风突然转成了东南风，船顺风而下，漂向邻村李家的方向。他们想要逆风划回初旺村口，风越来越大，要下雨的样子，再加上在威海湾死里逃生的遭遇，老船长当机立断，马上在邻村靠岸，先上岸再说。上了岸，他瘫倒在地，忍不住哭了。岸上有人早就看见这条风里的小船，很快就招呼十多个人过来，一齐动手把鱼拖上了岸。他抹一把眼泪，发现那鲨鱼还在喘气，嘴已经不动弹了，眼是睁着的。小船在海里艰难前行的时候，因为不停地与鲨鱼碰触，摩擦，再加上风浪的拍打，摩擦更为剧烈，在海上折腾了一天一宿，等到靠了岸，船帮已被鲨鱼磨掉了一寸多。那是一条长约七米的小船，鲨鱼比船身还要长。老船长踩着鱼背想跳到岸上，结果一不小心掉进了海里，慌乱中，他抓了大鱼一把，才稳住身，那一瞬间他发觉大鱼高度与他的身高差不多。这个细节他记住了。时隔半个多世纪之后，当我们问及那条大鲨鱼究竟有多大的时候，那个细节成为他判断的依据，他说他清楚地记得海水的深度大约到人的脖颈位置，他据此判断那条鲨鱼的高度足有一米多。

他想过是条大鱼，但是没想过会有这么大。等到把鱼拖上了岸，才发觉这鱼的大小远远超过他的想象。在看不到尽头的大海上，他没有想到他的小船拖着的这条鱼竟然会有这么大。多少年来，他梦寐以求的就是捕到大鱼，现在有了大鱼，却让他犯愁了，不知该如何处置这个庞然大物。村人纷纷赶来看热闹，他们从来没有见过这么大的鲨鱼，根本就不相信三个人驾一条小船竟能捕获这么大的一条鲨鱼，而且冒着大风，在海上折腾一天一宿把大鱼拖了回来。村里的老人说，这条鲨鱼是"哈弄"（音同）。我问老船长"哈弄"具体是哪两个字，他也说不出来，就是一直在说"哈弄"。我猜测他所说的"哈弄"，大概意思就是老实，不咬人。在村人看来，如果那条鲨鱼咬人，他们三个人的性命根本就保不住，更别说把鱼拖回来了。老船长觉得村人的看法过于简单，他亲眼看到那条鲨鱼的牙齿很长，是锐利的，怎么可能不会咬人呢？

村人望鱼兴叹，具体到如何处置这鱼，谁也没了主见，束手无策。

因为船被迫停靠在邻村，那里的水产公司有意合作处理这条大鱼。老船长想了想，也就同意了。水产公司安排一大帮子人开始动手分割大鱼了。鲨鱼的肝脏、鱼鳍被割下，鱼皮也剥掉了，鱼肝油装了满满的九筐，每筐足有一百多斤。整个水产公司忙碌不堪，空中弥漫着一股说不清的气味。他们把鱼肉切成条状，装了两船，一船送到烟台卖掉了，一船送回初旺腌制加工成鱼片，卖给了掖县（今莱州）。突然捕获了一条大鲨鱼，老船长有些发蒙，水产公司也从没见过这么大的鱼，缺乏处置经验，带着他四处找人推销和交涉。掖县的人骑自行车来过好几次，把鱼片买去了。一条大鲨鱼，共计卖了六百块钱，这个价钱在当时是很高的，比一条船在海上作业两个月的收入还高。他们都很高兴，觉得三个人没死在海上就已经是万幸的了，结果还发了笔小财。

老船长说，如果没有那条大鲨鱼，小船在威海湾必翻无疑。是大鲨鱼在风浪里稳固了小船，救了他们三个人的命。小船的载重量是五千斤，而那条大鲨鱼足有一万多斤。

老船长坐在我的对面，手里摇着一把旧扇子，神态安详。他的女儿在旁边感慨老人已经八十八岁了，记忆力依然这么好，每次出海经历都记得清清楚楚。老人说怎么忘得了呢，每次都是从阎王鼻子底下爬回来的，想忘也忘不掉。特别是出远海，太危险了，有的人出去了就再也没有回来。那时的船还不是机械化的，海上只要遇了大风就凶多吉少，明知有危险，还是要去冒险，日子总得过下去。初旺三面环海，一面朝山，渔民一辈辈过下来，死也是死在海里。

我不曾在大海里见过鲨鱼。我所见的鲨鱼，是在鲸鲨馆。我陪女儿多次去到那里，她对海底世界充满好奇，对鲸鲨馆里的鲨鱼没有丝毫畏惧，她觉得好玩。

若干年过去了。如今老船长与大鲨鱼成为渔村的一段传奇，以至于我在渔村采访时几乎所有受访者都谈到当年老船长捕了一条上万斤的大鲨鱼，包括那些年轻的村人，出海的和不出海的，他们都听说过这段传奇故事。我去采访老船长，他作为当事人的讲述，没有把半个世纪以前的那段传奇更加神秘化，他很认真地反复解释，不是他们捕的鲨鱼，而

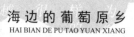
是鲨鱼自己缠到了网里，越缠越多，越缠越紧，最后动弹不得了。他说自己和鲨鱼之间并没有丝毫的"战斗"，事情的全部经过就是鲨鱼不知为何被网缠住了，然后他们就把鱼拖了回来，一路上什么也不顾，只想着逃命，劝自己不要害怕，离家近一步，就离船毁人亡远了一步。他说没有什么胜利可言，在大海面前，人有什么胜利可言呢？他没有夸大个人努力的成分，他甚至把别人所以为和传说的努力成分，直接从这个传奇故事中剔除了。他说当时都不知道那条大鱼究竟意味着好运还是霉运，他更多感到的，是恐惧。一条大鱼，让他们回家的路充满了恐惧。

海是不可战胜的，人要懂得妥协。老船长坐在我的对面，淡淡地说。

就像穿过一场噩梦，才抵达此后的生活。经历那次劫难之后，老船长再也没有想不通的事了。他向大海妥协了，向生活妥协了，也向自己妥协了。他坐在我的对面，神态安详，像是一个极深的启示。

"这段经历，是值得一辈子回忆的事。"

老船长摇头，苦笑："到现在想起来还是后怕。"

我看着眼前这个老人，他在坦诚地讲述自己的亲身经历，一段在别人看来充满了传奇色彩的往事。时隔半个多世纪，他回想起当年的海上遭遇，依然感到恐惧。恐惧感在他的心里留存了半个多世纪，依然没有消除。

我想起海明威的《老人与海》，他和他笔下的老渔夫都是在回望人生，有一份达观，超越了通常意义上的成败。老渔夫捕的鱼，历尽千辛万苦，却被别的鱼啃得只剩下了鱼骨架，他依然乐观，毫不沮丧。海明威笔下的老渔夫是硬汉形象，他说一个人可以被消灭，但是不能被打败；而我所亲见的这位老船长，他是谦卑的，他说大海是不可战胜的。他一辈子风里来浪里去，没有什么英雄情结，他甚至在时光面前是妥协的，毫不掩饰地向我说起了曾经的恐惧。他说那鱼如果不是被困住了，稍微反抗一下，就会船翻人亡。他这样说着，更像是在反思，检讨，虽然语调是平静的，我依然从中感受到了巨大的不平静。他已经八十八岁了。岁月在他身上的留痕，就是看不出岁月的痕迹，所有遭遇在他看来都是命定的一部分，他讲述它们，那么平静和安详，即使是那些曾经的汹涌

波澜，也被他内心的力量平息了。这个老人，他知道在生命的最后关头该如何面对生命；这个老人，此刻正在温和地回忆当年的惊涛骇浪，他说到了自己的软弱和恐惧，说到了当时只有一个想法就是活命。人再有力量，也是没法战胜大海的。他说他出了一辈子海，打了一辈子鱼，才得出这个结论。面对大海，人要懂得妥协，要有怕。他说到了村里的海会会长，前不久他随同老年参观团从开发区海边走过，睹物思人，他在车上流下了眼泪。当年海会会长就是在那一带遇难的，那天他们一起在海上打鱼，风太大，船有些失控，他的船漂向刘家村口，海会会长的船则靠在开发区的海边，海边没有任何遮挡，结果船被风掀翻，会长遇难了。早在一九五七年，海会会长带领一支船队去辽宁双台沟打鱼，当时共有十条船，每条船上四个人。从双台沟走到老铁山附近，来风了，渔民都吓哭了，呼天喊地。好在，那阵风很快就过去了，如果再刮一会儿，那支船队必定全部遇难。海会会长躲过了这一劫，三年之后却在开发区海边遇难。那个年代，上级对渔民提的口号是"好天使劲干，坏天坚持干"。海会会长响应上级号召，在坏天气里坚持出海，结果遇了风，送了命。老船长说，那个口号不符合实际，打鱼不同于种地，海上是不能坏天气也坚持干的，大海无情。

老船长站起身，给我倒茶水，他的手有些发抖，他说老了，手都快要拿不住东西了。作为初旺渔村德高望重的老船长，他不修饰也不拔高自己的经历，坦率地说出了恐惧。他是从大风大浪里走出来的人；他所要解决的，是最日常的生活。被别人当作了抒情和想象对象的大海，在他眼里只是生活的保障，是随时都要面临的危险，根本没有什么浪漫可言。

当年与老船长一起打鱼的两个伙计都已经去世了。我问他是否曾经梦到过那条大鲨鱼，他说没有，只是多次梦到水产公司带他四处卖鱼的场景，乱糟糟的，却很清晰。谁也不知道该怎么处置那么大的一条鲨鱼，他已精疲力尽，只剩下了服从的力气，他只想把这件事尽快地结束，从恐惧和不安中尽快走出来……若干年后，当他老了，他时常梦到当时的情景，他甚至梦想着有一天能把这个梦做到底，让这个梦按照自己的期

望延续下去。他后来一直觉得当时因为没有经验，再加上时间太仓促，很多鱼肉都被糟蹋了，如果自己动手慢慢处理，肯定会卖出更高的价格。那么大的一条鱼，才卖了六百块钱，现在想来有点吃亏。老船长的这个答复，是我没有想到的，这引发了我的更多想法。我之所以问他在长达半个多世纪的岁月中是否曾梦到过当年的场景，潜台词其实是想知道他对那样的一条大鲨鱼是否有过歉疚和悔意。然而没有。在我，这是一种典型的文人思维，额外赋予了风浪太多的所谓内涵，当我想要通过老船长的遭遇来印证这些内涵，他给出的却是另外的答案。在老船长那里，生活远比那些所谓想象更无情也更严峻，他说到了自己的身世，说到了早逝的爹娘，也说到了家里的罗锅叔叔。他从小爹妈就不在了，是奶奶把他拉扯长大的。他六岁那年，父亲出海打鱼，在唐山一带被海盗绑了票，爷爷四处借钱，把人赎了回来。父亲回家以后就病倒了，一年后去世。他十岁那年，母亲喝药自杀，撇下他和兄妹三人。妹妹才七岁，就给别人当了童养媳；哥哥到大连投奔舅舅，找了一份差事，挣碗饭吃。他一个人跟着奶奶过日子。奶奶去世后，他与家里的罗锅叔叔相依为命。后来，他见过哥哥一面，也去东北寻找过妹妹。自从当年骨肉分离，兄妹三人再也没有团聚。

回顾家族的血泪史，老人一声叹息。

人的一生中，曾经有过那样的一次海上遭遇，在村里，甚至在距离村子很远的像我这样的局外人看来，都是有些神秘的。当我见过了老船长，他那么平常，他的讲述也丝毫没有传奇色彩，海只是海，鲨鱼只是鲨鱼，那次海上的遭遇仅仅是一次遭遇，他没有赋予它们任何的象征意义，即使到了老年，关于那次遭遇的所有回忆也依然是停留在生存层面。他所后悔的，是因为没有经验，把鱼肉卖亏了。在别人看来，包括我，也是有些不理解的。这是多么形而下的具体问题。可是，这正是生活和生存的真相——不是老船长太现实，而是我们太矫情了。我从老船长的家里走出来，一路上都在这样想。

海对于渔民来说，不是浪漫，也容不下太多的想象，它们是残酷的存在。与这个残酷存在相对应的，是当年刻骨铭心的饥饿和贫穷。我一

直以为自己对于现实生活有着深切的理解，见到这位老船长之后，我才知道我的所谓理解其实多么牵强和肤浅。还有对大海的认知，我曾写下太多关于海的文章，如今看来，我不过是在大海之外一厢情愿地理解大海，在风浪之外浪漫地看待风浪，而老船长们，是在大海里理解大海，在风浪里理解风浪。在渔村，村人向我说起老船长与大鲨鱼的故事，他们只记住一个基本事实，更多的细节被忽略被淡忘了。当我与老船长面对面，多么希望他会穿越时光，恢复半个多世纪之前的那次海上遭遇，哪怕是添加一些想象的成分，在我看来也是合情合理的。然而老船长并没有任何的虚构，他平静地讲述了那次遭遇，不夸大，也不回避，只是平静地讲述。

我原以为，海在老船长的心里会一直涌动着惊涛骇浪；我原以为，隔着这么遥远的时光，老船长对那次传奇遭遇会有更多更丰富的理解；我原以为，我的所谓关于人性的想象，我的关于对未知事物的怕和爱，会在老船长这里得到确认……

他没有更多的阐释。他只向我讲述了真实的过程。这个真实的过程已经在他心里埋藏了六十多年，像一粒种子，他拒绝让它生根、发芽，拒绝枝繁叶茂。他把它一直埋在心底，很少主动谈起。

这是他的一个人的秘密。他从这个秘密里看到了大海，也看到了大海后面的比风浪更真实的生活。

老船长有六个子女，五世同堂。他与老伴结婚七十二年了，两个老人从来没有庆祝过生日，他们不知道自己出生在哪一天。从前年开始，家族所有人都在正月初三这天齐聚老船长家里，权当给老人一起过生日。

老船长不喝酒，两天抽一盒烟，每天上午与几个老人凑到一起，打几圈麻将，严格控制在两小时以内，很规律。他说打了一辈子鱼，没想到晚年可以过上衣食无忧的生活。

老船长坐在我的对面，窗外的光线落到他的脸上，他缓慢地讲述，在我看来有些恍惚，像是隔了一层什么，究竟隔了什么我并不知道，但我知道隔开的绝不仅仅是距离和时光。他的讲述夹杂着太多方言，那是一些在渔民中才能流通和懂得的语言。我只是大概地听懂了。我试图从

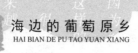

他的讲述中提炼一个主题，同样是"老人与海"的故事，他不似海明威笔下的"硬汉"，他向我们展示的是人在大海面前的脆弱和妥协。

院子里有几件渔具，我请老船长演示一下使用方式，他格外高兴，有板有眼地演示起来，动作娴熟、妥帖，这让我想到书法家对手中的笔，无须直视，就可感知到每一须毫的变化。我出生在农村，渔民生活对我来说是陌生的，有些看不懂。同行的朋友是海洋文化专家，他一口气提出好多问题，老船长越发来了兴致，耐心地演示手中的渔具。他的脸上漾着慈祥的笑意。看得出，他很久没有动过这些渔具了。

夜色降临，该告别了。我紧握老船长的手，老船长也握紧了我的手，交谈一整天，我从他的讲述中体味到了很多。对于我们的倾听，老船长很是感慨："现在的年轻人，不愿听我们这些老人絮絮叨叨，他们可以不听，但是那些历史，是真的。人是不能修改历史的。"

一个老船长，讲述了他与大海的故事。我只是一个倾听者，并不是记录者，是时光之手，记录了这些。

声音的态度

一

　　我是一支柳笛。我还记得，在我成为柳笛之前，刚从柳树身上被折断的那一刻，疼痛、眩晕，夹杂着从一种形态走向另一种形态的隐约顾盼。春风里，有一个人向我伸出了手，于是我从若干柳条中被分离出来，我的生命成为具体的一截。那个人把我捧在两手间，反复揉搓，直到骨肉脱离，他把骨头抽了出去，用拇指和食指捏紧我的唇，用刀片刮掉绿皮层，露出新鲜的汁液，才含到嘴边开始吹奏。笛声婉转、悠扬，像是一个意味深长的安慰。那个时刻我是多么激动，原本以为走过漫漫冬夜，我有幸参与了他们对春天的表达，后来我才明白，我只不过是若干柳笛中的一个，他们在踏青游玩的过程中临时动了念头，随手把我折断，制作了这支柳笛。我的命运在不经意间被别人彻底改变，像他们所期望的那样发出悠扬的声音。当我还是一支柳条随风飘扬，不曾料想我的体内竟然藏有这样一种声音，整个漫长的冬天，面对寒冷，面对荒凉，我是沉默的，当我终于开口，发出的声音居然如此优美和婉转。在有些时候，我觉得优美是不道德的；在另一些时候，我又觉得它是生命中的一份超脱和尊严。面对春天，应该更多记起的，是春天之外的季节，是季节之外的日子。我不知道哪个我才是真实的我。天空下，我与另一个我不敢相认。

　　他们似乎从来就不曾认识我。他们就像已经认识我很久很久一样。

后来我才知道，他们是认识作为柳条的"我"。他们根本就不可能了解被折断的这一截柳条的痛。

最悲哀的是，我的骨头被他们抽走了。我的体内空空荡荡，我的空空荡荡的身体被声音占领。倘若我的皮和骨头依然血肉相连，就不可能被声音穿过。从一种形态转向另一种形态，我别无选择，对明天一无所知。我的生命就这样被决定了。在空旷的山野，我的声音有多么孤单，他们并不懂得。

他们对着我吹奏，在河边，在柳树下，在空旷的山野。柳絮飞扬。我不知道，柳树听到这个声音会有什么感想？我不知道，这个声音是我发出来的，还是他们的声音通过我传递出来的？我的身体被声音穿过，成为一个莫名其妙的声源。春天的萌动里，柳絮在风中追逐自己的梦想，它们并不知道应该落定何处。当天空飘满柳絮，这个世界变得如此之轻。我不是一个通报春天的信使。然而他们说是。他们赋予了我这样的意义，我对我的意义一无所知。后来，从柳絮的纷飞中，我看到一棵柳树与人类之间的某种共同的东西，就是轻。很长一段时间，我不愿接受这个轻的现实；这份来自现实的轻，让我的心如此沉重。作为柳条，我曾是下垂的，像一株成熟的麦子。那群孩子在柳树下大声背诵与柳树相关的古诗，听来似曾相识，我对我的过去充满好奇，我从我的现在看不到丝毫过去的影子。我被一种莫名的力改变着，一种看不见也说不出的力，一直发生在我的身上。我感觉到了，却说不出。

然而春天是短暂的。在我还没有明白春天是怎么回事的时候，春天就结束了；在春天还没有结束的地方，我的作为柳笛的生命已经提前被结束，或者更坦白地说，我的生命其实只有那么短暂的一天，在他们踏青郊游的时候，我被反复地吹响，等他们回到日常生活，我就被搁置在抽屉里。我被关进抽屉，很快就被遗忘了。我并不能主宰自己的生命。我为那些婉转悠扬的声音而羞愧。当我还是一支柳条的时候，我知道那些漫长的冬天是怎么度过的，这个短暂的春天付出了怎样的代价，走过多么遥远的距离才来到这里。我不是只爱慕春天。当我按照别人的方式述说春天，春天是与我无关的。其实我更懂得的，是另外的季节。对那些另外的季节，另外的

人，我的心里怀着更深的牵挂。

我在河边默默生长了若干年。河水干涸，柳树的根曾经是多么绝望。整个河道全是垃圾。我寄望于一场雨的降临。一场大雨过后，河里有水开始流动，飘满七彩的垃圾。那年冬天，河边的田地也被征用了，一个人把自己吊在柳树下，像一根孤孤单单的柳条垂在那里。柳树下堆满了哭喊声。再后来，有人在柳树下谈论这个事件，那是我听到的另一种声音，完全与心灵无关。

柳树边的那片土地被征用以后，盖起了楼房。柳树的枝杈间安装了一个喇叭，每天都在不知疲倦地喊话，不知道究竟喊了些什么，只知道每天都在喊，喊。

我跟着那个陌生的人，走过闹市，走过人群，走过一片喧哗声。他在舞台上表演，台下掌声雷动，我被这样的声势险些吓坏了。我的声音被赋予春天的色彩，其实这世上有太多与春天相关的事物，为什么他们偏偏选择了我？我为那个陌生人赢得了掌声，他把奖杯摆到书架上，却把我抛进抽屉。我是多么希望在夜深的时候他会想起我，吹奏我，让我响在别人的梦之外。

抽屉里的生活，梦想该从哪里起步，到哪里结束？我醒着，因为他们都在沉睡。我没有梦。我的眼前只有漆黑一片。

关于春天，关于季节，我有话要说。你们听到的，其实仅仅是他们的声音。我的喑哑里，有对刚刚过去的那个冬天的眷念。当我从柳树身上割裂下来被制成柳笛的时候，我并没有来得及看一眼柳树身上的伤口。我的被选择，在柳树身上留下又一道创伤，她刚从冬天走过，本来就已伤痕累累。柳笛是柳条的另一种存在形式；柳条是柳树的一部分。我很短，我来自一棵树。

我在不发声的时候，喜欢倾听别的声音。我懂得那些声音，比如蝙蝠飞行时发出超声波，确定障碍物在哪里；比如水母通过空气和波浪摩擦的声音，判断风暴即将来临；比如大象用脚踩踏地面发出的声音，在很远处的同类就能感觉到……作为一只柳笛，我对所有来自生命本能的声音，始终怀着一份尊重。

那个曾经制造过我、拥有过我和丢弃过我的人，把对我的这般讲述在酒桌上复述给他的朋友听，有的人听懂了，有的人并没有听懂，他们举起酒杯，一杯一杯复一杯。他们充满好奇，是陌生的好奇。走出餐馆，夜色中的校园，似有情侣的影子缓慢飘过。这是北京的春夜。在湖边找到一棵柳树，他折下一截柳条，乘着朦胧醉意开始现场表演，他把制作柳笛的整个过程当作了一场表演，几个脑袋围拢过来，几双眼睛在夜色中闪着光，等待奇迹发生。昏暗路灯下，他低头操作，当他总算把柳条的骨头抽离出来，柳条不小心破损了，无法发出任何的声音。这是一次失败的试验。他说这次失败的试验虽然没有吹奏出那个声音，起码让另外的两个南方朋友明白了柳笛是怎么来的。

我在抽屉里，与一些铁器放在一起。我的体内涌动着金属的声音。每天被这些声音怂恿和激动着，我寸步难移，除了反思，已不能去做任何的事情。我在一个抽屉里的反思，对于一座屋子会有什么意义，对于这个屋子之外的广大世界能有什么意义？自从我以婉转的声音宣告春天已经降临，这么多日子过去了，我不知道外面的世界已经变成什么样子，不知道季节已经更替到了哪个环节？我生活在抽屉里，偶尔会看到一丝灯光从抽屉的缝隙泄露进来，我已经忘记阳光的模样，把灯光错认成了阳光。

终于有一天，我腐烂了。终于有一天，房屋的主人整理抽屉时发现了我，他用抹布将我扫向垃圾桶的时候，犹豫了片刻，他在努力地回想，这是一个什么物什？来自哪里？他显然已经记不起我的前身，忘记了曾在某个春天，我经由他的手变成一只柳笛，发出婉转的声音，给他带来短暂的欢愉。那些欢愉并没有真正留驻在他的心头，就像我，并没有真正进入他的内心；就像那个春天，并没有刻骨铭心的事情值得他怀恋。作为一只柳笛，我的更多的日子其实是属于沉默的，没有人相信我深爱着我的这份沉默。是他，让我变成现在的样子。他早已忘记了我。他的心里装着更多看似重要的事物，并没有给我留下一个狭小的角落。我只是传递过他的声音，从来不曾发出属于自己的声音。我注定属于抽屉，属于被遗忘和被遗弃。即使腐烂成泥，我也会永远铭记我的前身，作为

柳条的存在，作为柳树的存在，作为大地的存在，以及，此后作为泥土的一部分的存在。

这样的一份遭遇，让我明白了什么才是一生一世，什么才是一生一世中最重要和最美好的事物。我已腐化成泥，开始新一轮的存在与成长。我相信生命是神秘的，不管遭遇什么，她永远生生不息。在新一轮的成长里，我知道我该以什么样的姿态面对自己，该怎样表达对这个世界的理解和爱。我会告诉所有人，我曾走过的一切，看过的一切，以及试图说出的一切，它们是一粒尘土的翅膀，是一缕扎根的烟。

二

以上我所记录的，是一只柳笛的倾诉。

那个难眠之夜，柳笛并没有被人吹奏，却兀自响了起来，它不配合春天，似乎也无意于春天之外的其他季节，它在漫漫长夜里响起，孤绝且凄冷。我推开窗，这是北京的午夜。夜色是往下沉的。不曾融入这个夜晚，我只是站在这里，看着窗外的黑暗在呼啸，一抹小小烛焰，在心头不停地跃动，这个夜晚变得欲语还休。有些东西不需要被说出口，它们存在着，一经言说就会变成另一种存在。我的内心更愿收藏那些欲语还休的表情。在很多时候，我其实就是那只柳笛，我的境遇与它何其相仿，它说出了我的心中所想，也说出了一些我没有想到的事物。

某位著名诗人说他有一天突然发现开口说话是件无聊透顶的事，因为周围没有人能听懂他说的话。听到这位诗人在公开场合的如是感慨，我是有些愕然的。一个农民的话，除了大地和庄稼，其实也是没有多少人真正听得懂，但这丝毫不影响他们对生活的热爱，对劳动的坚持，他们在沉默和说话中度过生活。说什么话，怎样说话，其实也是一个人生观的问题。词语固然可以掩饰或遮蔽诸多问题，但从词语被拼接的缝隙里，完全可以看出一个人对于世道人心的真实态度。

记得在那家外企工作时，办公场所被玻璃分割成了若干独立的空间，我时常坐在桌前愣神，看着身边玻璃隔断里一张张打电话的表情，

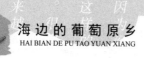
丝毫听不到他们的声音。他们的声音已经传送到了千里之外，近在咫尺却无法听到。这种"隔开"，是理解现代性的一个切口。

读过一篇文章，写的是一个年轻画家画了一幅瀑布，老师觉得遗憾之处是没有画出瀑布的声音。年轻画家反复琢磨，不得其解。老师提起笔，在瀑布底下的水潭边勾画了两个人，其中一个人双手拢音，另一个人则在侧耳细听。寥寥数笔，巨大的声音在纸面轰然而出。这其中，有着对于"融入"的独特理解。

"隔开"与"融入"，这是我很长时间一直在思考的两个关键词。我不曾想过，它们其实是与声音有关的。当声音与声音相遇，将会产生一种什么声音，抑或消失在怎样的巨大沉默里？当这样的追问成为一种声音，又该如何看待它？众声喧哗中，我曾想抓住和剖析每一种声音，从声音的骨头里找寻这个世上最稀缺的元素。

有一种声音是无声的。

海上，船的身后拖着一道长长的伤口，宛若一个无法抹去的标识。当它抵达彼岸，大海默记了一路驶来的伤痛。

当宏大变得不可信与不可及，日常成为一种安慰。厨房里炖汤的咕嘟声不时传来，温柔、敦厚，像是一个慢慢悠悠的人在构思故事，各种情节涌动胸中，并不急于讲述，只是一直酝酿着，酝酿着。妻子炖汤的时候，我在书房与客厅之间来回踱步，偶尔驻足，听炖锅里发出的咕嘟声，觉得那声音是有味道和有态度的。

三

一只公鸡成为大家关注的焦点。那是一只从乡下被辗转送到了城里的公鸡，它并没有成为餐桌上的美味佳肴，而是在孩童的央求下，被城里人喂养在阁楼的阳台上。这只移居城市的公鸡，依然保持了在乡下时恪尽职守的美德，每天早晨，天刚蒙蒙亮，它就在阁楼上认真地打鸣报晓。这个事情，很快被反映到小区物业那里，有居民认为那只公鸡影响了他们的休息。后来，有人拨打电视台的热线电话，投诉公鸡打鸣是一

种噪音，严重干扰居民的正常休息。于是记者做了现场采访，电视台播放了专题报道，越来越多的人开始关注这个事件，围绕如何处置那只在城市打鸣的公鸡，一时间争论不休。

雄鸡报晓，本是天经地义的事情，那些在乡下听惯了鸡鸣的人，移居到城里之后，就不再容忍同样的声音。同样的公鸡，同样的人，仅仅是时间和地点发生改变，态度截然不同。在他们心目中，闹钟更能精准地提供唤醒服务，完全可以取代一只公鸡。

那只公鸡，因为民众的声讨，因为电视台的报道，最后城管部门直接介入，以扰乱城市环境的罪名将其捕杀。住宅小区恢复了往常的安静。那个孩童惊恐伤心的哭声，却一直留在小区上空，他不明白那些穿制服的叔叔为什么要杀死一只美丽的大公鸡。

安徒生在童话《夜莺》中，讲述了一个关于声音的故事：在某些人的精心安排下，人造夜莺与夜莺开始同台演唱，它们的演唱竟然被誉为美妙的"双重奏"。夜莺来自生命的歌声，并没有真正触动那些麻木灵魂，他们把从来都格外吝啬的赞美，慷慨地给予人造夜莺。他们知道它不是真的，但它"逼真"，在他们眼里"逼真"比"真"更重要。乐师是这样评价真、假夜莺的："你们永远也猜不到一只真的夜莺会唱出什么歌来；然而在这只人造夜莺的身体里，一切早就安排好了。要它唱什么曲调，它就唱什么曲调！你可以说出一个道理来，可以把它拆开，可以看出它的内部活动，它的'华尔兹舞曲'是从什么地方起，会到什么地方止，会有什么别的东西接上来。"

众人异口同声地说："这正是我们的要求。"

歌唱也是一种言说方式。他们对人造夜莺的喜欢，是因为那是一种可以预料可以设置可以控制的声音，是一种让人放心所以也让人舒心的声音。

关于声音的记忆，还有一幕场景让我难以忘却。是在一个冬日早晨，机关大院里人头攒动，大家手执铁锹在认真地铲雪。铁锹与地面碰撞发出的刺耳声，在那个冬日清晨响彻整个机关大院。我也混迹在铲雪队伍里，我觉得手中铁锹铲过的，不是冰雪，而是冰洁的记忆。我低头默默地铲着，

一会儿居然找到一种节奏，觉得这刺耳的声音变得动听起来，像一支无法形容的大合唱。到了上班时间，一辆挖掘机进入机关大院，轰隆隆地开始铲雪。大院里从来没有这么巨大的声音，铲雪的机关干部纷纷撤回办公室，在轰隆隆的机器声里开始办公。清运垃圾的环卫车也进了机关大院，一车又一车的雪被运走。下雪是美的，洁白的雪花飘落大地，当人的脚步踏雪而过，雪开始变得污浊。城市是容不下雪的。人们在欣赏了下雪的过程之后，就开始动手把雪运送到郊外，阳光下，他们已经没有耐心等待雪的融化。机关大院很快就被清扫得干干净净，就像从来没有下过雪一样。我站在十一楼的窗前，把目光投向大院以外，看到的却是另一番景象：厚厚的积雪，泥泞的道路，还有倾着身子艰难走路的人。这世界一片洁白，我听不到窗外的任何声音。在开着暖气的房间里，我回想久远的童年，耳边响起堆雪人的欢笑声，卖糖葫芦的吆喝声，还有来自铁匠铺里的声音。那天我们在乡村遇到一个铁匠，他弓腰打铁的动作，完全是我童年记忆中的样子。他机械一样不停地举起手中的铁锤，砸向一截烧得通红的铁，发出叮当的声音。这声音，像是在铁的内部被转化之后，再传达出来的一种声音。一截被烧红的铁，一截变形的铁，当它发出一种声音，被迅速放进冷水里，凉却下来。一截铁与一段声音之间的关联，在一个孩子的心灵中产生，不管这个世界发生了什么，他一直记住了这种关联，铁匠身后的炉火成为他童年记忆的不变背景。如今这样的场景已经很难见到，这样的声音几乎完全消失了。我在胶东乡村游走，潜意识里一直在寻找一个符合我童年记忆的铁匠。这个忽冷忽热的世界，我不知道该如何应对，从铁匠对待一截铁的态度，我受到某种启悟。一个铁匠，懂得一截铁藏在体内的温度，懂得如何在冷热之间成全一截铁的梦想。我不曾想过一截坚硬的铁被塑形的过程，对于铁与铁匠分别意味着什么，我只是记住了那些叮叮当当的声音。我紧捂双耳，却无法阻绝它们，在众多声音中，来自铁匠铺的声音留了下来，一直回响在我的心里。

如今，具有童年属性的声音越来越少，取而代之的是另一些嘈杂和喧闹，它们没有来由，亦不明去处。

声音是有骨头的。在现代文学馆，我站在鲁迅先生铜像前，他的忧

愤表情传达出的是骨头的气息，让人有一种想哭的冲动。先生此刻的呐喊，是无声的。这种无声的呐喊在我的内心产生巨大回声，不停地撞击我与世界之间的那道墙壁。当历史事件撞到一个人的心灵内壁所产生的回声，也许比声音本身更真实也更珍贵。如今这种回声越来越少，人心已变得麻木与冷漠。当一个人对自己的时代问题不再敏锐不再激动，症结是他的心灵以及更多的心灵出了问题，这些心灵的问题堆垒在一起，即是整个时代的不可回避的问题。

在所有声音中，我最珍视的是心灵的回声。通过心灵的回声，可以为整个时代把脉。

发声，论辩，直到事实渐渐浮出水面，也许这是最好的出路。可是现实状况是，我们争论到最后常常忘记了为什么争论，被一种莫名的力牵引着，陷入一个意想不到的陌生之地。那些围绕会议桌的面孔，让我总想打开门，看看会议室外面被讨论的世界究竟是什么样子。

那些发生在眼皮底下的事情，被他们略过了。

众声喧哗中，反抗遮蔽抵抗湮没的方式，就该是另一种说话比如呐喊或歌唱吗？

我不想成为一个盲目的声音制造者。这个世界已经如此喧嚣，大家都在忙着说话，借助说话引起他人注意。我更信任在众声言说中默默转身前行的人，他只留下一个背影给这个世界。

我们在说话的时候，世界并不是一个倾听者。

我心苍茫。人群中，我依然面带微笑，试着与每个人说话。被抽走了骨头的声音，还是声音吗？它如何传递，并且打动更多的心灵？

声音也是会扎根的。当附着在声音上的水与土都被清理掉了，这样的声音缺少最起码的环境，生长变成一件艰难的事情。"在一切我们判定为噪音的东西之外，总还有另外一种声音预告一切声音的终结。当我勉强听到自己胃和心脏的声音时，黑暗在呼啸。"（费尔南多·佩索阿）

是的，黑暗在呼啸。我看到了声音与黑暗之间的隐秘关联。在声音之外，我看到黑暗与另一个自己相遇。

四

护林人起初觉得这个职业可以天天与大自然相伴，听万物天籁之声，过一种与世隔绝的浪漫生活。护林人走进山林，很快就陷入孤寂，他待在空无一人的山里，对着一棵又一棵的树，把会背诵的古诗背了无数遍。终于有一天他看见一个人，就拼命地追赶过去，那人见状，吓得撒腿就跑。他一直在后面追，那人则像逃命一般狂奔。巨大的山林里，他最终追上了那个陌生人，他的理由让人诧异，他就是想追上他，与他说说话，他已经很久没有与人说话了。这是一个多么孤独的人。

在地坛。空空荡荡。偶有行人走过，路和树又陷入空空荡荡之中。我不想说话。在每一条路上，在每一棵树下，都有他的影子。我是寻找影子的人。

地坛与城市街道近在咫尺。我惊奇于这里的安静。当年的他坐在轮椅上从这里走过，一定也曾这样注视过地坛之外的那条公路。那条路将会通往哪里，也许他曾这样问过。他是坐在轮椅上的人。坐在轮椅上的他，对来路与去向更为明晰。

在鲁院学习的日子里，我去的第一个地方就是地坛。那天我们一伙人结伴而去，回来后，一直想单独再去一次，想在地坛里静静地坐一个下午。早在若干年前，我曾去过一次，那时我刚开始写作，还不懂他。后来我走上文学创作之路，才渐渐理解了他。他去世的时候，有媒体采访，我写下这样一段话：

"史铁生去世后，我们更加认识到他的存在价值，那么多人自发地以不同方式怀念他、追思他。在当今社会，一个作家的离世，能够牵动这么多人的心，引起这么巨大的社会反响，应该说是非常少见的。我们怀念史铁生，不仅仅是因为他写下了优秀的文学作品，更因为他有着健全和高贵的人格，对于一个当代作家来说，这尤其是稀缺和令人敬重的。他坐在轮椅上，但他的人格是站立的；他无法走进更多的现实生活，但他的精神世界有着常人难以抵达的深度和广度。他是一面镜子，照出了我们的灵魂在当下现实中的残缺，我们对他的怀念，其实也是一种对自我的反省与追问。史铁生并没有超脱于这个世界之外，他始终活在俗世中，领受命运的不公，遭受常人难以想象的苦痛。但他并不抱怨，始终对这个世界怀着爱意，是一个精神明亮的人，一个内省的人，一个干净的人，一个有力量的人。他的写作，在很大程度上为文学挽回了尊严。"

地坛如今成了百姓散步健身的所在。在日常的脚步声中，我听到一个声音。他说给自己听，与灵魂对话，他的喃喃自语成为太多人愿意倾听的声音，它们穿越时空，终将留下来。

并不是每个人都可以听到这种声音。

一个人内心的安静，并不是因为对声音的拒绝和逃避，而在于对不同声音的包容与宽容。喧嚣不但没能改变他，反而让他更加认清了自己，更加坚定了自己，让他在众多声音中发出自己的声音。一个可以从漩涡中撤出身来的人，他的体内一定藏着比漩涡更大的力；一个愿意舍弃并且懂得选择的人，往往他的丰富是别人难以理解的。

我一直以为，一个成熟男人的内涵是通过他的沉默来体现的。之所以产生这种想法，大约源于对语言秘密的探究与熟知。关于语言，可以装扮成各种样式被说出口，或温柔，或冷峻，或慷慨激昂，或理性严谨……很多去往人心、打动人心的语言，其实并非来自人心。它们的产生，更多的是为了携带某些"东西"抵达某个地方。那些看似作为附属品的"东西"，恰恰是语言所难以言说的物事，也是语言的真正动机和目的所在。因为对语言秘密的洞察，很多时候我宁愿选择沉默。有一种声音，是无声的。众声喧哗之中，我听到了它们，听到那些同行者的安静呼吸和心跳。

每天的午夜，我坐在书房里，耳边总会飘起一抹声音，像是大海的呼吸，又像是松针落地，隐约可以听得到，但还不至于构成一种打扰。那声音渐渐汇集着，越来越密，我分不清它们究竟来自何方，将要去往哪里。那些若有若无的声音，成为我睡梦的底色，总会随着晨曦的降临渐渐淡去。因为，一些更为明确和巨大的声音开始碰撞起来，那些安静的呼吸很快就被淹没了。

然而我记住了那丝微弱的声音，它让我常常听不到窗外的轰鸣。

五

去国家大剧院观看一场经典歌剧音乐会，从主持人到演唱者都不用麦克风，完全的原声。因为是小剧场，我坐在台下，听得真切，这样的不通过麦克风传达出来的原声竟然让我有些不适，甚至觉得失真。在单位，我每天泡在会议室里，活在麦克风传达出的声音中，内心的参照出了问题，早已习惯了那些变声的声音，并且视之为正常。小剧场的掌声热烈，我端坐在那里，无限悲伤。这种毫不修饰的声音唤醒了我的心灵中对麻木早就习以为常的那一部分。原声是美的，然而那是一种久远的美，一种来自童年的美，一种因为过度真实而让我感到不适的美。置身在原声场域，最真实的声音竟然让我产生了最不真实的感觉，有一种想从此留下来，同时又想立即逃出去的感觉。我无所适从。

幼年时，我曾把一张纸卷成筒状，对着天空喊，对着人群喊，对着旷野喊。我兴奋于自己的声音被筒状的纸改变成了另一种声音，这个声音让年幼的我对世界产生一种莫名的成就感。后来，我越来越习惯了这种被传递的变形的声音。

在科技馆，我把脑袋置于一个巨大的玻璃罩里，听到一种模拟的胎儿在母腹中的声音，咚咚咚，或急骤，或舒缓，那么真实和体贴的声音，来自子宫的声音，回响在我的耳边。这是高科技第一次彻底征服我，让我回到生命原点，体验生命在原点的声音。子宫中的声音，我们不再有记忆的声音，可是我一直相信一个人在子宫听到的声音，一定以某种方式在记忆里储留下来，并且会在以后的生命中以某种方式表达出来。那是生命最原初的对声音的理解，也是一个生命对声音的最诚实的"贯彻"。那个声音一直回响在心里，却没有被说出口，更不期待别人的所谓理解，它只遵从心灵的法则，以至于当我借助高科技听到这样的仿真声音，虽然无法确切地翻译它，转述它，但在瞬间我就听懂了，一种语言无法说出的懂，那一刻我流下了眼泪。

漂　流　瓶

一个惯于沉默的人，突然有了这样的言说欲望。

在雨中走，一路的尘埃渐次落定。我喜欢这样的天地这样的路，真想就这样一直走下去，拒绝那些变质的阳光。我在雨中徘徊很久，然后重新坐到了电脑前。写作的间隙，听那支久违的歌谣，有一种想要落泪的感觉。电脑屏幕发出温和的光，透过那些刚敲下的文字，我看到一张憔悴的脸。是谁说过，一幅素描请不要画上眼睛，因为眼睛会泄露一个人所有的内心秘密。一个看上去还算谦和的人，谁会懂得他的骨子里的散漫与孤傲？这么多年就这样走了过来，我早已习惯沉默，冷眼旁观，置身事外。对生活，我更多品味到的是苦涩。那些夜晚，那些独斟独饮的葡萄酒，万般滋味，与漫长的发酵相关。发酵对于酒来说，是酒的身体内部的一场战争；就像失眠之于人，一个从来不曾失眠的人，他对生活对世界的理解和对自身命运的把握，都是经不住追问的。

雨淅淅沥沥。

空气是湿润的，让人的心里生出一些不可捉摸的情绪，有点颓废，有点迷乱，有点说不出的沉醉。这样的一个午后，我一个人枯坐着，若有所思。这一刻，把生命中的某些东西放大了，让我觉得恍惚，不敢相认。一时。一世。这个貌似强大的现实，居然经不住一个谣言的飘过。"谣言"时常以批判现实的姿态，遮蔽更多更为严重的现实。置身这般现实，我尊重每一个人的迷惘。看到了这个世界的茫然感，不该成为消沉的借口。越是在这样的茫然中，越是需要个体的自觉——对自己的来

路与去向的自觉。

生活终将继续。从此以后，随遇而安，不争朝夕；躬耕田亩，时光静好。一直以为，一个人的幸福，关键在于是否活得心安。对"心安"构成影响的物事，是我所以为的打扰。我知道自己想要什么样的生活，知道什么才是值得珍惜的。人情冷暖，世态炎凉，各有道理。很多东西之所以珍贵，往往正是因其短暂；对短暂物事的无限珍惜，即是永远。我们都活在惯性里。我无力抽身而出，又不愿随波逐流。面对漩涡，漂流瓶是我唯一的语言。不管前面等待的将是大海还是深渊，漂流瓶将承载着我的所有秘密，以沉默传递声音，以陷落表达抗争。我知道我所追求的，其实是一个巨大的虚无。可是，身不由己。我听从灵魂的声音，孤独前行，像爱自己一样爱着这份孤独，对外界保持警惕，把内心包裹得很紧，拒绝别人的闯入。我只想安静，只想在艺术领地里走得尽可能远一些再远一些，过一份有主见的生活。这个社会有着太多诱惑。其实幸福无非就是一种感觉，并不需要他者的印证和阐释。内心孤寒，是因为亲手关闭了那扇窗，拒绝所谓的阳光。

杜拉斯说，写作是一种暗无天日的自杀。感同身受。不仅是身体的消耗，也有精神层面的悲观和绝望。越写越无助，倘若不写会觉得更无助。安慰是徒劳的，作为一个不可绕行的过程，唯有面对。我渐渐学会了享受焦虑，觉得焦虑中的自己或许更为真实。形形色色的欲望，把生活切割成了琐屑状。活得琐屑是一个问题，活得不琐屑是另一个问题，并不是所谓物质所谓精神能解释清楚的。因为，活着本身即是一个问题，而且更大的问题在于，是否活得明白活得无悔。

太多人在以浪费生命的方式对待生命。在我与世界之间，隔着一层薄纱，可以隐约看得清楚，却不能够真实地触摸。我无法完全融入世界，世界也不能彻底征服我。之所以对那些理想主义者始终怀有一份理解和尊重，更多的是因为他们区别于当下的"实际"。这个人对所谓隐忍的重新认知，就是突然地发出了这样的扪心追问：是耐性？还是奴性？如果在自己不热爱的事物上耗费太多精力，那是对生命的不负责任。我在犹疑，是该彻底打开这扇门，还是悄然地永远关上它？在一个不正常的环

境里，如何保证一个人的正常？在一片浮躁之中，个体生命的清醒意味着什么？……割舍一些东西，捍卫一些东西，这是一个人理应做到的。

我把那首《喊向黑色的天空》播放到了最大音量。歌声湮没整栋机关大楼，这是来自钢筋混凝土内部的声音，它喊向黑色的天空。沉浸在孤绝愤懑的歌声里，我心安静。就像走进一座庭院深处，抬头仰望青灰色的屋脊，看不到更为高远的天空。那一刻，历史凝成了一个"结"，留待后人不同方式的拆解和误读。

一个人对于这个世界，一个人对于另一个人，其实都是过客。最忠实的旅伴，是自己的影子。我和我的影子相依为命。人生是一次行走，不仅需要体力，需要正确的方向，更需要在行走的过程中具备获取快乐和意义的能力。意义并不仅仅在于目标和终点，沿途的风景像花朵般次第绽放。无数个傍晚，我沿着城市街道散步。一个人。身边是疾驰的车辆。我不知道，他们是否明确地知道自己将要奔向哪里。偶尔也会遇到几个散步的老人，他们的白发在暮色中像一支支银针，锐利的锋芒让我的眼睛感到微痛。

我们都是一群无所依傍的人。

透过一粒尘埃，足以洞悉整个宇宙的秘密。我在这个小小的漂流瓶里，坦承了对生命对世界的真实态度。

把成堆的资料一页页丢进碎纸机，我觉得我的整个过去都被粉碎了。我把这些记忆碎片装进漂流瓶，去找寻一场跨越时空的相遇。

在一个争相表达的环境里，聆听是一种素质。因为懂得聆听，你是值得珍惜的。我在这样的夜晚，以这样的方式，给你写下这样的一些文字。我并不知道你是谁。我也不知道时光需要漂流多么漫长的路途，才会遇到未知的你。我把我的倾诉与祝福都托付给漂流瓶，让它向着未知的领地，向着未知的你，一路流浪。这个脆弱的漂流瓶，这个严守秘密的漂流瓶，承载了难以言喻的梦想，也寄托了我对自由的理解与向往。这个流浪的人，他是有根的。他总在渴望一个人携着风，携着雨，携着雷电和力量，渴望被这样的力量击中和消融。倘若，我的这点灵魂胆汁，能让若干年后的你知道在遥远的"现在"，在鱼龙混杂众声喧哗之中，曾

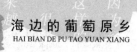

海边的葡萄原乡

HAI BIAN DE PU TAO YUAN XIANG

经有过一个人的犹疑、挣扎和徘徊，这就足够。不是所谓"另类""叛逆"这些词语所能涵括的。这是一个人郑重的灵魂胆汁——他走出戴着面具的人群，面向未来的你，坦承了这样的一份真实。经年之后，隔着一段客观的时间距离打量这个时代，你一定会得出属于自己的结论吧。而我的这些倾诉，仅仅是一个人的卑微与苦痛，倘若有幸成为那个远去时代的一个并不和谐的注脚，我将多么欣慰。这是一个人的意义，也是一个时代的真相。

并不知道你是谁。隔着遥迢岁月，想象伫立某个岸边远眺的你，在某个不经意的瞬间邂逅这个漂流瓶，然后从一张纸的皱纹里，看到来自另一个时空的陌生倾诉。这不是什么缘分可以解释的。我们并不知道应该感谢谁。

那就感谢时光吧。是时光让我们冷静，让我们隔着遥迢岁月向对方伸出了手。

葡 园 记

MAN SHENG HUO

在　葡　园

　　每个周末我都会去葡园，一个人在那里读书或发呆。那是一间并不宽敞的小屋，我在里面踱步、静坐，时常觉得书桌上涌动着一个人的千军万马，春夏秋冬四个季节同时出现在小屋里。

　　距离葡园的不远处，是一家汽车厂，后院每天都摆满了刚下生产线的新车，像是一个关于速度的寓言。它们走完了生产流水线，汇聚到这里，等待被销往天南海北，以静默的方式宣示速度的存在。当一辆车停在住宅楼下，似乎是对生活的某种诠释；当一片车辆停在城市的背面，则是对命运的一个隐喻。让人心安的，是不远处的一个个窗口，被称为"家"的地方。车在疾驰。风景在迅疾地撤退。是速度，让一条路变得恍惚，让最真实的生活变得虚幻，让一个人在追逐中迷失了自己。是速度，让家成为"在路上"的驿站，让故乡永远成为故乡。我们总在追求更多的可能，常常忽略了背后那个坚实的存在。

　　家是排斥速度的所在。正如一杯葡萄美酒，是不该被一饮而尽的，其中的诸多滋味，要在缓慢中才能体味。

　　傍晚在楼下散步，我时常看到一个练太极拳的人。他并不苍老，可以说正值壮年。他平心静气，心无旁骛，一招一式极为缓慢、流畅，像是集中了全部心力，又像丝毫没有用力。他沉浸在自己的世界，无视从身边路过的人。我注视着他，时常就陷入莫名的感慨和猜测：在职场，在他安身立命的地方，他会是什么样子？我对他充满了好奇，却从未想过要去问一问他，此刻的任何语言都是一种打扰。每个人都是一个独立

世界，我不想成为冒昧的闯入者。

在葡园，我同时看到了静默和速度。或者说，速度和静默同时在葡园出现，我看到了它们。有些时候，我们被信息充满，被速度裹挟，并且失去了抗拒的勇气；另一些时候，比如那个练太极拳的中年人，沉浸在自我世界，我相信他放下了一些东西，也更坚定地守住了一些东西。他是从人群中走出来的。

在葡园，我时常被一束光照亮。我所说的光，不是眼睛所看到的，也不是心灵所感知的，它是某个瞬间对自我的犹疑和困惑，这里面传达的是一种最真实的东西。我不想掩饰我的犹疑，正是因为这个世界有太多的不确定性，生活才变得更加值得期待。在葡园，在一个确定的所在，我写下了太多不确定的文字，我想表达的，是我所割舍和掩饰的那一部分，写在纸面的文字不过是一条甬路，它们的存在是为了把你引向那个并不确定的所在，一个更加幽暗或者更加开阔的地带。

"葡园"是我的一间书房的名字，它位于这座城市的边缘，背靠大海，毗邻一片葡萄园。我曾经想过，邀请书法家朋友写下"葡园"两个字，挂在书房的墙上。只是想了想，至今也没有落实。这样也好，没有任何装饰，只需要洁净的墙面，简朴的书桌，还有一颗崇尚简单的心，就足够了。"葡园"对我来说不仅仅是一个词，也不仅仅是一个地方，它是一种状态。一种远离的状态。一种自在的状态。一种拒绝言说的状态。它契合了我内心的所思与所需。

闪电与灯火在海水中的倒影，需要怎样的力量才可呈现？站在葡萄园里看楼群，抑或站在阳台上看葡萄园，不同的视角，相仿的心情，我所看到的，是生活的不同侧面，以及关于生活的不同理解。我知道，有一株葡萄并不属于这片葡萄园，它的倔强的枝身，在浪漫目光无法抵达的地方，刻下岁月的沧桑。在一株葡萄与一片葡萄庄园之间，我看到一个人从人群中走了出来。

这是海边的葡萄原乡。这里的太多故事都是以日常的姿态发生的，它们直接介入了我的日常生活，成为生命的一部分。当这样的生活被表达，表达本身就成为一件与美相关的事。

想象的边际

　　我试图用想象去触摸想象的边际。当我的想象与更大的想象重叠到了一起，我才看到部分的现实。对生活，我并没有太多奢望，这个作为局部的现实已经足够安放所有梦想。我的梦想拒绝飞翔，它不需要另外选择栖落的土地，它在脚底下生根、发芽，安静地成长。

　　不远的将来，它也许会长成一棵草，也许会长成一棵树，这都是我乐于接受的。我的担忧在于，它不能永远只是一粒种子，不能拒绝发芽和扎根，不能屈服于龟裂的土地。对于那些习惯了在虚幻的季节花园里观蜂赏蝶的人，一粒种子就是整个被遗弃的世界。

　　此刻的孤独并不是真正的孤独。我知道来时的方向，也知道将要去往的地方，我只是在匆匆行走中停下脚步，不为休息，不为负累，只想慢下来，看看另一个不同的自己。我成为我的道路的一个节点。我把自己从喧嚣人流中分离出来，回到我所能接受的地方。这个地方是狭小的，但它有着最辽阔的腹地，以及不可触及的边际。我拥有双重身份，是这个世界的王，也是这个世界的仆人。因为卑微所以伟大；因为伟大所以孤独。拒绝为那些外在的逻辑让路，我的逻辑在我的世界里畅通无阻。

　　此刻的孤独，让我看到久违的自己。

　　此刻的孤独，让我与那个久违的自己不敢相认。

　　歌声响起。就像一件瓷器不小心被打翻在地，锐利的碎片将我的视线分割成了千万份重叠的存在。

　　这一段被悬置的生活，让我从此学会飞翔。俯视大地让我更深地懂

得了大地，穿越天空让我更真地理解了天空，在大地与天空之间，存在一种唯有飞翔才能理解的逻辑。一只飞翔的鸟，她在天空与大地之间的盘旋，正是我所理解的守望。一只飞翔的鸟，懂得如何在浩渺的天空扎下自己的根；一如那块沉默的巨石，从来不曾放弃开花的梦想。

石头内部的花朵，连同飞鸟翅膀下的箭，让我理解了天空与大地的相望，让我从此知道一棵树越是对天空充满向往，越是要懂得在土地里深深扎根。

我们都曾是诗人

每个人的心里有魔鬼也有诗人，只是后来被动或主动地把诗人交了出去，魔鬼继续留在心里。把魔鬼留在内心，是因为对外在的世界不够信任吗？抑或为了抵抗那些意想不到的事物？我说不出。别人说出来，我也不想相信。这个困惑的特殊之处，在于被困惑的我并不想知道确切的答案。答案是什么，答案在哪里，这都不重要。重要的，是问题本身，它让我忽略了其他。

诗歌，也许是我面对这个坚硬现实的一种自救方式。

我无法认同他们的表达，太多的形容词和大词交织在一起，构成他们对于这个世界的态度。一种人生观，从词语的陷阱挪移到舞台上，且以表演的方式呈现，失望感和厌弃感接踵而至，我不想成为台下的观众，我想逃离。从这种被表演的情感场域中逃离。从虚无的自信与自我中逃离。从渐渐老去的肉身和精神躯壳中逃离。我并不知道我想逃向哪里，我只知道我需要逃离，从此刻开始。

凡是形容词出现的地方，大抵都是因为对表达的不自信，需要借助所谓形容词来强化某种意绪。诗人是多么另类和自信的人，然而他挥舞着形容词，就像一个牧羊人朝着寂静天空甩响鞭子，驱赶无所事事的羊群。一群羊，走在大地上也走在天空下；一群羊，走在牧羊人的前面也走在时光的后面，它们不时地回头，从牧羊人手中的鞭子辨识前路的方向。

若干年前，我以写诗的方式与这个世界对话，觉得世界并不理解我；

若干年后，我已学会把诗意融化到常识里，我只跟这个世界说一些家常的话，不再苛求任何人的所谓理解，因为我理解了整个世界，理解了这个世界上的任何一种存在。悲悯，是我们相互抵达的秘密通道。

我爱这个世界，不管这个世界爱不爱我。

我要表达，不管你是否倾听。

我所说出的，只是一些素朴的话，这是我对生活的理解和向往。历经了一些事情，也看懂了一些事情，说家常的话，保持正常人的体温，将是我生命中最为看重的状态。

正如我对自我的寻找，是从启程时把自己交付出去的那一刻开始的，这是后来走过了很远的路以后，我才终于想明白的一件事情。

这条路的终点，正是出发时的原点。一条路，让我们从童年走到老年，从活着走到死去，从我走到我。回到原点，然而它早已不再是当年出发时的原点了。它改变了我，我也改变了它，我们在相互改变中改变世界。

不知来自内心哪一部分的力

关于嘈杂，关于慌乱，关于莫名的悲伤，我时常不知该如何用语言来表达它们。当我试图表达的时候，总会陷入更大的困境，一方面我说不清表达的目的何在，我一定是在寻求某种和解；另一方面，用一个个词语和句子写下内心最复杂的感受，写下即是终结，我的表达事实上并没有赋予那些感受更新和更深的意味，反而让我陷入自绝的泥沼。这与日常中的矛盾和犹疑并不是一回事，它们是属于我一个人的，也许永远只能属于我一个人。

巨大的孤独，还有与孤独相处时不知来自内心哪一部分的力，从来没有停止侵袭我。我的心安，因为侵袭的存在而存在。我一次次在重复的，就是迅速回到内心。每天，从远离人群的地方走向人群，我只允许自己短暂地迷失。那些看不见的路，就像一些潜隐的可能，我将自己托付给这样的未知。

我们活在生活里，也活在自己的身体里。身体是我们与外界沟通的一个载体。我的心，是不会轻易示人的，更不会轻易容许别人的闯入。我的心是一个小小的世界，我是这个世界里脆弱的王。当这个小小的世界与外面的世界发生碰撞，摇摆和动荡将是注定的遭遇，我的犹疑和疼痛都是真实的。

我承认我的犹疑，我的犹疑更多的是一种内心挣扎，它与对这个世界的不相信有关，与对生命意义的质疑和追问有关，不管怎样，它拒绝左顾右盼。我对那些左顾右盼的人有一种本能的厌恶，我的犹疑更多的

是一种内在力量，任何外力对我的选择和判断都不可能产生根本性的改变。因为自信，所以释然。

可是，我依然想说的是，我不喜欢被打搅，也不想见太多的人，所谓体面所谓名利所谓权力对我来说毫无意义，我只想过一种不后悔的生活，只想活得更像我自己。

我与另一个我

我时常分不清哪一个是我，哪一个是另一个我，当我面对变幻的现实，不知道该派出哪一个我去应对它们。我的存在，是因为有另一个我的存在。当我与另一个我相视无语或促膝相谈，这个世界就变得安静下来，再大的喧嚣和热闹对我来说都是无效的。我之所以成为我，是因为另一个我替我应对和打理那些现实事务。世人所认识的，其实是另一个我；我一直站在这里，只有极少数的朋友知道我所在的角落，知道我脆弱得不堪一击也知道我强大得不可战胜，知道我低微得融入泥土也知道我高傲得天马行空。另一个我始终走在人群中，偶尔说一些我并不认同的话；另一个我似乎并不介意我的看法，在我之外，他是一个独立的存在，只有我知道他的冷漠里有着怎样的一份狂热，他对喧哗的选择是因为对我和我所向往的安静有着更深的爱。这份爱不需要理由，并且不可言说和解释。这是我和另一个我之间的秘密。

我与另一个我的关系，大于我与世界的关系。世界是在我与另一个我之间浮现出来的。

我时常向女儿讲述我的童年时代，我的讲述更像是一场虚构，它们在当下几乎找不到相关的对应物。然而这仅仅是昨天的事情，它们并不遥远；我的虚构能力再强大，也无法描绘一个简单的明天。明天就在眼前，它是确定的，也是未知的。

我与另一个我哪个更真实，哪个更重要，我拒绝简单的评判，他们都是我的生命中的一部分。另一个我是为我而冲锋陷阵的。另一个我把

我藏在某个角落，拒绝被外界察觉，我的安静与沉静于是成为可能。躲避在角落里的我，不需要墨镜和面具，不需要任何修辞，他只要一开口说话，就是最真实的态度。这个世界似乎并不需要真实的态度，他们需要的仅仅是态度，不在意真实与虚伪。

另一个我并非另一种存在，他是本然的存在，是关于我的真实存在。当我与另一个我独处时，我就像回到了故乡。一个戴着墨镜和面具回到故乡的人，是不道德的。

我所向往的最好状态，就是我与另一个我和谐相处，然而现实一次又一次告诉我，这是不可能的，这无异于人世间最大的奢望。人之为人的意义，离不开这个悖论的存在。

夜晚降临的时候，一天的生活刚刚开始。唯有坐在书桌前，我才感到踏实和充实。阳光下那些眼花缭乱的事物，我早已不再信任。我选择在夜晚与另一个我对话，有时我是沉默的，有时另一个我是沉默的。更多的时候，我和另一个我都是沉默的。

然而我想说的是，一个戴着墨镜和面具回到故乡的人，是不道德的。

远方扑面而来

　　那些幽暗的、蒙昧的，我所自感沦陷的和难以自拔的心境，因为一场风的到来，突然变得清晰起来。我无法想象，在北京闷热难熬的五月，在空调还没有开始启动的日子，会有一场风突然降临。我待在房间，并没有走向风中，只是在窗前听到了风的声音。目力所及，全是钢筋混凝土的建筑，它们岿然不动，丝毫看不出风的痕迹。我听到了风声，低沉的倾诉在某个角落盘旋，像是在追逐速度，又像有一些不忍离去的依恋。对面楼房的某个窗口，一块红色小手帕在不停地飘摇，与风声互为验证。我站在窗前，是一个沉默的倾听者。

　　一场风将狂热带走。一场风让我恢复了正常体温。一场风，在突然之间让一切都变得清晰起来。

　　我想去追逐这样的一场风，告诉它多年来不曾说出口的一句话。这个在人群中一直保持沉默的人，想与风说说话，让风把他的心事带向远方。

　　在风中，我们曾经相互祝福。

　　在风中，我们走向彼此的远方。

　　不必刻意选择和告别，长路会把你从人群中区别出来。那些被名利驱使的人，如果仅仅是受了名利驱使而走到终点，那将是真正绝望的终点，途中的所有快乐都与他无缘，沿路的花草，飞舞的蜂蝶，还有那些相遇的人，统统视而不见，失之交臂。走过，仅仅是走过，也许这才是最大的悲哀。

倾听驳杂的声音，我努力接纳那些以前不接纳的，试着理解那些以前不理解的，只为了不错过一份可能性，弥补自身的局限。我愿意把所有声音都视为对以前那个我的一种丰富。文学是一个人的信仰。怀揣这个信仰来到这里，我知道该做什么，该怎么做，任何与信仰相悖的念想，对我来说都是歧途。

一场风选择了远行。我听到树叶在窃窃私语，谈论一场风的昨天和明天。风过无痕。风在我心中留下的刻度，无人知晓，那些隐隐的痛时刻提醒我，风曾经从心头碾过，留下关于永恒的密语和忠告。

远方扑面而来。隔着窗玻璃，我看到了风的盘旋，黑暗在呼啸。

提前被忘却的明天

　　我总是忘却。时常在事情尚未发生之前，就已经开始了忘却。

　　昨天对我来说只是一条来路的方向，具体的步履边走边忘，路边的景致偶尔被我留意。我并不在意它们是否会记住我，记住一个埋头专心走路的孤独背影，在我被他们忘却之前，我对他们的忘却已经开始。那些所谓重要的，那些所谓不重要的，都在我的忘却范畴之内。我不知道我想记住一些什么，什么才是值得记住的事物，走过了这么多日子，我依然是一个较少有记忆的人。这些年来，我习惯了忘却，并且不介意被忘却。这是我对昨天的态度，也是对于明天的期望。可是，我不知道该如何度过今天。

　　我曾试图为自己的坏记性找到一个可以心安的理由。我说我心里装着的是关于未来的事物，昨天已然逝去，该记住的终将记住，该遗忘的索性就遗忘吧，一些生命刻度已留在心上，它不需要呈现，不需要言说和阐释，就像忘却的发生，并不需要刻意。

　　日常的生活被漫不经心地打发掉了。一些模糊的场景偶尔在我的眼前闪现。菜农脸上的皱纹，守在菜摊前等待顾客的表情，我记住了。走在大街上，我永远无法认出这个具体的人，然而我记住了他的表情，每一个拥有这种表情的人，都是我似曾相识的故人。

　　似曾相识的感觉，让我忍不住开始了对自己的探寻。有些东西一直隐藏在心底，我想在它们消失之前，发现它们，认识它们，也许这是最好的挽留。挽留并不是唯一的选择。重要的是，它们曾在我的心头停留。

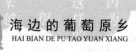

我爱这些幽暗的事物，胜过对阳光的言不由衷的赞美。如果明天是一个梦，我愿意选择拒绝，并且提前开始遗忘。我的遗忘是一种刻骨铭心的麻木，我以麻木的方式回应更为巨大的麻木。对于那些将要到来的，还有已经远去的，我一直站在这里，站成了一座雕塑。这冰冷的存在，一直保留着不为人知的切肤之痛。

我们不仅仅活在当下。我们其实更多地活在昨天和明天，所谓回忆和憧憬成为生命中的主体部分。回忆无需战胜憧憬，正如憧憬不必取代回忆一样，它们其实是同一个存在，是活着的确证。如果明天仅仅是一个梦，我想让它在今天就醒来。我不惧怕失眠，不惧怕漫长的夜路，我已习惯了一个人去走，一个人面对。我不是在面对所谓的明天，我是在面对自己。当我面对自己的时候，诚实是必须的。

然而有些事物，我永远记住了。它们拒绝言说，它们沉在我的心底，时常在某些时候跳出来，质问我：果真是这样的吗？

这是珍贵的提醒。这让我走在人群中时刻保持了一份自觉，时刻记着我所要去的地方，与他们并不相同。我们只是某一段路上的同行者，还有一条看不见的路，在等待着我孤独去走。

漫 漫 长 夜

夜晚是有纹路的。沿着夜晚的隐秘纹路，我走下去，并不是走向黎明。我走向了作为一个人的灵魂深处，它与黎明无关，与远方的道路和无数的人们无关，与所谓的梦无关。

它与什么有关，我说不清楚。

我们都是爱着漫漫长夜的人。我喜欢冬天，是因为冬夜漫长，因为寒冷而少有蚊蝇飞舞。在孤寒的尽头，有一抹灯光一样的暖意，胜过了所有熊熊燃烧的火。

长夜的灯下，是另一种生活。我把那些所谓的生活规则拒之门外，并且佯装认可和接受，它们是日常的一部分，是理所当然的现实。事实上，它们从来就不曾有机会进入我的内心。走在人群中，我对每一个人保持友善，但是极少有人可以真正走进内心。为了最卑微的艺术，我固守这样的一份傲慢。

在漫漫长夜，打开自我，认识自我，然后珍存和维护自我。我们在那个院子里散步，把漫漫长夜当作一个玩笑，轻松地言说。我一直在想，除了"漫漫长夜"，还有哪个词语可以更好地概括那些不言而喻的共同感受？我们都在各自的房间里读书写作，相互勉励和援助，向着心中的信仰挺进。有过这样的夜晚，那些日子是无悔的。在漫漫长夜，我所面对的是我自己。我逼视自己，质问自己，为白天说过的话与做过的事而深深愧疚。耻感，是我无法摆脱的体验。

一本书的标点符号集体失踪，我的阅读仍然无法停止。眼睛在书中

浮光掠影，心和大脑是无法介入的，思考变成一件虚无的事情。

一些恐惧像细小的盐，在我每一天的生活里出现。我还懂得恐惧，这是否意味着我并没有彻底麻木？已经很少有人愿意选择这种苦行僧一样的生活。这份沉重是不合时宜的。时常有年轻朋友问我：现在已经不错了，到了好好享受生活的年龄，何必还这么辛苦，这么与自己过不去呢？

我似乎一直在与自己过不去。我的心里装着更多的牵挂，它们与虚渺的星空有着千丝万缕的关联。

想起某个情景，那个冬日的阳光很好地照在身上，一个历经严寒的人，对每一缕阳光都抱有感恩之心，这是别人很难理解的。

一股凉意从骨髓中呼啸而出，像那些黑暗在黑暗中呼啸。

密　码

　　从一次次的迷失中，我意识到了潜伏在内心的那个密码。可是，我早已记不起它，我连自己的内心都无法打开，却一直在梦想打开整个世界。

　　我带着无法破解的密码走在路上。我并不在意暗处的窥伺，所有的隐私其实都逃不过一双来自高处的眼睛。我知道在哪个相似的路口将会遇到什么样的人与事，我知道并不遥远的前方被我越走越远，不管多么仓促和潦草的旅程，都来自上帝之手的安排。我原谅自己忘记了打开自我的密码。生命本来就是一个巨大的谜，我对这个谜始终怀有好奇和敬畏之心，谜底并不重要，重要的是这个谜的展现过程，以及我对这个过程的态度。所有的秘密，都终止于将要彻底展现的一刹那。

　　这个世界瞬息万变，变化与变化相互交织，未知与未知互为印证，也许魔幻的、荒诞的表情，才是最有效的表达方式。以魔幻应对魔幻，以荒诞回答荒诞，这不仅仅是一个艺术表现形式的问题，也内在地包含了一个人在认知世界方面抵达的层面与深度。

　　我的忘却从很久以前就开始了。不忍回首的童年记忆，那个孤独的孩子是怎样跌跌撞撞地走到今天。终于有一天，我突然意识到，因为童年记忆的无法打开，我的写作是无根的。我的所有的飘忽，所有的与世事的隔膜，似乎都可以从这里找到症结。成长是唯一的选择。马拉美说过："用一种母语之外的语言写作，才可以真正将萦绕于童年岁月中的心结释放出来。"对于母语之外的语言，我更愿意理解是童年话语和此刻话

语之外的语言，也就是彼在的语言。我极少碰触童年记忆。事实上，我在努力淡忘它们，而不是让它们在笔下一次次地走过来。我知道这是为什么。也许有一天，我将真实地写下它们。

我希望我的双脚永远是扎在大地上的根。

这不是一条被复制的路。因为我从这条路上站起，最终也将从这条路上倒下，所以我懂得这条路的每一次脉动，懂得这条路在之前和之后对我意味着什么。

密码并不必然地导向所谓秘密。很多人用一生破解了某个密码，打开神秘盒子，里面储存的，不过是人世间的一个最简单的常识。

这样的一条路

　　我似乎一直在向自己发难，那些被写出的文字，因为这样一种难度的存在而让我心安。写作是从既有生活的一次逃离，我在必经的逃离之路给自己设置了巨大障碍，并且装作不自知。我用全部的心力克服那些障碍，当它们终于被消除，我已精疲力尽，再也没有继续前行的力气。我倚着障碍物开始休息和调整，当我继续前行，那个障碍物已经内化成为我的身体的一部分，让我有了更强的抵抗力，去走更远的路。这样的境遇一路上不断上演，我既是导演，又是观众，还是那个不曾显身的言说者。给我力量，并且成就我的前方的，正是那些不断出现的障碍，它们是我骨骼里的钙。

　　来路苍茫，并不清晰可辨。我问自己，是否曾经给过自己真正彻底的挑战？是否体验过真正的绝望？走出了这么远，是谁赐予我最决绝的力量？那些被走过的路，总是在前方的某个拐弯处等候我，我已认不出它们，把每一次重逢错认成了新的相识。

　　一条路上覆满形形色色的表情，我走过它们，面无表情。我的表情藏在心里，偶尔会向另一个我展现。

　　你对这个世界有自己的看法吗？我时常这样质问自己。泛滥的标准和尺度中，我在刻舟求剑。

　　我们无法认识世界，也未能认识自己。可是我们常常以为是认识世界也认识自己的。

　　我理解人性的复杂。我对人的判断其实很简单，善良是第一把尺子。

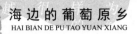
不管这个社会如何功利和混乱，远离那些不够善良的人，这对我来说是一件不容商量的事情。我不是害怕受到伤害，我更害怕的是被打扰，担心原本平静的生活增添一些莫名的烦恼。一个不善良的人，不会懂得尊重别人的时间。

四十岁了。年龄突然成为一个问题。在我还没有活明白的时候，突然就到了中年。中年，是一个尴尬的年龄，我不知道该如何面对接下来的路，甚至都不知该如何看待已经走过的路。

还有很多的未知，我想知道。

我时常感到疲惫，对眼前的事物缺少激情与信心，我的热忱，我的曾经炽热的爱，都已渐行渐远。

这些年我一直是匍匐前行的。在一条不被宽容的路上，我是一个隐秘行走的人，背负的行囊已经足够沉重，不想招惹那么多的目光和流言，它们像一条绳索，企图把道路捆绑和折叠，交给那些不懂道路的人。当一条路被握在别人手中，所有行走的意义都面临随时被抽离的可能，沿路的坎坷与磨难成为一个被转述的谎言。

在道路断裂的地方，梦在继续。那些未知的与虚无的，在继续。

看不见的前方，与不堪回首的来处，因为我的存在，牵手成为一条完整的路。

通往生活的道路有千万条，每一条都有无限的诱惑与可能。我愿把所有的路都主动封闭，只留一条最狭窄最寂寞的小径给自己。那些我所熟悉的人，并不熟悉我，他们从来不以为我所跋涉的是一条道路，因为在这条路上看不到更远的前方。我相信所有的前方都在我的脚下，我的使命并不是去走完一条道路，而是用自己的热爱和坚定，去拓展一条别人不曾走过也不曾见过的路。沿路的风景都为这个孤独的旅人开放，我把它们留给后来的你和你们。

已经这么多年了，我一直把这样的一条路带在身边。这条路是我生命的一部分，总会有一天，我的生命将成为这条路的一部分。

缓慢地抵达

　　我用笔在纸上写信。久违的书写方式，让我对自己有些好奇，那些落在纸面的字，携带着我的体温，与我对视。想叮嘱一些什么，我终于什么话也没有说，我把它们装进信封，送到邮局，托付漫漫无期的邮路。关于这封信，我拒绝电子邮件，拒绝瞬间地抵达，选择了早已不再习惯的书写方式。这份真实的情义，我不忍放到网络的巨大虚无里。

　　缓慢地抵达，也许是更自信更有力量地抵达。

　　很多人走过千山万水，其实思想早已瘫痪，他只看到这个世界的变化，拼力追逐速度，忽略了变化之下作为一个人的状况。或许，一个犹疑，一次迟钝，胜过任何的速度。我缓慢行走在这条路上，并不期望最终地抵达。一个背影，即是对于这个社会的最坚硬的态度。可是我的爱，我的对于这个世界和人心的复杂情感，该如何表达？

　　越来越拒绝与外界的交流。我甚至忘记了自己曾是一个热爱倾诉的人。外面的狂热与我无关。活在这狂热的世上，是否保持了一个正常人的体温，这是我所在意的。车轮滚滚，向着城市而去。人群拥挤，向着城市而去。我从城里来，心知城里事。我不知道，该如何讲述外面的事情。一个人与土地之间血脉相连的脐带被割裂，作为追求效率与速度的赶路人，我们其实成了这世上的无根的存在。最美好的梦理应有一个"核"，像种子那样，生根、发芽，然后才谈得上成长。

　　我的心里没有种子。我的心里有一座山。每个人的心里都有一座山，它只供你一个人攀登。这是对自我的检验，重量和高度的双重检验。我

的小小的内心，只要还放得下这样一座山，日子对我来说就是平静的。存放在我心里的这座山，它的崛起不会被更多的人看见，只有我知道这是一座成长的山。

看潮来潮去，一块孤独的石头渐渐浮出水面。一个人从人群中显现，他所能做的，就是站在原地，回首或眺望。

"突然，一切都变得清晰起来"

契诃夫说，"突然，一切都变得清晰起来。"

那些清晰的物事让我恍然。在一条暧昧不清的路上，我已习惯了辨识沿路遇到的一切，当它们在某个瞬间突然变得清晰起来，我对世界的巨大怀疑也随之产生。是我怎么了，还是这个世界怎么了？从模糊到清晰之间，这个世界一定暗自发生了一些什么。熟视无睹，视而不见，或者目力不及，都是不可原谅的局限。曾经，我是沉默的，后来在某些场合不得不开口发言，语调渐渐不再平和，对眼前的物事有了另外的期待。我所看见的与我所期待的之间，有一条巨大沟壑，仅仅有美好的愿望，仅仅有悲愤的情绪，是难以填平它的。后来我渐渐理解了眼前的物事，那些沟壑，包括那些以往用来填补沟壑的愤慨，我都留在心里。我的心，是一个巨大的收留场，因为慈悲所以承纳与宽容。

当一条优美的河上浮起几万头死猪，当严肃的法庭辩论归结为一场风花雪月的事，这个世界的喜感让人更加心痛。该如何对这样的现实做出判断，它们是正确的还是错误的？

这是一个尺度泛滥的时代。每个人都是尺度。很多问题，并不寄希望于清晰的解答。一些热情，一些力量，一些难以言说的事物，常常是在混沌中滋生的。有些时候，"我们"其实是一个伪命题，以集体的名义缺席或失语，逃避对责任的担当，个体的"我"变得心安理得毫无愧疚。当"我们"溃败之后，"我"在哪里？倘若"我"挺住了，"我们"溃败的根源在哪里？

　　不再做出简单的是非评判，我渐渐学会了宽容，宽容那些不被理解的与不被祝福的。我平缓地说出我所看见的，以及我所看不见的。

　　那些琐屑事情始终不肯放过你，它们在你的世界里制造了太多出口，风和各种声音肆意闯入。你的世界原本只有一个出口，你小心翼翼呵护着那颗心，这么多年了，它从来没有松懈过，从来没有停止牵挂。那些被别人放弃的，我不想放弃；那些被别人忽略的，我不想忽略。

　　真理有时候存在于放弃和忽略之中。我愿做一个留守者。

　　可是内心的风暴，将把那叶小舟带往何处？

　　我终于意识到了一些什么。太多需要打交道的人，不必坦诚直面，面具也许是最好的接触方式。在不需要支付坦诚的时候，在面对那些并不坦诚的面孔的时候，面具是必要的。我过去更多的是基于对信息不对称问题的思考，衍生出关于社会和体制的质疑与追问。其实具体到个人，理解和情感也是讲究对称的，生命中重叠的部分有多少，这是决定两个人能否达成深度理解与认同的根本。年轻的时候，曾经对理解有过奢求，因为不被理解而生出若干的烦恼。如今似乎释然了。人与人是不同的。在这个世上，不能假借任何理由抹杀人与人之间的差异，不管这个理由多么冠冕堂皇，不管这个差异如何不可思议，允许差异的存在，允许人的局限的存在，这是对人的最起码的尊重。

看 地 球

每天坐在书桌前，时常有一种脱离了地球的幻觉。我成为一个旁观者。当我用看待故乡村落一样的眼光去看待这个地球，我发现那些拥挤，那些算计，那些流言蜚语，都变得不值一提。在这个并不自由的小小村落，我们坚持了一些固执和冒犯，并且虚构了所谓的自由。

这是北京，刚下过一夜的雨。天空晴朗得让人生疑。网络上晒过了彩虹，又开始晒蓝天和白云，在北京三个月以来，这是我第一次见到这么干净的天，就像我所生活的那座城市的碧海一样。其实，海水这几年也被污染了，遍布大海全身的病菌与创伤，被我们误认成了波浪。就像此刻的天空，她的晴朗背后的阴霾，也是我们无法看到和体验的。天空一览无余，我的心里怀着巨大的悲悯，在文学馆院子里散步，如此晴好的天气，不舍得躲进屋子。走过一圈，一圈，又一圈，步子越来越单调，我对自己的行走不再好奇，天空的晴朗并不能触动我持久的依恋，我早已忘记了那些雾霾的日子。

我似乎从来不曾真正介意这里的雾霾。

我只是这座城市的过客。

我的生活在遥远的海边。海是一面巨大的镜子，曾经伫立沙滩的我，看到时光的皱纹，看到在更远的地方海与天重叠到了一起。

一颗省察的心，该有多么珍贵。当我做过一件事情，总会反省它的不尽人意。我从来就不想做太多的事前准备，这个现实并不接受那些所谓的既定规则，是某些人的某些意念强化了它们，可是每次当我从一件

事情中抽身而出，遗憾感总会把我湮没。我的回忆是由太多遗憾构成的，这些遗憾集中在心底，发酵成为一种气息，被错认成了美好的向往。然而我知道它们的前世今生，知道它们来自哪里将要去往哪里。在这个时代，有人感受到了太多东西，唯独没有感受到心灵的痛，这也意味着，他们从来就不曾真正在意自己所做的事情。我知道自己是怎样被无力感一点点吞噬的。对这个世界，我拥有的仅仅是看法，缺少行动的力量，我从来就没有打算将那些所谓看法付诸实施，我活在对明天的构想中，而所有的明天似乎都在以它本来的面目降临，并且接受我的别无选择的认可。

我已经越来越懂得如何与这个世界打交道，如何在这个世界的纷扰之中保护自己免受影响和侵害。这是正确的吗？当我躲在自己的角落，看着外面发生的事情，我只是看着，甚至没有最起码的态度。我的无所谓里有着怎样的一份自私和懦弱。

整个世界都在我的案头，我坐在桌前注视她。一支笔，该放在哪个支点上，才可以撬动桌上的这个世界？

人生最大的动力，也许是爱，也许是仇恨。当示弱成为一种策略，这里面可能蕴藏着一种爆炸式的威力。

这个世界除了基本的是非之外，还有很多根本就说不清也理不清的矛盾。这些矛盾是存在的。此刻的内省并不仅仅是一种品质，也是一种对于现实的态度。纵然我们对现实无能为力，起码我们可以保留一份内省与反思。一个懂得内省的人，会明白自己应该接受什么，应该拒绝什么。

而一颗内省的心，似乎比整个地球还孤独。

木刻的眼睛

一双没有色泽的眼睛，会看到这个世界的生机吗？

我曾努力做到像别人所说的那样，以婴儿的眼光打量这个世界。可是这个世界并不符合婴儿的逻辑，他们事实上是成人的世界，是婴儿所不理解的世界。

一个人的心里装着什么，往往就会看到什么。面对这个拥挤的世界，我的心里空空荡荡。仅仅记录是不够的。仅仅审美也是不够的。那些留存下来的作品，大抵应该同时包含了"史"与"诗"所对应的记录与审美特质。一双木刻的眼睛，一颗不带情感色彩的心灵，会看到这个世界的什么？

时常想，如果不写作，我会活成什么样子？这个世界在我眼中又会是什么样子？我对这个世界的看法也许不值一提，我所心安的是，我对自己关于这个世界的看法一直心存追问和质疑，从来没有真正自信过，一直以为在我的所谓看法之外，一定还有一些未被认知的看法。对这个局限的看到，让我心存谦卑与敬畏。我更看重的是一个人的怕和爱。爱这个世界，同时也不回避内心的怯懦和恐惧。是怯懦和恐惧让我们真实，一天天变得坚强，渐行渐远。不必回首，留一个背影给漠然的人群，已经足够。我懂得那些技巧，懂得那些人情世故，甚至深谙人与人之间的交往，可是我更相信诚实是最好的美德，在彼此信赖的交往中，动用技巧是不道德的。内心波澜汹涌，话到嘴边我忍住了，不说出口，一切就不曾发生，我的不同意见只是丰富了我，对这个世界并没有丝毫的触动

和直接的意义。这是一个写作者的悲哀。关于对这个世界的理解，或许他写过一本又一本的书，却很少言及这份深埋心底的悲哀。

就像最深的秘密，最真的怕和爱，并不借助语言来表达与呈现。

此刻，我愿意将玄思视为整个的世界。一根针，面对承载人类命运的气球，它是犹豫的，在它主动出击之前，锐利的痛已从对方波及它的自身。幻象如此细微，从一根针渐渐弥漫成了一片白雾，巨大的苍茫，不可归结的心事，是由无数根针组成的，试图隐藏其间的我自己，已经无路可逃。一个人的遭遇，其实是作为整体或他者的预言而发生的。

一双木刻的眼睛，看到了生命幻想中最冷静的存在。

旁 观 者

　　我从来就不曾真正地介入。我只是一个旁观者，看到了我所看到的。世事纷扰，看见即是一种选择。米开朗琪罗是在自然石头中看到大卫的形象，于是搬回家，去掉多余的东西，最终成就了《大卫》这个作品。发现的眼睛，以及懂得什么是多余的，这有多么重要。

　　那些决定我和影响我的事情，在我之外发生，我成为自己的旁观者。与此同时，诸多与我无关的事情在内心纠结，不知所措，我迷失在别人的事务里。在被动的选择与主动的人生之间，究竟存在一种怎样恒久的力？它改变我，也捍卫我；它远离我，也拥抱我；它伤害我，也成全我。

　　有些情感是不需要表达的，有些爱永远都不要说出口。

　　那些不曾说出口的话，我将永远记着。在世界的逻辑中注入个人情感，我仍然是这个世界的旁观者，始终放不下对自我的警惕之心。在这世上，我最不放心的，时刻都在警惕的，是我自己；我最珍惜的，其实是这个旁观者的身份。

　　我与另一个我之间，始终保持一种紧张的关系。我一直站在这个角落，冷眼旁观。我的心是热的。我想告诉你，我的心是热的。这是一个世人所不知道的秘密，我想让你知道这个秘密，这个曾经只属于我一个人的秘密。

　　拉开窗帘，窗外是另一个世界。白色的光有些晃眼。我坐在椅子上，像一个陌生人，内心安详。街上传来汽车驶过的声音。这样的一个上午，夜色依然没有撤离，我依然迷失在昨日的夜色里。这个世界以及这种生

活并不属于我，我也从来没有如此奢望过。我更想过的是离群索居的日子，偶尔走向人群，暂时地离开自己。当我离开自己的时候，更加懂得如何爱惜和维护自己。人群并不是让我情感认同的事物。我热爱的事物，永远与我保持了一段抹不去的距离。那些坚定与执着，那些美好的情愫，因为距离的存在而存在。

我不羡慕别人的生活。我深爱那些属于我的时光，爱那些时光里简单固执的自己。这个经历了一些事情的人，他始终是沉默的，他的日子越来越简单，越来越安宁。他的沉默，有了一抹悠久的回声。

在别人忽略的地方，我找到自己的快乐。请原谅我不能告诉你，这究竟是怎样的一份快乐。那些懂得这快乐的人，我视之为知己。

我们终将在路边的某个拐弯处，促膝相谈，然后挥手作别。

我一直站在这个角落

　　我把这个狭小的角落视为我的整个世界。当然也有放飞的梦想，那是一些与明天相关的事物。明天是未知的。明天的我也是未知的。这让我越发意识到，今天最重要的事情是把握自己，不能在诱惑中放弃自己，不能在被裹挟中迷失自己，不能在自己心中迷失自己。我曾经一直以为自己是正确的，在这样的正确意识中失去了太多说不清的东西。这样的失去并没有让我沦为贫瘠，反而让我变得更加富足。我所看重的是精神层面的事物，它们在别人眼里无足轻重，可是我知道，倘若我对它们的谈论不够郑重，我的内心必将失衡。在一个失衡的世界里，一颗失衡的心何去何从？

　　打开自己是重要的吗？有时候我们更需要的不是打开自己，而是封闭自己。面对外界的喧嚣，悄然关上一扇门，这不是对世界的拒绝，不是简单的融入或逃离。人心有时候并不在躯体之内。当我们在一些陌生的地方遇到我们的心，这才恍然意识到，一颗心不在自己体内已经这么多年，以至于我们不敢确认，没有勇气说出，只能等待那种似曾相识的感觉，在眼里，在大脑里，渐渐地复苏。

　　在社会巨变的背后，一定还发生了一些什么。

　　巨大的谜，需要质疑与反思才可抵达。

　　一片叶子飘落地面，我的脚下微微颤抖了一下，不知道是因为这片叶子的落地，还是因为我的心的战栗。这片叶子，将在清晨被清洁工扫走，抑或从此腐烂在泥土里。

阳光像是被天空筛落下来的，匀称，合理。有什么可以对阳光进行拣选？

除了天空，还有心灵。

对苦难和幸福的书写，只有经由内心的转化，才会更真实更有力量。当我说出我对这个世界的理解，总有一种惶恐感难以排遣，就像一个巨大的气球遭遇一枚银针，爆裂只在瞬间，猝不及防。

世界并不遥远，不需要所谓"走向"的姿态。我们一直存在，作为世界的一部分而存在。当我们对世界的认知是以牺牲自我为前提，这份认知将会把我们重塑成什么样的人？

一只气球随风飘向高处。天空像一个巨大的陷阱，那只随风飘走的气球在劫难逃。

我仰望天空，天空一无所有。我什么也没有看到，只听到脚下的土地隐隐颤抖了一下子，世界很快恢复安静，就像什么也不曾发生。天空下，那些行色匆匆的人，没有意识到在距离地面不远的高处发生了什么。

玻璃作为一种阻挡

在我与世界之间，隔着一块透明的玻璃。可以看见对面的事物，却不能融入。穿越，意味着破碎，以及可能的伤害。

梦里有个声音若隐若现。侧耳辨听，发觉那个声音确实是存在的，在窗户的顶端，像是有个什么东西被风不停地拂动，发出断断续续的声响。打开窗，我把手伸了出去，没有感觉到风的存在。万物寂静。是什么在动？任何声音的产生，都不会是没有缘由的，当一种声音以打扰的方式出现，我才想到追问声源，才意识到了玻璃的存在。夜色中的玻璃，身上披满夜色。我以为我看到了最真实的夜色。因为玻璃的存在，我的书桌前的微弱灯光，无法融入广大的夜色之中。一盏灯，此刻是多么孤单。

在最安静的角落，我以最不安的心态度过每一个日子。这个不肯放过自己的人，他对自己的难为，并不被别人所知。已经习惯了，每天从某个词语开始的写作，就像穿行在纵横阡陌中，走走停停，相望或相逢，都是自然而然的事情。我与另一个我有时冲突纷起，有时相安无事，一支笔在白纸上刻下伤痕，除了我自己，这世上没有人会读得懂。我从来不曾期望别人的理解，这是我一个人的秘密。这样一段封闭的不接地气的生活，我梳理自己的思绪，就像梳理别人的过去和未来，这个玻璃制造的空间，此刻就是我的全部世界。因为玻璃的存在，我与所有的物事都是以牵挂或遥望的方式发生关联，干净且超脱。对这个世界，我始终不放弃自己的想法，我的写

作就是对于这些想法的一种表达，我的沉默则是对于这些想法的另一种表达。一块玻璃可以隔开一个世界，却没能照出我的内心的真实图景。外面的世界在玻璃的遮掩下，若无其事地登场。

以内心之力与巨大的现实抗衡，一些精神奇观终将产生并且留下来。

我曾听到一个诗人对另一个诗人的一首关于玻璃的诗作的阐释，他把所有的可能与不可能都寄予在一块玻璃上，这有多么荒唐。玻璃是无辜的，它仅仅是一块玻璃，并不必然地承担更多意义。

玻璃在不被察觉中阻隔了太多事物。透明的玻璃让我心存警惕，虚幻的安全感，以及巨大的不安感，附在玻璃之上，一触即碎。

一直以为我所看到的世界是最真切的世界，事实上，在我与世界之间隔着一块不可逾越的玻璃。一块玻璃，改变了我与世界的关系。玻璃的存在，预示着一个密不透风的世界，以及一个支离破碎的世界，都是可能的。

我的跳动的心也是玻璃做的，它经历了太多起伏与跌落，有着不可愈合的伤痕。

空气宛若一块巨大玻璃，我的求索的目光被折射，然后才完成了所谓的抵达。

另 外 的 梦

　　我想我还是有梦的。我的梦并不遵循他们关于梦的规则。我的梦在时光之外，在语言之外，与当下有着血脉一样的关联。

　　做梦是真的，说梦则难免有假。所有被言说的梦，在我看来都是刻意的，也是可疑的。我尊重那些拒绝说出的梦。

　　我已多年不再做梦了。当睡眠成为一个问题，梦从何来？我不敢奢谈梦想，能够进入睡眠对我来说就已经是很奢侈的事情。我不会忘记在建筑工地打工的岁月，在木板连铺上倒头便睡，任凭东西南北风都没有感觉，那时的生活是踏实的，体力被消耗到了极点，但是精神始终在飞。迷失在钢筋混凝土的丛林里，我四处寻找可以栖息的枝头。

　　后来，某栋楼房的某个窗口，成为我瞭望这个世界的眼睛。悬在空中的生活，渐渐淡漠了对土地的记忆。有些时候，我特别喜欢置身于闹市，嘈杂竟然成为一种享受，更加映衬出内心的安宁；而在另一些时候，一片叶子落地的声响，也会在心里激起轰鸣，让我长时间地陷入纠结和不安。

　　农贸市场飘荡着海的咸腥气息。我的梦不在此处，也不在别处。

　　炊烟生动的方向，没有谁比你更为真实和久远。

纠　　结

　　我总是漂浮在时间的表面。那些水面下的潜流，潜流下的风景，我都不曾切实地看到。甚至，对于岸边的事物，我也满怀依恋，不忍别离。我不想放弃每一种可能性，结果每一种可能性都不属于我。生活在我之外发生。我并不认同它们就是真实的生活。

　　已经三天了，我没有写下一个字，没有读一页书。不读书不写作的日子，没有人理解我的不安和焦虑。时间就这样流走，我不甘心，又无能为力。我不认同这样的生活，也不曾觉得生活果真是在别处，我所以为的生活与我纠缠在一起，因为一次次的犹疑，它变得渐渐淡远。在社会这个大染缸中浸泡了这么多年，我居然仍是一个连自我情绪都无法控制的人。这种性情，这种真，对我来说意味着什么？在别人越来越习惯了麻木，越来越变得明智的时候，我依然是倔强的，从来没有忘记愤怒。

　　在这样一个巨变的时代，如何尽可能地成为你自己，这其实是一个严峻的问题。很多人都忽略了这个事情，把对变化的追逐和适应视为人生要义。

　　是挣扎，让我看到了内心的那份真实。在被改造的时代巨流中，我曾经挣扎过。

　　空气是沉闷的。身心俱疲，不堪重负。我想找到一个出口，却又不想就这样逃离。这个伤痕累累的世界，每一道伤口都通向另一种可能，每一道伤口都遭遇莫名其妙的盐。宣泄是徒劳的。揭开结痂的伤口，从中找寻一条通往别处的路，也许这是唯一选择。

在精神领地，除了自救，没有人能够真正拯救另一个人。

已经很久了，自从那次疯狂的醉酒之后，我几乎丧失阅读和思考的能力。我被我的消沉状态彻底击垮。这样的一个自己，是我所陌生的。我在这样的一个陌生人身上，发现了真实的自己。

一生只为一事。太多的外力在拉扯。从未放弃抗争，不动声色的抗争。应对这个世界的人与事，我始终不够自信，不能坦然自如。我的内力，很多都消耗在抵御外界的纠缠上了。

疲惫中，我在酝酿一场需要付出更大心力的劳动。唯有更大的疲惫才会让我感到安宁。

湿　　地

　　沿着湿地公园走，随处可见钓鱼的人。不同颜色的伞下，隐约露出不同形状的小椅子，端坐椅子上的钓鱼人，身后有人偶尔走过，他们旁若无人，纹丝不动。我在一个钓鱼人的背后伫望了很久，直到他站起身，把积攒在网中的鱼倒进水桶。倒入的过程有些漫不经心，有的鱼在落入水桶之前，顺势一跃就跳进了水里，钓鱼人并不慌张，也不试着去捉，满脸宽容无谓的神态，有条鱼跳到了水桶外面，在地上挣扎着，钓鱼人随手捡起，并不放入桶里，而是轻轻抛向身边的湖水。举手之间，他成全了一条鱼的自由。

　　站在柳树下，我与钓鱼人简单聊了几句。他从早晨五点开始钓鱼，到九点多钟太阳完全升起的时候，就收工了，他并不在意收成如何，脸上没有欣喜也没有悲观，完全是一副超然的神态。

　　一片水。

　　不知名字的水鸟在飞。

　　越过水中的芦苇，我看到掩在绿树间的古色四合院。再往远处看，是红色楼顶的居民楼，旁边是塔吊的臂膀，隔着遥远的距离，热火朝天的施工场面，让我感到有些淡淡凉意。

　　车停在垂柳下。人在河边漫步。一座小桥把大片的水分割成了两片，人在桥上走，宛若入画中。绿色垂柳下，紫叶栗刚开始成长，燕子的羽翼在白亮的阳光里翻飞。水边有一株向日葵，并不高大，黄色的葵花，在太阳下闪着自己的光泽。蜜蜂在葵花间流连，若即若离，不慌不忙，

不曾在意我的到来。

不同形态的石头随处摆放，因为石头的存在，水变得不再单调。水与石相望，颇有几分默契。

蜻蜓在飞。知了在叫。一种乡愁涌上心头。

竹子是刚种下的。白杨树瘦且直。阳光斑驳。想象若干年后，这片密集的杨树林将会发生一些怎样的故事？

显然，这个园子是新建的，没有太多人工痕迹，更多的是原生态气息。在这里，若干年后的样子是可以提前想象到的，一种叫作期待的情愫在心里涌动。

山楂树下的空地，老农正在种菜，他说这里曾是他们的庄稼地。不远处的萝卜已经拱出嫩芽。在公园周边的空地上种菜，更易于让人感受到日常的生活。农妇在挥舞铁锹劳作，她偶尔停下来，看几眼我们这几个路过的人。走在湿地公园，随处可见散落在各处的碾盘。碾盘替代了别处通常可见到的雕塑景观，这是对土地对庄稼的纪念。曾经，一代又一代的农民在这里耕耘过。后来，这里被严重污染。再后来，这里被改建成了一座湿地公园。一座公园，该如何记住和表达它的前世今生？

一直以为是在画中走。画并不完美，但真实。直到在公园边缘看到种菜的老农，才知道又回到了现实之中。这座公园于是在我心里有了日常的烟火气息。

更广大的生活

我一直在以文学思维来看待生活。而生活并不是那样的。生活一次次宣告它自身的逻辑，不管你的逻辑是否兼容，它一直在以现实的口吻告诉你：这就是生活。

与不同行业的人交流，最终都导向同一个预想中的结局。这委实让人失望。不是我不爱这个现实，我没有那么大的心力做到包容和宽容，我只爱这个现实的某些局部。那些更为宽广的生活，我并不陌生。曾在那样的生活里摸爬滚打，也曾渴望拥有一些封闭的日子，我不怕孤独，也不怕寂寞，我总是担心在热闹中迷失了自己。

所有的喧嚣都让我心存警惕。

我一直在想，那些别人的生活与我的生活之间，究竟是一种怎样的关系？我试图阻隔一些什么，却不知该从何处入手。最理想的存在状态，是成为海中的一座孤岛，作为别人航程的某种参照而存在，那些不曾在大海中乘风破浪的人，没有资格评说它。

我没有想过我是如此傲慢。当我见到那些备受推崇的人，却记不起他们的名字的时候，我才意识到自己确实是远离他们的游戏规则已经很久很久了，久到当我遇到他们，面对一张张似曾相识的面孔，却打捞不起丝毫与之相关的信息。他们在我的心里，竟然没有驻足之地。我知道这是最大的傲慢。是傲慢占据了我的内心。

一直以为，只要内心不曾在意，那些算计对你来说就没有意义。我忽略了它们事实上对我造成的伤害在我之外暗自发生。这具肉身的苦痛，

竟然在远离肉身的地方。

最简单的，却被理解成了最复杂的。内心真的不曾在意，然而在某些场合又必须表现出一种在意。我时刻提醒自己：你不是生活在真空里，你生活在这样的一个现实社会，终究是要去做一些事情的，要学会面对那些你不喜欢的人，最大限度地减少他们对你的情绪以及正在做的事情的影响。那些简单的事，那些在别人看来求之不得的事，在我这里总是成为一种负担，让我寝食不安。过一种不被打扰的生活，于我而言是一种最奢侈的向往。我不是不懂得那些所谓的人生道理，我知道来时的路，我知道将要去往的路，我知道在来路与前路之间，一个人需要迁就和容忍怎样的现实事务。

这个人坐在房间里写下的这些所谓思考，对于已经和正在发生的现实是多么无力。拒绝安慰，自己对自己的选择负责。我爱着我的路，甚至爱着它的曲折与坎坷。我爱着我所历经的那些阴晴冷暖，它们让我更加体味到了心安的力量。我爱着那些剑光一样的寒意，它们让我在瞬间就懂得了温暖。我爱着遇到的你，你让我从此迷失前行的方向。

书桌上的蒲公英

　　我已经很久没有进入这间工作室了。重新回到这个空间，我突然意识到被冷落的不是这间屋子，而是长久以来漂泊在外的那个我。我在并不喜欢的忙碌里，把自己弄丢了。屋子里落了薄薄的一层尘埃，还有空气凝滞的味道。动手打扫卫生，一盆清水，很快变得浑浊起来。从一盆浑浊的水里，我看不清自己的脸。我的脸上一定有一种再也不想掩饰的难过。

　　当我把书桌擦洗干净，才看到桌面上的蒲公英的"种子"。它显得那么孤单，像是一枝花的骨骼，花和叶在漫长的时光中都已褪掉。在我漂泊的那些日子里，这间屋子的门窗一直是紧闭的，这朵蒲公英是从哪里飘了进来？我在房间里四下找寻，并没有一个出口。它是从哪里来的？它为什么要落到我的书桌上？它想在我的书桌上扎根生长吗？

　　书桌上是应该生长一些东西的。我的书桌上堆满各种书籍，可是我仍然感觉我的书桌空空荡荡，是那种巨大的空荡，就像庄稼收割后的田野，只剩下一片空旷。田野的空旷与所谓知识分子的虚无，有着怎样的相似之处？作为一个极简主义者，我并不理解这样的一份空旷。空旷并不必然地滋长希望，空旷让我虚无和茫然。

　　我想让这朵蒲公英留在我的书桌上。我的翻书的动作，我的写字的动作，甚至我的平静的呼吸，都让它在书桌上辗转不安，不知所措。我屏住呼吸，长久地看着它，不知该怎样对待它。我不再在意它是从哪里来的，也不在意它为什么要来，我只需要知道，它是存在的，它在可以

去到太多地方的时候，却落在了我的书桌上。也许，这仅仅是一个偶然，并不是自主选择的结果，苍茫大地，它一直在寻找一方可以落定和扎根的地方，却无力做出自己的选择。它的命运，维系于一场风的到来，它的未知的明天只能随风而去。它并不奢望拥有太多的土地，它所需要的扎根之地，也不比一粒尘埃更大。我注视着眼前的蒲公英，没有风，我的思绪在飞扬，就像蒲公英落定前的那些漂泊。在这苍茫人世间，并没有一方让我心安的土地。我愿意相信我与这朵蒲公英之间，一定有着某种隐秘的精神关联。

书桌显然不是蒲公英理想的栖息地。我不知道它该去往哪里，不知道该如何对待眼前这个柔弱的存在物，它以最轻盈的方式在我心里留下了最沉重的震撼。这个世界可以是轻的，但是一个人是应该有些分量的；别人的目光可以是轻的，但是一个人的走路应该是自主的；走在人群中的你可以是轻的，回到自己的内心以后应该是郑重的……还有太多叮嘱，我想告诉另一个我。

我的心里风起云涌，波涛起伏。蒲公英安然停留在书桌上，它没有扎根，似乎也不想飞身离去，这样一种尴尬的存在，让我不知所措。

这不是隐喻。这是一件具体的事情，发生在我的狭小的工作空间。

水里的刀光

我不想投身到你们所投身的那条河中，我知道那是一条失去方向的河，是一潭并不爱惜自己的水，它们不能把我清洗，更不会给我安慰。我不相信所谓的意义与价值，我想要的仅仅是一个安慰，一个安抚身心的交待。

我看到水里隐藏的千万把刀子，刀光比河水的皱纹还要密集，它们将一条河分割成了一滴滴的水。从一滴水汇聚到一条河，然后从一条河重新变成一滴水，隐在河底的刀子，见证了这个过程，亲手制造太多隐秘的伤口。

河床并不理解一条河的心思。一条河的伤口，也许只有鱼懂得。一条河中早已没有了一条游鱼。对河水漠不关心的人，他们竟然在意游鱼的消失。一条游鱼与更多的游鱼，带走了这条河的全部秘密。水从哪里来，要到哪里去，河床只是一个徒然的存在。

因为河水变得污浊，水底的黯淡刀光也得以显现。这个污浊的世界已经隐匿了太多事物。刀光拒绝被隐匿，它挺身而出。我时常想象，一把藏在水底的刀，是如何割破水面，向天空表达它的态度？

一把可以将流水斩断的刀，对这个世界是无能为力的。忙碌在这个世界上的人，并不在意一条河的污浊与干涸，他们以为自己的眼泪才是唯一珍贵的水。

苦 涩 芬 芳

　　这是一个突然冒出来的词语。在我无法表达对这个世界的感受的时候，这个词语冒了出来。

　　苦涩芬芳。

　　因为苦涩所以芬芳。在这份并不清晰的逻辑里，存有一个巨大的现实沟壑。有什么，可以填平这个沟壑？

　　已经多少年了，始终有一抹气息环绕着我，不肯离去。我写过数以百万计的文字，却无法形容这样的一种感觉，直到此刻，"苦涩芬芳"这个词语的莫名闪现，为那种漫长的难以言表的生命体验画上了句号。一个如此简单的词语，终结了我的最复杂最汹涌的感受，成为它们的宁静港湾。

　　很多时候我是看不清自己的。我的心里雾气弥散，我看不见那些我想看见的，包括"苦涩芬芳"这个词语，其实它不是闪现的，它历尽千疮百孔，从心灵的罅隙里渐渐浮现出来。

　　阴雨的天气，内心也变得局促狭窄。我说不出是什么原因，所有的情绪都是暗色的，整个上午我所面对的我自己，就像面对一朵花的凋谢，我看到了花瓣是怎样一片片落下，地上依旧是一片空白，没有一片花瓣的影子，也看不到花朵成长的痕迹。地板空空如也，只有我一个人在来回走动。这期间，我也曾走出房间，去到了那个园子。我看到一个老人在唱着一些熟悉的老歌，他在一棵树下，歌之不足，舞之；舞之不足，蹈之。我平时每天下午四点去到那个园子散步，除了静默的树，只有我自己。我在树的注视下，缓慢地走路，想着树们永远不会懂得的心思。

185

我走的是一个圆形的路线，每圈三百九十步，我的步伐偶尔大一些，偶尔小一些，但是走到圆圈闭合的地方，大约总是三百九十步。终点回到起点，终点一次次地回到起点，我每天下午都在重复这个事情，偶尔也会想，这何尝不是人生的某种隐喻？

当我一个人在园子里散步的时候，我告诉自己，这仅仅是散步就足够了。

做自己的囚徒，因为心中有更辽阔的梦想。是枷锁，一次次激起我接近梦想的更大勇气，让我在思绪飞扬的同时，没有放弃肉身的尊严。面对眼花缭乱的世事，我知道最需要直面的其实是我自己。一个人不能面对自己的内心，他又能有勇气面对什么？一个人倘若只能面对自己的内心，那么他又能有勇气面对什么？

太多的物事需要我们去直面。太多的人都在逃避，在漠视，在故作视而不见。

在过去的岁月里，我曾故意忽略自己的存在，甘愿为了一个所谓精彩的梦，以委屈自我的方式迎合周边环境。我所处的环境就像一个巨大的胃，我把自己投放进去，在无休止的贪婪中被食用，被消化，被排泄，被转换成不同的形态。很多时候，我并不知道自己是否是存在的，找不到一种存在感，虚无像千万根锐利的针把我刺穿。我听到飘扬在高空的彩球传来爆裂的声响。

每天坐在房间里的"纪律化"写作，让我一次次听到了高空传来的爆裂声响。我手中牵着的长线，变得徒然和尴尬，我所写下的每一个字，每一篇文章，都在证明着我的对于远方的无能为力。我无力改变这个现实世界，于是假想自己有勇气也有能力在纸上再造一个新世界。这个纸上的世界，是一个有我的世界，也是一个无我的世界，它比身边的现实更真实也更让人欣慰。我已经为之伏案劳作了这么多年。与城市里修得越来越宽的道路相比，我希望有一条小径，绕开繁华，一派荒芜，被更多的人轻视和遗忘。在纵横交错的道路中，我想选择这样的一条小径，走下去，并且坚信在小径的尽头，终将是一个无与伦比的宽阔境地。

就像一个词语，在终结一段生活的同时，也开启另一段生活。

他们在清扫落叶

他们在清扫落叶。树影婆娑，四五个环卫工人费力地把一袋又一袋的落叶抬到垃圾车上，那一刻我相信落叶也是有分量的。一片叶子砸向地面，它倾尽所有力气，完成的不过是在世人眼中的飘落。它的飘落对于坚硬的地面，对于地面上匆匆行走的那些人来说，是没有分量的。它的飘落，时常被解读成了所谓伤怀和浪漫。然而今天我看到，若干的落叶汇聚到了一起，凝成巨大的分量。它们的分量与环卫工人相遇，被那些最卑微的生命所感知。

每天踩着落叶走过那片园林，透过脚底下厚厚的落叶，我感受到了大地的呼吸。

落叶里，孕育着一个新的生命。而他们在清扫落叶，把所有落叶都当作垃圾运走了。这是落叶在城市的命运。一片叶子，把最美好的年华献给了他们。他们不曾察觉。他们以为一切都是天经地义的，他们以为树叶转绿和花朵绽放都是季节的馈赠，他们以为一片叶子落了总会有新的叶子长出来，他们以为落下的仅仅是一片叶子，他们以为自己是可以创造和拥有一片森林的人……

对待落叶的态度，其实也是对待树木的态度。一片落叶的被清扫，让一棵树感到哀痛。

无言的大地，已经感受到了太多来自树木的哀痛。

他们不曾察觉。他们心里装着的，是作为城市装饰和点缀的树。一棵叶子落尽的树，它的被关注与被欣赏，只能留待下一个春天的到来。

春天是无辜的。春天只是季节链条中的一环。他们把春天从这个链条中拆解出来。他们的目光和心思只愿停留在春天里。

某个遥远的傍晚，我在下班路上遇到一个环卫老人，她坐在一棵树下，脚底下的垃圾桶里盛满落叶。她坐在路边，看车来车往。正是下班时刻，飞鸟也在回家。她坐在那里，像是一座城市雕塑。我在不远的地方停下脚步，怕打扰了这个老人。她身边的那棵树上，只剩下最后一片叶子，没有风，一片叶子在黄昏的枝头静默着，老人仰头看一眼悬在头顶的叶子，又低下了头。她不时地仰头，然后低头，是在等待那片叶子落下来，然后扫进垃圾桶，结束一天的劳动吗？……我想了很多。车来人往。那片叶子岿然不动。

打扫地上的每一片落叶，这是她的工作。她不会想更多，生活中那些最真实的困苦已经让她不堪回想。是我想多了。我的忧虑对于这个浮躁的现实来说是多余的，甚至是可笑的。

一片坚持到最后的叶子，一片终将飘落的叶子，让我看到这世间的某种坚守。我在熙来攘往的马路边停了下来，远远地打量一棵树，也站成一棵树的样子。

荷　　塘

　　荷塘在我的窗下。满塘的荷花，我不曾认真看过，它们在我的窗外兀自开放，然后凋落。我心里装着的是大地上的事物，那些扎根的信仰，以及不可能的爱。然而我是这么在意荷花的凋落，它们在水的润泽中凋落，无力抗拒季节的手。

　　一池水，托举着残败的荷，竟然与我的心绪是吻合的。我看着它们，就像看着我自己的另一种存在形态。满塘的残荷都是我的心事，我的心事被水托举着，宛若一条不想远航的船，它在水中的徘徊和犹疑，让我怦然心动。我想成为这残荷中的一个，细细回味季节轮回中的滋味，然而我不是，我是这一池的水，所有凋落都发生在我的身上，巨大的创伤，我已感觉不到痛。

　　一些事，在水中沉积下去。还有一些事，在水中浮现出来。在沉积和浮现之外，我是另一种存在形态。

　　这里风平水静。从池水的倦意里，可以看出这里从来就没有宁静过。置身喧嚣之中，它不甘于一己的宁静。在水里扎根，需要多大的心力？支撑这种心力的，该是多么巨大的无望和不甘？

　　在很长的时间里，我拒绝书写它们，我担心我的描述不小心沦为抒情和诗意。呈现在纸上，它们会被视作"风景"，而在离我最近的现实里，它们仅仅是一池残荷，没有焦灼，也不言悲伤。我从荷塘边走过，一次次地走过，我所能做的，仅仅是从这一池的水，以及水上的残荷旁边走过，我错过了它们最好的时节，不想再错过它们此刻凋落的容颜。我一

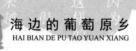

次次地走过，只为了一次次地遇见。是的，冬天已经开始。我走过，仅仅是走过，仅仅是相遇；不仅仅是走过，不仅仅是相遇。我看到残荷的微笑，看到我的内心越来越澄明，像雾霾偶尔散去时的高远天空。这些残荷，并不能告诉我更多，它们知道在季节缝隙里溜走的那些事物，很多都与我有关。我不想问，也不期望它们的任何言说，只想就这样看着，沿着荷塘慢慢地走，直到我的眼中再也看不到它们，它们也不再在意这个在池边踯躅的人。终将有一天，我推开书桌前的窗，看到远方的风徐徐而来。

词　　语

　　曾经以为最幸福的事是走遍万水千山。如今的我越来越习惯于在某个词语里停留和回望。

　　再复杂的人生，终将被一个简单的词语概括。但是任何词语想要提前概括作为人的一生，注定是苍白和无力的。人的尊严，往往在于拒绝被词语概括的人生，努力把已知活成未知，在未知中设定自我的意义。

　　古人结绳记事，用最简单的方式记下内心的复杂图景。一个结，可能包含了一个最辽阔的梦想，以及不曾说出的悲欢喜乐。我们在词语里走过人生，把简单事情复杂化，把复杂事情搞得更为复杂，最终一塌糊涂。不曾亲历的事情，并不会真正懂得。我们活在自己制造的复杂里。我们比人生和世界更为复杂。

　　另一些人在台上念着另一些词语，它们缺少温度，关涉更多人的命运。曾经在很多年里，我的工作即是组合这些遥远的大词，它们被组合得工整、顺口，就像工业流水线上被加工生产的光鲜产品，被少数人拿到台上兜售。我坐在台下，听那些文稿被一本正经地朗声念出。聊以解嘲的是，它们并没有经过我的大脑和心灵，它们被屏蔽在我的大脑和心灵之外，仅仅是经由我的手，被写了出来。而另一些人在词语的熏陶下，脸上渐渐有了与词语相仿的色泽。没有人会真正相信那些被写下和被念出的话。然而有些人必须要听，一本正经地听。我仅仅是写了出来。他仅仅是念了出来。而你们，仅仅是听了下来。这世界在同一个链条上被分割，被传输，被敷衍。

因为印刷工人的疏忽，一份内页有残损的会议材料被摆到了台上。残页上，那个破损的窟窿像是文字方阵里的一道鸿沟，导致整个会议的突然停滞。那个念稿子的人，就像被推到了悬崖边缘，他终于从尴尬转向愤怒，把一页残纸上升到严肃的高度……我看到了滑稽的一幕。那些从残页中走失的文字去了哪里？它们是因为厌弃而做出了自我选择吗？一页纸上的窟窿，其实也是现实世界中不可填补的空洞。因为一页纸的残损，因为一个词语的缺失，导致整个会议表达变得语无伦次，这是一件多么幽默的事情，它发生在庄严郑重的台上。

太多的话是把词语生硬地拼凑到一起的，他们究竟想要表达什么，这是一个未知的谜。在精美的语言里，我看不到真实的生活。一个个具体的词语，就像被遗弃的生活片段，让我看到生活的本来面貌，让我同时看到过去、现在和未来。我把为他人感到的悲哀，当成了悲悯。

一粒灰尘，并不畏惧整个世界的挤压，随便一个地方，就可以是它的栖身之地，这是让世界无可奈何的事情。

我警惕每一个新词的出现，它们试图打包一些东西。而那些被打包的东西，其实更需要的是接受阳光的照耀，以及目光的挑剔。越是深入词语的骨髓，越是让我感到现实的苍白和扭曲。对某些词语的不断重复，是因为我也有依恋，那些词语就像失散多年的朋友，在某个不经意的瞬间邂逅，它们已被赋予了别的身份和意义。我所要做的，就是把它们逐一排列和镶嵌在一页纸上，恢复它们本来的面目。

那些另外的事

　　我不回避我的茫然。更多的时候，我深陷在另一些事务的困扰之中，是困扰让我清醒，让我意识到并不是所有的事物都值得拥有。

　　说过太多的话，并不是为了佐证什么，也不是想要表达什么，有些时候我只想成为一个言说者，想站到安静的另一面，成为安静与言说的主导者。在我心里，太多东西被视为另外的事。我与那些另外的事，有时是对峙的，有时又是融合的，对峙与融合都是短暂的，我总会在某个时刻恍然意识到一些什么，然后迅速回归自我。这是别人所理解的坚守。我知道这份坚守中其实包裹着怎样巨大的犹疑和冲突。

　　季节更替，冷热无常。人群中，我只想成为一个有着正常体温的人。

　　本以为前路已经明朗，我不在乎一路的风霜雨雪，我相信跋涉，相信义无反顾，愿意为了远方的梦想而日夜兼程。然而巨大的现实，还有看不见的手，又一次把我推向了岔路口，让我再一次面临选择。选择与被选择，放弃与被放弃，这个遥远的话题就像阴雨天气里的某种隐痛，那些记忆时远时近，清晰又模糊。所有的美好期待，都在巨大现实之中成为一个幻影。我心有不甘，又无能为力。巨大的现实，还有看不见的手，一次次宣告我的无能为力。

　　即使所有人都是漫不经心的，我依然愿意坚守自己的一份郑重。即使在风中摇摆，也是心痛且郑重地摇摆。我只能从内心挤出微弱的力，来维系一个人与整个世界之间的平衡。我并不看重别人所看重的那些意义，既定的意义对我来说都是没有意义的。我的意义，就在于寻找意义

的过程。我不想关心这个世界的更多事物，也从未奢望获得更多来自他者的关心，最真实的生命体验，是向着作为个体的生命内部出现的。在公开场合，我是一个看上去还算温和的人，很少有人看到藏在内心的那些尖锐伤口，以及不合作与不宽容的态度。在这个丰富的世界上，我只是一个贫瘠的人，我贫瘠到只剩下了想法，只剩下维护这些想法的力气。在别人习以为常的生活里过上另外的一种生活，平凡但不平庸，这是我的一个梦想。

那些另外的事在距我不远的地方发生，然后消失，它们从未真正进入我的内心，不会对我构成现实打扰。然而我无法忽略它们。它们有时在我的眼里，有时则从我的心里匆匆而过。

那个梦在心里已经隐藏了好多年。当我把那个梦告诉你的时候，也许你不会相信，那是我把全部现实都端到了你的面前。做出这个选择之前，我是多么无助，在你所主导的现实面前，我不想放弃心中的梦想，那是我的最大的现实。理解是艰难的，当我说出那个梦想的时候，我寄望于哪怕一丝一毫的理解。

不知道该怎样表达我的此刻感受。阳光是冷的，从纱窗透进屋来。我坐在沙发上，茫然无助，看着阳光在不远处的窗口缓慢移动。

从今天开始认真生活

　　活在生活里，我没有看清生活的本来面目。在我心里，有一个关于生活的模板，它是美好的，并不像我所经历的那些遭遇。我所经历的，也许只是一些发生在生活外围的事，那个本然的存在，依然保存在某个并不遥远的地方，等待我的寻访。它不够美好，却足以安慰一颗疲倦的心。

　　我只是在走，有路的时候顺着路走，没路的时候自己去趟一条路，偶尔，也被人流裹挟着往前走。走下去，唯有走下去。我所走向的究竟是一个实在还是虚无？没有人告诉我，也不会有人告诉你和你们。所有消息都不过是别人留在途中的慨叹。

　　没有想明白的生活，并不是我想要的生活。我们把唯一的生命活得千疮百孔，而且把千疮百孔当成通往外界的出口，当成生活的另一种可能。无数的可能，是缤纷也是迷乱，是丰富也是肤浅。一棵树，它只会专注于扎根的那方土地，它向着天空舒展枝叶的路径，也深埋在那一方小小的土地之中。

　　内心的惶惑让我坐卧不安，也让我时刻处于警醒状态，对于正在度过的每一天，丝毫不敢懈怠。我不想与这个社会有太多的接触与融合，它们只会消耗我的本来就不太充沛的体能。这一生，我想积攒全部的心力做好一件事。那些没有做过的事，我不想去做；那些不曾认识的人，我也不想再相遇。对于这个世界，我没有太多欲望，不想拥有更多的事物，我只想拥有我自己，只想最大限度地支配自己的生命，活得更像我

自己。这个看似自私的要求，其实有着甘愿放弃整个世界的决绝；这个微小的请求，需要最强大的心力来支撑。珍惜那些应该珍惜的，淡忘那些应该淡忘的，与自己和谐相处。一个人就是一个世界，一个人即是千军万马，不再在意那些挑剔的目光，也不再纠结于这个世界的旋转速度。纵然随风而去，也不追逐任何事物，那些现实中的人与事，总是带给我莫名的惶恐与不安。

然而当我回避现实的时候，也错过了最真实的自己。

从今天开始，过日常的生活，关心亲人的健康和孩子的成长，把天气的冷暖放在心上。偶尔，也要学会洗衣、做饭、打扫房间，在具体事务中体会劳动的愉悦。关于生命里最重要的写作，我想只在特定的时间与特定的地点发生，就像花的绽放必须遵循季节的规律。那些汹涌的思考，必是因为长久地酝酿和有效地抑制，学会了抑制，终会有喷薄而出的那一刻。

认真过好每一天。那个最遥远的意义，我希望是由一些具体且美好的日子构成。

仰　　望

　　除了星空，我不仰望任何的人与事。包括对太阳，我也拒绝仰望，更愿意从草木的成长来感知阳光的照耀，做出感官判断。有的时候，太阳是冰冷的。

　　没有什么可以照亮我的灵魂。我的灵魂是被擦亮的。

　　在熙来攘往的人流中，我想开辟一条自己的路。当一滴水告别河床，它已经不再畏惧干涸。在一滴水里掀起最狂野的风暴，在一滴水里写下对远方的渴望与对源泉的回望，在一滴水里写下对这个世界的怕和爱，在一滴水里寄托自己，成全自己。

　　一滴水，甚至无力拯救一株干渴的麦子。

　　一滴水，可以将太阳的光辉折射。

　　一滴水，以最卑微的姿态，与太阳之间保持了遥远的关联。有的人哪怕是在一滴水里，也可以洞悉大海的秘密；有的人即使沐浴在阳光下，内心也总是长满青苔。

　　拒绝二元对立思维，同时也警惕所谓的"多元"。很多时候，"多元"不过是缭乱和无序的代名词。对于一个作家来说，如何在缭乱中固守属于自己的位置，是一件不易的事情。所谓边缘化，所谓中心说，在我看来都是有问题的。文学仅仅是文学，是一个人对世界的理解。不必理解所有人的理解，事实上我们一直在寻找那些能够打动和拓展我们的理解。

　　对于我所处的时代，我别无选择。对于时代中的具体的人与事，我想尽可能做出自主的选择。我承认被裹挟的存在，唯其如此，我更看重

一个人的选择。

我时常凝视那些经典作家的照片，他们的眼睛有一种历尽沧桑之后的纯净与深邃，这是我所以为的美，美得让人窒息，为之动容。那些已逝的岁月里，曾经有过这样的生命存在过，真是这个世界的幸运。我无法完全理解这样的生命。理解这个生命的一部分，对我来说已经足够，它让我面对纷纭世事的时候不再焦虑和不安，让我从此相信我所经历的一切——那些打击我的，阻遏我的，其实都是未来的一笔财富。我将在某个遥远的黄昏，回想和讲述这一切。

艺术界并不比这个社会的其他领域更洁净。我对艺术界的失望由来已久，太多的虚张声势，太多的衣冠楚楚，难以掩饰一颗粗鄙的心。

那些大师的眼睛，让我想起夜空中的群星。我仰望群星，它们发出冷冷的光。一股来自艺术的神秘力量，在我的体内发生，它不需要任何言语，就已彻底征服和改变了我。我所书写的这片土地，倘若也是一枚邮票大小的地方，我想把这枚邮票贴在自己的心上，寄给遥远的未来。在未来的某个时刻，有个人将收到一封没有邮戳也没有地址的信，里面装着的，是一颗曾经跳动的心。在那个年代，它跳动过，也纠结过。

不可或缺的生命激情

一个日子被推到了无穷远的地方。所有通向那个日子的时光，都成了那个日子。

而我，比那些日子更加恍惚。

有些期待也有些隐忧。一种很复杂的感觉，一次次检视我。有些事是永远无法说清楚的。我连自己都不知该如何面对，又如何懂得面对你？

面对这个现实，我从来不曾把自己完全打开。我只在写作中一次次地撕开自己。我知道我的疲惫，已经无力承受来自任何地方的精神负重。我曾经是那么看重理性的力量，很多年来几乎一直是靠理性的力量在向前走，直到有一天思维与行为之间出现了很微妙的脱节，我才意识到我已走进了中年，正在渐渐老去。我似乎从来不曾拥有过激情，一直在寻求所谓理性的庇护，那些远去的日子，我以那样的方式度过了。接下来的日子，该如何平息一颗狂躁的心？

在这个麻木的年代，我依然在焦虑，在不安。这意味着，我还没有完全顺从外部环境，还有一部分没有交付出去。

巨大的生命激情，是我所向往的。这么多年来，其实我一直在追寻那种飞扬的品质。然而激情不再。记忆一下子变得这么糟糕，越是努力回忆，越是了无痕迹，这种被时间和记忆架空了的感觉，让我不知所措。在机关大楼的午夜时分，我曾把音乐放到了最大音量。这是噪音吗？我在自己制造的声音里沉浸，蔑视外面的世界，以及外面世界里的人。

这么多年来，其实我从来就不曾真正乐观过。我知道有很多的事在

等着我，不管我选择走一条怎样的路，最终都无法绕避它们。我可以面对所有的风和雨，但是我不违抗自己的命。对于命定的那一部分，我始终保持虔敬和顺从。

生活是平静的。我总觉得这巨大的平静里一直在酝酿着某种声响，被酝酿的声响终有一天将会划破眼下的这平静。我不想占有任何的物事。一些事情已经发生。一些事情并未发生。这个世界也许还不够美好，它在坚持最后的善意。

一些尚未理清的感觉被我珍惜。也许它们永远都无法理清，将会被我一直珍惜下去。我时常谈起可能性，可是我并不希望生活有什么新的可能，就像眼前这样，平静、平安、平淡、平和，从幼到老，从生到死，从现实的生活到一张纸或一本书里。很多的创造，正是从误解和冒犯出发，才完成了最终的抵达……

这是一些梦呓，它们写于半梦半醒之间。

这　一　天

　　这一天我独坐房间，什么也没有经历过。这一天我以情谊为针线，穿过了我所能想到的所有事情。我试图缝补一些什么，可是，有什么可以缝补，又有什么值得缝补呢？走近一些事物，也远离一些事物，就像我走近一个又一个的日子，同时一个又一个的日子也在离我而去；就像那些一直困扰我的问题，我知道答案，也知道所有答案都将失之简单。我总是行迹匆匆，总觉得有做不完的事，稍有懈怠就会被时光抛弃。我不喜欢热闹也不喜欢追逐，可是又总担心错过了疾驰的时代列车。即使是坐在书桌前，即使是过着半隐居的生活，我的内心也一直有梦，我其实一直活在追逐中。

　　人生是一场追逐吗？除了文学，我常常看不清我所做的，无法给自己一个明确的答复。

　　到了高原，这些困扰我的问题不再成为一个问题，我被新的问题所困扰：只要走路快就会缺氧，遇到再高兴的事也不能激动。慢下来，在高原成为一件必须的事。那些外来的人，心里装着提速的欲望，他们以自己的速度，试图融入这片土地，并且改变这片土地。他们所做的一切，其实是作为抵达某个功利目标的措施而出现的，而这个措施又在某些词语的掩饰下显得面目暧昧，那些同样暧昧的表情，其实有着最为清晰的意图。我的心里装着太多牵挂，并没有给那些所谓优美的事物留下足够空间。在很多年之前，我就没有了征服任何事物的欲望，生活对我来说更像是一杯白开水。在高原，这杯白开水有更浓的味道。

现实中发生的事情，其实大多是从我们内心开始的。我总是轻易地相信别人，而自己并不被别人信任，在这样的一种人际关系中，我浑然不知。一如我所写下的那些文字，叙述的艰难，在于我把一条路制造了很多岔口，且把每个岔口都视为一种可能性，而事实上，每个岔口都是一个漏气的所在，都是制造伤害的根据地。

每天都是一个巨大的存在。每一天作为以往看似平常的日子，在高原都变得艰难。不管多么艰难，我依然对它背后的那份迟迟不曾露面的美好憧憬和向往保持了热情。

我被具体的物事感动，内心从来不曾敞开的一面被打开了⋯⋯

梦想之所以是梦想

　　除了艺术，我不想谈论其他。生活对我来说，只是在作为艺术的瞳孔里看到的生活，我知道这种局限性，并且愿意为这种局限性而付出新的努力。在一个追求完美的现实世界里，我珍惜我的局限性。现实有着太多的可能。而我所愿意拥有的，只有一种可能，我想倾尽全部心力，把这种可能变成一种内化于自我的现实。我不想拥有太多，那些外在的风光和所谓的财富，对我从来就没有真的构成诱惑，我需要把握的唯有我自己。

　　我每天的时间表大致是这样的：上午写作，下午读书，晚上看电影，在午夜到来之前进入睡眠。写作和读书的间隙里，我会去一个林子里散步，那是在城市角落里的一个林子，周围是马路和高楼。我每天去到那里，像是奔赴一场约会，我所要会见的，其实只是我自己。在那里，我可以对着天空高喊，也可以与一只蚂蚁对话。机械一样的散步，走一圈是三百九十步，需要花费多少分钟的时间我不曾在意。时间在那里是停滞的。内心里一匹脱缰的野马，也在低头不语。在林子里，我只想此刻的时光，甚至连此刻的时光也不去想，我只是存在着，像一棵树，像一只鸟，像一块石头那样存在着。

　　这个时间表，让那些已经和正在到来的时光变得整然有序。我把对未来的狂想，寄托在每天的时间表上，当熟识与不熟识的人以这样或那样的方式对这个时间表造成干扰，我觉得我的整个梦想受到了侵害。我可以承受梦想的不能实现，但是做不到面对梦想的被侵扰而无动于衷。

我得承认，我的时间表总是被改变，有时被季节改变，有时被别人改变，更多的时候是被自己改变的。我沉迷于这样的生活，又不甘于这样的生活，我总在想象除此之外生活是否还有另一种形态可以同时发生。我把我的犹疑理解成了坚定的辅助形态。其实事实正是如此，一个人的表情有多坚定，内心的犹疑就有多深。

我爱我的犹疑，它让我更清晰地看到了被坚定表情所遮蔽的我自己。在这苍茫人世间，我想要的仅仅是成为我自己。

这是一个艰难的梦想。我准备了一生的勇气，力量，还有爱与信仰，想要扛住这个梦想。

梦想之所以是梦想，也许就在于它与现实之间不可调和的矛盾与冲突。

纸 上 生 活

　　有一种情绪，梗在心头。写作是疏通这些情绪的有效方式。当我写下这些文字，心中却在惦念着另外的文字。我不是一个眼观六路耳听八方的人，无力兼顾更多，将此刻的书写进行到底，或许就是对另外那些未知的文字的成全。

　　在一张白纸之上，我总是把自己不断推向新的险境。纸上的险境给我更大的安全感和满足感。

　　我想要表达的，是我没有写出的那一部分。

　　我梦到过的一些文字，因为没有随时记录，很快就被淡忘了。我不知道那些被淡忘的文字是否还与我有关，它们曾在我的生命里出现过，旋即又消逝了。我曾经想在梦里构建另一个现实，然而它们经不住一次醒来，经不住双眼在黑暗中的打量，虽然我没有看到任何东西，我只是看到了黑暗。巨大的黑暗之中，我在期待黎明一点点地降临。

　　过一种纸上的生活，我经历了比现实中更多更大的困境。我在一张纸上以文字的方式沉沦和躲闪。在一张纸里，我看到了被包住的来自现实的最炽烈的火。火在燃烧。火与纸相安无事。我怀疑我的眼睛所看到的，怀疑我的心灵所感知的，怀疑我作为个体生命的存在。我怀疑被纸包住的火，怀疑用来包火的纸，怀疑纸和火的背后伸出来的一双手。

　　是纸上的生活让我更深地理解了现实。这个巨大的现实，不过是一张白纸而已，上面写着安徒生的《皇帝的新装》，写着卡夫卡的甲虫，写着此刻这些凌乱无序的文字……

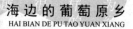

写下我想要写下的，并且不再修改它们。这是它们本来的样子，凌乱，抵制既有的规则和秩序。它们是我的心灵所走过的路。我走过太多的路，这是唯一一条可以自主的路，自主并不是因为自信，是因为我想尽可能抵达真实。

生活无处不在。无处不在的生活，我该在哪里？我的与生活无关的言说，也是生活的一部分。

当我们谈论艺术的时候，生活在哪里？这个本来不该成为问题的问题，是我反思艺术的起点。

对于写作这样一条抵达未知可能性的道路，我总是自愿设置太多的障碍，在别人的窥视之下，我不肯轻易放过自己，甘愿让自己陷入双重困境。在困境与困境中，我感受到了更多，它们无以言说。可是，对于无以言说的人生，我总是想要说些什么。这让我陷入更大的虚无之中。当众人在欲望的海洋里越陷越深，我愿意面对一张白纸，写下干净的句子，它们之于我的意义，即是它们的意义。

这已足够。我遇到了它们。

之前和之后的时光

　　是在此刻。我看不清的此刻。无法表述的此刻。我千真万确正在面对的此刻。当我纠缠于此刻的时候，此刻已经永去了。

　　之前的那些日子，我并不记得；之后的那些时光，我不曾经历。我被遗落在之前与之后的夹缝里，像一个孤独的孩子，迷失了回家的路。若干年后，当我能够理性地看待自己和自己之外的事物，当我可以自主地沿着一条路走下去的时候，这个世界依然不提供道路，我的跋山涉水，我的风雨兼程，不过是在世俗的傲慢和偏见的夹缝里徘徊而已。

　　一个徘徊的人，写下了对于漫漫长路的体悟。一路上的切肤之痛，还有一路上的关于风和雨的记忆，来自何处？因为过度真实，它们让我感到了虚渺。

　　我只是一个徘徊的人。在之前与之后的时光交错中徘徊。在傲慢与偏见的夹缝里徘徊。在我与我之间徘徊又徘徊。

　　"你们"是一个貌似强大的存在。面对"你们"，我一次次地背转过身。倘若"你们"也算作一种参照，那么它的价值在于时刻提醒我不要迷失了自己，不要活成"你们"的样子。曾经做过的事，一直在坚持做着，二十多年的时光就这样走了过来。不需要回首，也不必展望，我可以清晰地判断此时的位置。"在此刻，以这样的姿态站在这里。"这是我对自己的描述，太多的内容被省略了，它们拒绝言说。那些脆弱的，还有坚强的；那些迷惘的，以及义无反顾的，都埋在我的心底，提醒我此刻是怎样的一个存在。之前和之后的时

光，其实都留驻在此刻，伴我同在。

我们沿着海边走。新修建的路，有一种陌生感。一些不知从哪里移植过来的大树，被密密麻麻的架子支撑着。广场舞到处都是，规模不一，舞曲有时清越有时沉闷，按照固定节奏不停地重复着。偶尔有汽车从身边呼啸而过。几栋黑乎乎的半拉子高楼矗立海边，像一个颓然的老人，昔日神采在夜色里依稀可辨。我们沿着海边走，以散步的心态经过了这一切。仅仅是遇到，仅仅是经过，这是别人的时光，恐惧或闲适，隐秘或坦然，都与我无关，不会在我的心里留下什么痕迹。我所在意的，是在别处的事情。我看待它们的目光是从遥远的别处投来的。他们不会懂得。

这座城市在我眼里一直是黑白底片的，此刻我看到了它的色彩斑斓的一面。当我打开心扉，可以容纳这座城市的全部；当我转过身，这座城市的所有一切都与我无关。这份温和的态度让我深感陌生。我怀念曾经的愤世嫉俗，它们其实就在刚刚过去的昨天；我也期待明天会有似曾相识的激情在等待着我。对于文学，我并没有做太多，仅仅是每天坐到书桌前，甘愿舍弃一些现实的事物，相比那些为文学而殚精竭虑的作家，我所付出的，不过这么简单。

虚无是有分量的

　　我想让今天彻底失去方向。我想让今天变得无所事事。我想让今天从所有的平常日子里区别出来。我想在今天与自己好好地谈一谈，谈谈这个世界，谈谈生活，谈谈疾病与健康，谈谈焦灼与无助。谈谈爱。谈谈我一直在思考的生与死，以及活着的意义。

　　所有的逻辑都不再复杂。所有的问题都不再是问题。唯一剩下的问题是，好好活着。疲倦，像一些倔强的种子，植入内心，在瞬间蓬勃成长。这些没有根的成长，并不畏惧一场风的到来；再大的风，也对疲倦表现出了无能为力。我想面对的，仅仅是我自己；我想要成为的，仅仅是我自己。一个人，在去往成为自己的路上，遭遇了太多的自己，他遵循内心法则，逐一将那些事物看透并且放弃，他所经历的内心历程远比现实的道路更为惊心动魄，他所体验的虚无远比所谓的现实更加虚无。虚无是有分量的。巨大的分量。这世间没有一杆秤，可以称量这虚无。一颗失重的心，懂得这虚无的分量。

　　一个人的虚无，可以抵消整个世界的所谓意义。

　　整个世界都可以放弃意义，但是一个人不能。捍卫作为一个人的意义，有时候比整个世界的分量还重。我的意义，正在于对意义的找寻过程。

　　写作是虚无的，然而我在写作。前路是虚无的，然而我终将走下去。有些意义是在虚无中显现出来的。我更看重的，是在虚无中显现的那一部分的意义。我并不追求完美，只是不想在生命中留下

太多遗憾。人生即是一个巨大的遗憾，它以最日常最细微的方式呈现了出来。生活看似有着若干支撑，其实生活是无所依傍的。无所依傍的生活为什么要沿着某个路径一直走下去？除了就这样走下去，还有什么样的路径值得依赖？

　　思绪是断断续续的。曾经，我以一己之心，致力于缝合琐屑的思绪，想把这些琐屑的思绪缝合成一个完整的意义。我的这份努力是徒劳的，所有的这种努力都注定是徒劳的。

　　此刻，我只相信碎片，相信残缺，相信那些被放弃的依然存在的爱。

浮现或闪现

又是一天就这样过去了。那些琐屑的细节几乎同时在我身上发生，宛若无数只蚕在啃噬一片刚刚转绿的桑叶，我本想守住一些什么，最后只剩下了叶梗。

窗外传来幼儿园孩子们的声音。这是世间最纯美的声音，它们并不表达对这个世界的赞美和认同，他们以自己的小小的心衡量所有事物，以最微弱的力来抵抗或接受一些东西。我忍不住问自己，你是从什么时候开始变得激烈和决绝的？我并不喜欢这个现实，那些征服我的，总是一些卑微的生命，他们的挣扎，他们的无望，他们对爱和尊严的相信，总会在某些时刻打动我。

结束一段工作。重新开始一段工作。我的时光被你们分割成了一截又一截，每一截都误以为容留了一个完整的我。在我上路之前，我已把那个完整的我交付给远方。这些年来我一直在路上，始终没有亲见那个完整的我，我的所有跋涉与奔波正是为了一步步靠近那个完整。我不相信刻意的展览。我相信自然而然发生的事物，相信浮现。被高科技武装起来的各类展馆，在声光电的参与下，究竟想要告诉世人一些什么。每一个人都在藏匿自己的内心。在良知面前，在时光面前，终有一些东西将被揭开，裸裎在世人面前。不对称的欲求，不对称的心灵，是这个时代最隐蔽也最无耻的沟壑。剥开所谓高科技，我看到的是苍白的心灵和虚假的面孔。那些声光电交织而成的虚幻现实，从来不曾给我安慰。日常生活中，我时常把网线拔掉，拒绝网络信息的鱼贯而入，我的大脑不

是垃圾场，不想被动或主动地盛放那么多的信息垃圾。对这个世界，我有自己的拣选标准，选择一些什么，拒绝一些什么，我所以为的成长与成熟，就是越来越清晰地看待和对待这类问题。

生活是一个大舞台。那些私底下的表演，泄露了最真实的内心。

我对现实并没有太高的预期，我只希望守住底线，不要践踏和放弃底线。曾经苦闷和纠结于那些麻团一样的思考，我花费太多的时间与心力想要梳理它们，让它们在我手中变得条分缕析，事实一次次证明我的徒劳。今天，我突然意识到了那些散乱的思绪也许是一种独有的美，它们并不遵循外界的审美尺度，肆意地存在、成长乃至消失。不遮掩，不粉饰，不删改，甚至不介入，或许这是我应该给予的最大尊重。不管清晰与混沌，它们与我最真实的心态相关，我需要正视的，仅仅是我自己。我也在想，是不是我已经力不从心，没有力气按照最理想的状态来塑造和呈现那些文字？

文字是散落的骨骼。面对遍地被粉饰被掩饰的文字，我想到一个个具体的人，想到了肉身的尊严如何成为可能。

空　白

　　一些事，我不想写进日记，我希望它们日渐从我的记忆里消失，就像从来没有发生过。然而忘记是艰难的。我对忘记的努力，反而让被忘记的事物在心上的刻痕越来越深。

　　在生命履历中留下一段空白，任由后来的自己去努力追忆。追忆将成为我未来生活的主要事务，在追忆中我将变成一片永远的空白。所谓人生，看似五彩斑斓，最终不过是一片空白，那些被涂抹的，那些被删除的，那些我一直都想忘记的，都蕴藏在这片空白里。我直面这片空白。它属于我。仅仅属于我。这是人世间最大的丰富。历尽千辛万苦，我将用一生读懂这片空白。

　　然而此刻的空白，让我想到那些拥堵的事物。它们躲藏到了哪里？这巨大的空落，让我内心更加发堵，总有一种预感，这份空白越是巨大，被抑制的喧哗就越是汹涌。它们终将从一片空白中浮现。面对那些写满了谎言的纸张，我爱我的空白。一张干干净净的白纸，即是我对人生的态度。我所写下的关于在世间的思考，也许永远不会大于一张白纸，它们终将被一张白纸收留。记忆里的空白地带，有我最真的爱，最深的痛，最不堪回首却又忍不住频频回首的岁月。我在这片空白地带孤独前行，直到把自己走成山的形状。我总也不能成为我想成为的那个人。生活有着千万个理由，它们不能彻底将我说服。我不想改变世界，世界也不可能改变我。我的所有努力，就是想要成为我应该成为的那个样子，而不是你们所以为和希望的样子，所以在现实中，我是一个并不宽容的人，

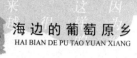
对自己比对别人更加苛刻。

这是自我折腾吗？在别人表达不满之前，我已经不打算原谅自己，我已经离开他们眼中的那个我，向着曾被我亲手抛弃的那个我步步后退。我想退回原点，想把原点错认成终点。我所看重的生命价值，都在于完成对这个错误的守护。

同样的一盆花，摆在窗台上，抑或放在远方的栅栏里，给人的审美感受是不同的。我的眼睛并不能控制我的心。我的心里有太多狂野，我的心总会看到我的眼睛所看不到的事物。

我已经好久不写日记了。这段日子有太多的灰色，我不想让它们成为记忆留存在心里。我想忘记它们，因为我永远不可能忘记它们，纵然我忘记整个世界，也无法忘记渺如尘埃的它们。

空 中 索 道

　　走在空中索道，我听到的是来自地面的叮当声。到处都是施工场面，掘地、铲土、凿石……各种声响汇聚到了一起，嘈杂、刺耳，宛若一支并不和谐的大合唱。走在空中索道，不管随意的哪个地方，我听到的始终是这个声音，它们来自沸腾的地面，来自那些不安分的心。

　　若干年前，我还是一个孩子。现在依然没有长大。我总是用孩子的眼光打量这个世界，对于这个世界，我有时候有太多的话想说，有时候又一句话不想说。语言是多余的，一如不远处传来的建筑工地的施工声响，很多人希望看到的是楼房早一天建成，而不是在建楼过程中的这样或那样的声响，所有声音在他们看来都是聒噪。我对这个现实的看法，时常被我自己归结为幼稚。在很多时候，我觉得这个被操控的现实比我还要幼稚，该往哪里去，它不知所措，也无能为力。一些所谓的名声，我偶有陶醉。我知道还有更漫长的路需要去走，我把陶醉当作了一种休憩，一种对自我的安慰。有时候我也会哭泣，在他们的笑声里哭泣，在他们的冷漠和麻木里哭泣，在空旷的山野里哭泣。

　　我似乎一直在等待来自远方的消息。那些声音穿过遥迢来到我的面前，早已变成了一份沉默。

　　有些时候，我觉得自己是一个演员，站在孤独的舞台上，听到稀稀拉拉的掌声从看不清的角落响起；另一些时候，我又觉得自己是一个观众，坐在免费席座上，看舞台上喧嚣闹腾，心中一片空旷。而最真的现实是，我和他们走在空中索道上，回头看不清来路，前行看不到终点，

脚下的地面一片模糊，像是沸腾的水，更加映衬出了作为空中索道的虚幻。沿着一条虚幻的道路，我们最终将要走向哪里？

我更愿意谈论的是我自己，我以为谈论自己也是谈论世界的一种方式，甚至是最为可靠的方式。他们活在一些大词里，由大词堆积起来的，是一个漏洞百出且缺少温度的世界。他们活在这个世界里，雄心勃勃地致力于创造和拓展这世界。冠冕堂皇的表情，却经不住一个自问，他们活在自己的谎言里，活在由大词构筑起的虚幻里。关于这个世界，我只想说说我自己，说说上班途中人行道被汽车挤占，说说心里偶尔的虚荣和自私，说说那些假装的在意、故作的清高……在他们的言说中，我只想说一句作为一个正常人的正常话。那些闭口绝不谈"我"的人，他们心里真的会容得下别人吗？他们是在掩饰"我"还是掩饰"我"背后的东西？我希望所有的"我"都可以自由行走在阳光下。阳光不仅仅是一种照耀，也是一份考验。那些黑暗的心灵，将以更加的黑暗，逃避和抵抗每一缕阳光的到来。

伪　在　意

　　其实我并不在意他们所在意的那些物事，我从中看不到意义，看不到快乐，看不到付出在意的理由。我的理想生活在别处，在他们的目光看不到的地方。我不想简单地成为另一个，同一片蓝天下，走在同一条路上，我们是同行的人。他们所在意的，是沿路的花草蜂蝶；而我所看重的，是花草蜂蝶带给我的启示。启示在他们看来是无效的，他们只相信抓在手中的东西，不愿为形而上的事物花费心思。

　　在别人的欢声笑语中，我是一个不快乐的人。宾至如归的感觉，在我看来是肤浅和妥协的。当一个人看到了这个世界的太多真相，他不会是一个宾至如归的人。

　　在无人异议的生活里，在追问早已得不到应答的日子里，我从来没有停止扪心自问。那些几乎被公认的无意义的坚守，正是我的意义之所在。我走向无穷尽的远方，同时也想守住一些什么，因为不想消耗太多体能，不想平添意料之外的障碍，我时常对一些无谓的事，表现出一种跟他们同样的在意。我的在意拒绝扎根，拒绝成长，仅仅是蜻蜓点水一样的表情，在某个特定的时间和地点发生。当我转过身，随即就把这一切遗忘。一个被遗忘的人，也在不断地遗忘别的事情。在这尘世上，人类有太多关于征服的欲望，他们终究难以抗拒被时光遗弃的命运。

　　我不想做什么解释，任何人都不值得我为之解释。我只需要给自己一个交代，从内心深处把自己与他们区分开来。我的在意并不是真的。一个心里装着远方的人，怎么会在意沿途的花草蜂蝶？我的内心始终保

持了巨大的空旷状态，等待装下无穷尽的远方。

对于一架高速运转的机器，我是一个不和谐的零部件。我没有力量抵抗流水线的巨大惯性，我在惯性中跟随整台机器一起运转，并且表现出对某些零部件的配合。我参与了流水线生产，从来不敢忘记我与我的同行们共同生产的是一件怎样劣质的产品，那些虚假的广告让我羞愧。

我在办公室里独自徘徊，也许这是抵达远方的唯一方式。那个无穷尽的远方，竟然是在徘徊中抵达的，这同样让我羞愧。

办公室有一个小小的窗口。我每天都把窗户打开，然后拉上纱窗，既可遮挡蚊蝇，又可过滤一部分的尘埃。这间小小的办公室，并不是所有尘埃都可随时入户。我透过纱窗向外看，总会生出一种若即若离的感觉，伴随隐约的骄傲。

征　服

　　我早已疲惫不堪。可是我在拒绝被征服的同时，依然想要征服一些什么。

　　像是一堆柴火，在某个角落里暗自燃烧，它与光和热无关，它想要做的仅仅是燃烧，燃烧是它此生的宿命。阴暗的天气，潮湿的环境，并不能阻挡一堆柴火的选择，它们在暗夜里，在心灵的角落里，向着一个人绽放。

　　我愿把所有的燃烧视作一次绽放，把所有的回望当作一种牵挂。我试着悲悯地看待这个世界上的所有，并且付出善意的理解。纵然一次次被冷箭射中，我依然相信善良是可能的，爱是可能的，命运是存在的。有一双高处的手，终将平衡人世间的一切失重。

　　现实的状况是，我总是难以逃避一次又一次地被打扰。我的时间是由别人串联起来的，那些时间在我的手中，只是一些断了线的珠子，孤零地存在。无论是讲述还是被讲述，这些珠子一样的时光，都不足以承载一个真实的我。然而，我确实是由这些碎片组成的，我的每一天的时光宛若一粒粒的珠子，被拿起，又被放下。我的手中有一团麻线还没有理清，有一天我将亲手用这条长线串起那些珠子，缚住我自己。

　　身陷世俗目光的束缚之中，我想用另一种方式把自己缚住。这是我之于我的解脱。

　　我的意志像一把装在衣兜里的利刃，在不经意间一次次被刺伤的，总是我自己。关于这样的不经意，从启程的那一刻我就已经明白，一把

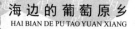

随身携带的刀对于漫漫长路将会意味着什么，我坦然接受沿路发生的一切，包括自己对自己的伤害。一把装在衣兜里的刀，让我在奔波的麻木和疲倦里，随时会有一种痛感在肉身的某个地方发生。

我是一个仍有痛感的人。可是这样的痛感总是来得如此强烈，让我猝不及防，不堪忍受。我把脚印丢给身后，我的心是被这些脚印驱赶着，去完成对于一条路的验证。

速度想要征服道路。欲望想要征服人性。太多的目光想要征服这个埋头赶路的人……我不相信所谓征服。花朵之间的语言，我们并不能听懂；石头与石头之间的密语，从来就被我们忽略。所有的存在都不过是散了线的珠子，包括生活本身。一只青蛙想要征服的不过是井底一样的天空。天空的完整意义对一只青蛙来说是没有意义的。没有一片云彩，也不会有一个人，去试图说服一只井底的青蛙，它积攒起所有力量可能逾越的，仅仅是一个井口，而一只青蛙对一个井口的逾越，对于大地与天空来说几乎是无意义的。

大地的伤口已经太多太多。井口也是伤口的一种存在形式。一只青蛙，以及太多的青蛙，把地面的创伤当作了自己的和他人的天空。

大地上越来越拥挤的车辆，它们不遵守基本规则的鸣笛与奔跑，让我的内心万般纠结。

走自己的路，沿着心灵的轨迹，缓慢地去走。

我可能征服的，唯有我自己。我想征服的其实只是我自己。

在扎根的同时也飞起来

　　那时我只希望自己是一个有"根"的写作者，不曾想过还得有一双翅膀，在扎根的同时也要飞起来，至于飞向哪里，则是飞起来之后的事了。

　　我在书房里枯坐的时间并不久，可是我偶尔觉得距离这个社会已经很远很远。朋友的电话打过来，向我说一些事情，我从这个遥远的电话里知晓并且判断我的处境。对于身边的人与事，除了亲人，除了极少数的友人，我从来就没有真正在意过其他。我的心在远方，我不是不爱那些伸手可触的现实利益，只是我知道有比它们更重要的东西值得去追求。对于世俗的生活，我随遇而安，并无奢求；对于文学，我是有野心的。一个用生命来写作的人，一个把生命中所有的时间、精力和热情几乎毫无保留地投入到写作中的人，怎么会对自己无所期待呢？文学是我的宗教，寄予了我的生命意义。平静的生活里，自有一份不曾表达的汹涌，它们日日夜夜拍打着我的心扉，告诉我应该怎样对待生活和自己。我拒绝了太多的东西才来到这里，我只想爱得纯粹，爱得心安，我只想像我一样活着。那些不经意间的闪念，沉默中的诉说，都是我所信赖的。我更希望笔下的思考是广袤夜空中的萤火，而不是什么熊熊燃烧的大火。我曾有过对燃烧的渴念，这份强烈的渴念经过现实的磨合与审视，很快就变成了同样的警惕。一个成熟的思考者，是该对大张旗鼓的言行保持必要的距离，对以"真善美"为幌子的东西保持本能的警惕。

　　还有非此即彼。有时是这样的；有时不仅仅是这样的。随着年岁的

增长，我很少做出非此即彼的判断，它太简单，无法涵括和表达这个现实的复杂性。对外界的事物，我越来越宽容；然而对自己，我变得日渐苛刻。不管外面的世界发生了什么，有一条底线是任何人与任何事都不可碰触的。

当我们做出选择的时候，倘若不懂得做出相应的舍弃，背负的行囊必将越来越重，脚下的路亦会不堪重负。

从很多作家的文章中，我看到了他们对生活和现实的从容自信的把握。真正的作家理应怀着对生活的热忱和对现实的关注而写作，同时他也应该深知生活并不仅仅是他所看到和表达的那样，生活还有更多的未知领域和更多的可能性。那些被文字呈现的现实，仅是现实的横断面，是写作者想当然地赋予了它作为整体的意义。其实，它仅仅是一个人的现实横断面，仅仅是与整体有着千丝万缕的关联而已。

打开自己。超越自己。在扎根的同时，也飞起来。我不知道将要飞向哪里，只知道向着更高的高处一直飞去。

一个人的方式

　　我并不希望所有的空间都被占满，然而我对自己的书房却无力整理和打扫；我并不希望时光飞逝，然而此刻却是如此漫长；我并不希望所有的飞鸟都活在屋檐下，然而天空却了无痕迹；我并不希望他们的野心能够实现，然而土地被占用生态被破坏是我们每天都只能面对的现实；我并不希望这个世界如此冷漠，然而承担良知和道义底线的总是那些最卑微的人……

　　我对外部的世界无能为力。我对我自己无能为力。我对那些与我无关的事物无能为力。我对那些与我有关的事物无能为力。我的体内涌动着无穷尽的力量，可是我无能为力。

　　我不懂得瞭望，也不习惯畅想。我只愿注视一件事情，从最细微的地方体恤它的艰难也享受它带给我的心安。因为长久注视，我时常有恍惚之感；因为恍惚，我更深地体味到了艺术的不可言说的魅力。我不热爱琐屑的日常生活，它们像是千万只手，拉扯我，摇晃我，试图让我偏离我在的轨道。在所有的道路中，我只认可这一条；同行的人，我更信任的是我的影子。纵然所有的道路不过都是通向同一个终点，我也将这样走下去，一直走下去。

　　我更爱那些老旧的事物。然而我把房间里多年没有翻动的物品，全部当作废品清理掉了。我一直以为它们留在那里对我是有意义的，将来在某一天，我会翻动它们，从中发现一个久违的自己，得到我想要得到的安慰。事实上，它们越积越多，最后在我的心头形成了一种压迫。我

被我的过去压迫，不得翻身。我偶尔埋怨这世上无人能够帮我把压在心头的重物挪走，我忘记了我还有一双手，一双有时忙碌有时无所事事的手，我把这双手更多地用在匍匐前行上了。我不想征服一条道路，不想对未来寄予所谓梦想。我对新时光没有太多奢望，只想按照若干年来的样子度过它们，那些未知的时光，其实是我久违的友人，即使容颜变得苍老，它们依然怀着一颗不变的心。我面对它们，绝不放弃面对我自己。面对我自己，也是我面对世界的方式；一个人扪心自问，也是我与世界的一种对话。那些被别人津津乐道的，我并不在意。我的世界里不全是实在的事物，有些虚无，有些看不见的事物，被我捧在手里，倍加珍惜。

后来我才明白，这世间最珍贵的不是仰望星空，而是对于日常生活的信仰，在日常的琐屑中践行自己的信仰，重新发现一份完整生活。而这一切，唯有以个人的名义才可实现。

未　　知

　　不思考，不筛选，不修饰，把自己的想法尽可能真实地写下来，会是什么样子？我对这样的一个自己充满了好奇。

　　这个世界是残忍的，可是在很多时候，我们早已习惯了自残。那些想法，那些不满，那些对于外在事物的盼望或不适，都经由我们不经意间的"克制"，然后变得残缺，不再得到伸张。这份自残，是在不经意间发生的，以至于成为我们应对外界的一种心理常态。那些永远不被践行的心愿，那些说不出口的爱，那些对于自我与他人的想法，永远以不曾出现的面目在内心隐遁乃至消逝。这个广大的世界，这个孤单的人，这条拒绝被语言转述的路，在心里也在现实里一次次地交错出现。

　　对于未知的世界，我有时充满了好奇，有时又深感厌弃。就像对自己，我有时是明朗的，更多的时候则是一片混沌。我并不能更清晰地认识我自己。

　　那个最真实的"我"，对于别人，也是未知的。

　　生活值得过下去，我常把生活中未知的部分视为理由，然而现实中它并不成立，我总是满足和沉溺于已知的那些物事。它们在这个不确定的世间，以一种相对确定的方式给我一种安全感。我原来是一个一直缺乏安全感的人。

　　未知的世界，已知的我，会被某些目光认作天平的两端。纵然我积攒了全部心力，这个天平依然是失衡的。平衡只是我一厢情愿的梦想。

　　在一粒尘埃与整个地球之间，我看到了事物与事物的联系，以及它

们的相似之处。

在我与现实之间，从来没有和解的可能。那些我所鄙视的，也许正是我所关注的，我担心它们朝着更坏的方向堕落。那些阻遏我的力量，恰恰成为催我前行的力量。我从来没有想过要改变世界，梦中也不曾这样想过。我想要的，是不被这个世界生硬地改变，尽可能有尊严地活着。我更愿意接受潜移默化的改变，在改变中时刻保持一份警惕之心。警惕是必要的，但愿它在事实上是多余的。

不想再写得精致、顺滑，我要写得磕磕绊绊，写得漏洞百出，写得自相矛盾，也许这样离那个真实的自己更近，这才是我们面对世界的方式，我们常常在表达的同时也篡改和美化了它。

我不美化它，也不会拒绝它，因为这是"我"的方式，真正与自己相关的一部分。

而很多我所遇到的，其实都是与我无关的。

已　知

　　我知道我所不知道的，这是我经常给予自己的一个解释。

　　不解释外在的世界，不解释那些遇到的和错过的，我所专注的，只是一个人内心最隐秘的角落，这个角落与最广大的天空，只隔了一层薄薄的夜色。

　　我在灯光下看到的，远比在阳光下看到的更多；我在自我封闭时，远比追逐和寻找时彻悟得更多；我在无语时，远比读与写的时候更懂得表达爱。我走在异乡的大街上，已经忘记了来时的方向和出发时的模样。

　　知道别人所知道的，以及知道别人所不知道的，在我看来并无本质之别。我在内心引以为傲的，是我知道我所不知道的，就像一些密语，从遥远的地方出发，穿过纷飞的柳絮与飘扬的落叶，抵达这里。我在季节之外，已经等待了若干个春夏秋冬。

　　有一种情愫，一直埋在心底，它稍一露头，就会变了模样，就会被解读成春天的一部分。

　　这并不是一个我热爱的春天。那些陶醉在春天里的人，让我时刻提醒自己，要与他们区别开来。我在季节之外，固守我的存在，以及可能的意义。

　　在信息时代，一个知道主义者往往是肤浅的。很多人满足和满意于成为一个知道主义者，那些被知道的信息，果真会对我们的生命构成一种丰富吗？

　　已知的，我渐渐学会了忘却；未知的，我已不再抱有好奇与奢望，

交付给顺其自然。从来没有什么让我疯狂，我更像一个苦行僧，相信日复一日、年复一年的孤独行走。简单的行走里，有着对于外界与自我的最汹涌的想法。我把自己托付给了这样的一种状态。我希望我活成那个样子。我用目光给自己设置了路标，然后用脚步一步步去丈量和走过，在很多时候，这是我与道路的关系，我是自己的预设者，也是自己的实现者，甚至，我还是自己的评判者。我给自己打了一个还算满意的分数，即使不能自我满意，我也会给自己找来一些看似合理的托词。

关于对世界的认识和理解，我一直记着童年时故乡炕头上刚孵化出的小鸡，很多别的记忆都已淡化了，小鸡的毛茸茸的样子一直记在心里，那是春天里最动人的一幕。

做一个内心有秩序的人

　　也许对我来说，所有的时刻都与此刻相关，此刻亦将与所有的时刻相关。这是一个不可分割的事实，我对这个事实的忽略，直接影响了我对自己与对世界的看法。其实我从来就不是孤立的，始终处在一种说不清的联系和纠缠之中。此刻的我并不仅仅是我。

　　真实与真实感不是一回事。太多的事情是真实的，太多真实的事情却并不给我们真实感。突破常规，丧失底线，人的最后一点尊严也被撕毁，我宁肯相信它们是虚幻的。真实感让人蒙羞。

　　然而它们毕竟是真实的。这个渐渐被打开的世界，千疮百孔。

　　我所看到的，并不是最大的真实。最大的真实存在于看不到的暗处，像一些罪恶在疯狂滋长。

　　一个内心有秩序的人，不管这个世界如何繁杂，他都不至于慌乱不堪。他的脚下是有根的。他懂得处理内心事务，当他放纵地思考，放肆地书写，他找到了内心与外界的某种平衡。我必须说出，这种平衡只是一个附加的结果，我更看重的是书写本身，对于这个不堪重负的世界，郑重是最起码的态度，纵然身心已被改造成了一个产品，我仍然希望某些部分永远拒绝被改造，比如大脑。只要大脑是自由的，身体即使受到禁锢，也是自由的。

　　当我陷入纠结，这世界并不澄明，并不能给我安慰和开脱。那些亲历的事情渐行渐远，我仍然没有走出它们投射的影子，它们的影子越拉越长，直到成为一条道路。烈日炎炎，影子里集聚的不是阴凉，是寒意。

这是我犹豫了很久才决定告诉你的，我的看不到尽头的路，唯有你懂得我的无望和希望。

我之所以不想说出我正在做的事情，是担心漏气。写作尤其如此，漏气的写作是不值得期待的。一个气球的力量就在于向高空飘去，然后在某个瞬间爆裂，悲壮且美丽地爆裂。当我看到那些虚张声势的写作，当我看到那些提前被宣告的写作，忍不住替他们担心。

房间里的空调散发着冷气。我们在谈论文学，谈论这些年走过的路，谈论文学所馈赠给我们的。一个理想主义者的遭遇更加凸显出来。文学带给我们一些问题。文学也让我们发现了更多的问题。在集体无意识的当下，我珍视这样的一种问题意识，它让我没有盲从，没有迁就外在的世界，也没有迁就我自己。

虚　与　实

真实地再现生活究竟有什么意义？那些正在发生的现实事物，需要我们客观地书写吗？

所有书写，无不是融入了作者的主观判断之后的书写，完全的客观是不存在的。

作品的艺术生命力，往往取决于"虚"的部分。我所以为的"虚"，不是天马行空漫无边际，而是从"实"的母体上衍生出来的，是对"实"的一次理所当然的拓展，也是对"实"的一种技术处理方式，它在更大程度上成就和拓展了那个"实"。就像乡村的烟囱，当炊烟从作为静物的烟囱中冒出，直至脱离了烟囱，飘向更为广阔的天空，这个过程动人的"美"才显现出来，烟囱的完整性因为炊烟的出现而得以成全，虚与实在这里达到完美结合。

我习惯于记下夜里做过的梦，推测这些梦对于随之而来的现实有什么意味。当我从梦中醒来，隐约留在脑中的仅仅是梦的一部分，或者说是残梦。我对残梦的讲述，并不想借助语言和虚构让残梦变得圆满变得看似合乎情理。残梦让我更感到真实，更易于回想彼时彼地的隐约记忆。然而讲述是不真实的，一些想法、一些力量在不被察觉中介入了对梦的讲述，理所当然地成为梦的一部分。这让我对自己的讲述深感不安。我在虚幻的梦里植入另一些虚幻，然后让它们来到现实中，成为现实物事的一部分，它们部分地代表了我对现实的态度。

最真的现实，借助于梦的表达，这让我在梦境与现实的交界处，茫

然不知所措。我甚至难以分清，究竟梦是现实，还是现实是梦？

我希望虚与实是交错发生在我的写作中，它们相互制衡，不至于让我发生更大的偏离。这世上有太多的力在拉扯我，我所认同的，似乎唯有虚与实之间的交锋，以及这种交锋所给予我的从容和镇定。

梦想与现实是同时发生在我心灵中的一个事实，它们相互倚重，不可分割，是彼此成立和存在的理由。

雨声，是天空的呓语。我的呼吸匀称，双眼明亮，认真地看着夜色中我所看不到的那些事物。我看到了夜的黑，看到了黑之外的其他所有颜色。

夜晚的漆黑表情下，有着说不清的五颜六色。

不管这个世界已经发生了什么，正在怎样改变，我依然有感动，依然会在某个独处的时候热泪盈眶。

内　与　外

　　爬满绿色植物的铁栏杆，将生活分割成了内外两个世界。我不在里面，也不在外面，我看到了距离，看到了神秘和美好。

　　因为一面镜子的折射，让一个专注的拍摄者成为别人镜头里的另一种存在。在众多的视角中，我只是看到了我所看到的。

　　天空是有纹路的。爬满绿色植物的铁栏杆将生活分割成了内外两个世界，我不在里面也不在外面，我想知道的是，一个拍摄者与一个日常居住者所看到的，究竟有什么不同？有些思考，是日常的，就像盐消融在食物里。不经意间的凭栏远眺，被你看见。我并不知道你的"看见"，远眺对我来说没有丝毫浪漫，我所看到的，是永远看不到头的空茫。

　　从静物里感受蓬勃的生命力，从沉默中听到巨大的喧哗，从看不清的远方寻找一个熟悉的踪影，我的信仰如此固执。天空是所有这一切的底色；因为天空的存在，一个人的内心变得辽阔和安宁。不要说什么星月相伴，也不要说什么祝福与蓝天同在，我看到身边的模糊平台，暂时的栖息地，我把所有梦想都寄托在一匹马上。一匹马，在蓝天里，在阳光下，展开骄傲的翅膀。一匹马的翅膀，让整个天空有了神采；一道漂亮的弧线，像是在空中开辟的一条新路。作为一个词语，"天马"与"行空"之间的内在关联，不必阐释，任何阐释者都无法穷尽其中的深意。而我，只是一个旁观者，我看到了我所看到的。仅此而已。

　　可是，这样的一匹马，近在眼前又远在天边。这样的一匹马，需要我聚精会神才可以看见。

有什么，能够安放一颗心？有什么，能让一颗心从此安宁？

你所看到的，只是他的无动于衷。这个人内心的犹疑和力量，你看不到，别人也看不到，他经历了彻夜波澜，在走向人群的这个早晨，平静如一缕阳光。

我们曾经围着那个院落走过了一天又一天。白玉兰开了又落。桑葚紫了，然后落了。我们朝夕相处，然后离别。在那个院落，我们以散步的姿态走出一个阔大的世界，文学是我们相识和相知的唯一语言。有些气息早已沁入身体，成为淌在血液里的一种质素。有时候我在午夜独自下楼，绕着院墙走来走去，墙角的花草静谧，我比星星更遥远也更孤独。

活在这个正常的现实，我们都是有"病"的人。阳光下，行尸走肉们在比赛跑步，跳高，他们东张西望的表情，虚张声势的姿态，让我有一种不适感。我想回到我该在的地方，不管做一些什么，或者不做什么，都要与自己相伴。在别处的体验已经足够，我想回归我自己，待在一个不为人知的地方，从容地写，对得住我所写下的每一个字。

消　失

　　本来以为，一些事物在内心会一直珍藏下去，穿越时光，穿越距离，穿越所有的障碍。表达并不需要刻意留痕。那些不需要表达也不必沟通就可达成的默契和理解，我一直留存着。岁月沧桑。我珍惜我的始终不够成熟的那一面。

　　这人世间巨大的轻，让我体味到了什么才是不堪重负。

　　并不是所有的善意都将获得理解。在"恶"盛行的年代，"善"该如何坚守和自保？被误读的时候，我才更深刻地意识到那个真实自我的存在。他是无辜的。

　　我一直待在屋里，外面的喧嚣从来就没有消停，它们再精彩，也是与我无关的。外面沙尘漫天，我的世界依然容不得一粒沙子。已经有太多东西强加到了我的身上，就像一些水，从每一个缝隙里渗透和灌进内心。我的所谓自由，不过是在一片浊水中的泅渡，长久地潜水，以及偶尔的呛水，时常在我的身上发生。那些站在岸边的指点与展望，让我感到了彼岸的并不美好。

　　也许是与己无关的。也许是我们并不熟知。我一直在努力地理解天地万物，包括并不熟悉的你和你们。那些在我生命中曾经出现的人与事，我将记住，一些美好，一些遗憾，一些永远不必说出口的解释。

　　解释是多余的。我不曾奢望永久的理解。面对消失，理解是有意义的吗？

　　病痛是理解人生的一个切口。自从亲眼看见了亲人的死去，我才真

235

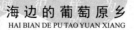

正理解了什么是消失。在这世间，我们都是终将消失的人，所有努力，不过是徒劳的挣扎。

我们甚至从来就不曾拥有过任何的物事，包括自己。

一些事，我将记住；还有一些事，我将遗忘。就像终有一天，我也将被你们遗忘一样。回望来时路，我一直活在一种惯性里，不喜欢打扰别人，也不喜欢被别人打扰。似乎总有做不完的事情，每天都陷在无法掌控的节奏里。我曾在私下里跟朋友说过，谁打扰我的时间，谁就是我的敌人；我也曾在博客里贴出了"谢绝一切外界事务"的声明。这个决绝的态度，在他们看来显然是不够明智的。我不想融入什么。我只想成为一个自主和自尊的人。在一条并不宽阔的路上，太多的人在拥挤、奔跑，身心俱疲。

我将走下去，不再像个孩子，以纯真的眼光打量这世界；我将怜惜自己，在热爱万物之前，首先做到的是爱自己；我将信任自己，在质疑和追问长路之后，坚定地相信自己的选择，相信双脚对于长路的不懈叩问。

而我的疲惫，我的疑惑，我的所谓信仰，也终将伴随着那些消失而消失。我写下它们，就像黎明时分握在手里的半句梦呓。

失　语

　　不想说话。不想做任何的解释。我曾说过的很多话，不是在表达内心，也不是在陈述事实，而是在做出这样或那样的解释。这个世界真的需要那么多的解释吗？

　　那些被说出的话，并没有让我内心变得通畅，反而更加堵塞起来，以至于让我时时有了窒息的感觉。我没有心力，去做更多的事。我没有心力，去关心更多的事。我没有心力，去反对更多的事。我想做的，仅仅是顺其自然，随遇而安。

　　向自己挑战了这么多年，我开始与自己和解。一个人与整个世界的和解，不过是一个人与自己的和解，所有的外部冲突其实都是内心的一种反映和表达。世界在我的眼里从此有了新的变化。以前我一直以为，一个人靠毅力是可以成就一番事业的，毅力就像电光，它可以照亮前路，虽然它并不比一条路更为长远。沿着光走下去，在路的尽头，我们将邂逅黑暗。

　　如今我早已无话可说，可是这个世界依然在滔滔不绝，绘声绘色。那些最真实的和最值得珍藏的事物，一直躲在最大的沉默里。我曾经那么热衷于表达，那时我还年轻，还相信一个人跟世界和他人之间的沟通。其实，很多的隔膜，恰恰是在沟通的过程中产生的。

　　天空飞过雁群，好似拥有记忆之前的记忆。那些真正值得珍惜的，我一直留在心里，就像一些从未说出口的话。我所写下的文字，原本是想留在路边当作标识的，可是我把它们放进了行囊，一直背在肩上，风

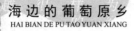

雨兼程。我给这条路留下的，仅仅是一个背影。

一些隐藏在词语间的秘密，在行走中渐次浮现。而我对一个简单事实的理解，竟然需要这么多年。倘若，我在出发前就理解了这份隐秘表达，那么我对远方的乐观，对跋涉的自信，必会轰然倒塌。我将成为自己的废墟。我将在废墟中永远消沉下去。

也曾看重理解，也曾希望勤苦的案头劳动得到别人的尊重。现实一次又一次告诉我这是不可能的，我对理解的奢望恰恰成为被别人误解的切口。

一只气球对天空的梦想，只需在一根针面前，就彻底破裂。

向内的力量

　　因为过度忙碌，我常常陷入无所事事的状态。这个矛盾的逻辑，这样截然相反的局面同时发生在我的身上，似乎并不需要任何理由，我就给了自己最充分的理由。比如此刻，我在网上博客里闲逛，熟悉的，或者不熟悉的；有趣的，或者无聊的，我都在看，一个接一个地看，乐此不疲。我不停地猜想，在网络上写下这些文字的人，该是什么样子？我对我的这种生命状态很不满意，有太多的事需要去做，有太多的书需要去读，而我竟然在以这种方式浪费时光。

　　我希望自己有一种向内的力。至于它的外在表现形式，那是另一回事。在这尘世，我们都是无力的人。有些想法，有些抱负，都随时光远去了。我想做的，只剩下具体的事务，即使对于写作，我也日渐平淡，把力气用在写好每一篇具体的文章上。我不知道这些文章会构成一种怎样的精神面貌，我只知道每一篇文章都是一些日子，抑或一段人生，我在其中倾注了最真诚的爱。当我坐在书桌前，一整天没被任何人与事打扰，我常会感动得落泪。我说不出为什么感动，也说不出该感谢谁，那些不该忘记的事，我一直记在心里；那些美好的人，我从来都心怀尊敬。很多所谓精辟地表达，其实并没有预先构想，它们来自惯性——语言的，或者书写的惯性。它们在我的内心一定涌动了很久。

　　在我这里，生活中所有事物都是通向写作的。而另一些情绪，从写作出发，向着别处渗透，奔流。我始终分不清缤纷和缭乱之间的界限。汹涌的思考，节制的表达，我并不知道这个世界的更多，我仅仅是写下

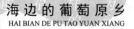

了我所见到的，以及我所想到的并且自以为真实的那一部分。我时常告诫自己，不能仅仅满足于记录亲见和亲历的"真实"，那样容易造成先天局限，应该让它们成为酵母，抵达更多和更大的真实。不要说什么融入这个时代，很多人一生其实都活在自己的表层，忙碌在自己的心灵之外，他们从来不曾真正地深入到自己的内心，与自己对话。

那些不可控的，亦是我曾寄予了深切期待的。

时光飞逝。而我想过的，是一种慢生活。我从来不以为散步仅仅是在锻炼身体，就像我从来没有以为写作仅仅是兴趣爱好一样。

我想让我的散步成为真正意义上的散步。

我一直在试图通过写作梳理自己，却一直没有得到彻底梳理。后来我才明白，这种梳理的目的并不在于整然有序，而是让自己在面对芜杂与慌乱的时候，能够最大限度地保持内心平和。我做了自己所能做到的，接下来应该面对自己该面对的。

一 种 劳 作

重读十年前写下的文字，我有恍若隔世之感。那些尚有血性的旧文像是一面镜子，我看到了自己的改变。是啊，我改变了许多，虽然我一直坚信自己的定力，我对被改变的这个自己，有一种陌生感。一直以来我最担心的是，我的业余生活规则，我的内心秩序，被别人不经意间以热情的方式破坏。就像工作，我不惧怕忙碌，但我惧怕那些无休止的琐事会将我的思维分裂和固化。我爱我的思考，这让我觉得生命和生活还算是一件有意义的事。

当前的困惑在于，越来越知道该写什么了，却越来越不知道该怎么写了。对于每一次写作，我一方面希望透支所有积累和想象，另一方面又担心因为用力过猛而带有这样或那样的倾向，我的所有文字几乎都是在这样的矛盾和冲突中写下的。我忠诚地完成了对自我的透支。当我从一篇又一篇文章终结的地方再次出发，投入到新一轮透支之后，我渐渐明白，所谓透支，其实是一种更加有效的储备和积累。

那段最苦闷的日子，我开始动笔写作那部书稿，对我所生活的这座城市进行整体思考。热情与冷漠同时出现。我在冷暖之中，用文字呈现自己的思考。所谓思考，其实不过是日常工作中被废弃的观点，它们无法融入看似郑重的公文之中。我以不甘的方式写下它们，这是命定的存在。我必须承认，写得并不顺畅，因为过度劳累，右手一直在抖，抖得让人心生恐惧和担忧。这样糟糕的状态怎么可能写出满意的文字？内心的感受其实是更糟糕的。没有人会理解。也不需要任何人的所谓理解。

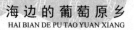
停顿。也曾想放弃，或者继续搁置。我试图说服自己。更多的时候，我想给自己的停步找寻一个理由。我一次次地告诉自己，应该断绝这样的想法，先一路写下去，哪怕写一个并不满意的，有着诸多缺陷的初稿也好。那些汉字已被轮奸多少次了，如今仍然在被轮奸着。我想让它们在我的笔下疗伤，恢复它们本来的面目。如果可能，我会尽最大努力，为它们添加一些钙质。

文字世界里的钙质，越发显出了现实世界的贫乏和脆弱。

写一部永远不能出版的书，这是我的梦想。我会把它放进抽屉，在夜深人静时打开，就像打开一段尘封的岁月。这本书的价值，正在于它对流通的拒绝，在于它仅仅属于我一个人。

而在写作中，我并不是一个多么自信的人，我对我的书写始终充满了犹疑。我珍惜这份犹疑，它意味着我不想放弃更多的可能性，不想让所谓的成熟风格阻遏其他本来应该发生的艺术可能，我希望我是悬在"空中"而不是落到了"地面"——在我对"地面"缺少足够的清醒认知和理性把握之前，我希望自己尽可能迟缓一点落到"地面"。这份不合时宜的固执，是因为那些现实的物事不但没能动摇我对写作的爱，反而更加让我相信在所有的存在之中，写作是最让我心安的选择，甚至，它是唯一让我真正心安的一件事。

我所需要做的就是静静地等待

　　这段最为惶惑的日子，我并没有像以往那样写进日记。我想把这些事情留在心里，在将来，可能永远记住，也可能永远地忘记。不管怎样，它们只是属于我，并不打算与任何人分享。这段日子，我更深切地体会到了什么是度日如年，我在一个人的房间，猜测种种的可能性。我是所有逻辑的起点，也是所有逻辑的终点，我在这个闭合的想象空间里，试图容下巨大无边的现实。我想到了种种的可能性。我多么想与外界通个电话，多想知道外界的消息，可是我不能。我知道那样于事无补，甚至会增添一些意想不到的麻烦。我所需要做的，就是静静地等待。

　　我在等待一个结果。那个结果无论看上去是否与我有关，其实都是与我有关的。我在等待那样的一个结果，就像在等待另一个我。我和另一个我将在某个特定的时间相认，并且相爱和相互理解。

　　现实比我想象得更为复杂。我本来是不屑的。但是一件又一件具体的事，让我的不屑心态转变成了加倍的在意。我所在意的，并不是我真正在意的。我的内心其实并没有安置那些事物的位置。可是我依然在追求它们，担心它们的失去。

　　想做的事与该做的事，从来都是纠缠在一起的。我试图区分它们，常常感到无能为力。我把自己撕裂成了若干碎片，用来应对现实中的所有碎片。我觉得我应该与我所知道的所有现实都具有某种对应关系，这个巨大的错误引领我在歧路上越走越远。

　　太多的信息像风一样汇聚而来，它们沉淀成了一块巨石，压在我的

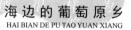

心头。等待的日子不再轻松。我虚构了若干的可能性，并且给每一种可能性都找寻相关的现实依据，一个眼神，一句话，一个日子的某个时刻，都成为支撑那个虚无的底盘。有时置身其中，有时游离其外，打量它们，就像打量我自己。

我想做的，仅仅是成为我自己。不需要别人的衬托，也不想让别人成为自己的负累，我只愿接受值得我接受的那一部分。这么多年来，我似乎一直在委曲求全，活在别人的目光中，虚掷了最好的年华。我把我的青春岁月，抵押给了巨大的虚无。黑夜退去。一只看不见的手，将罩在我身上的幕布掀起了一角，一丝光亮被我看见。这座城市睡眼惺忪。失眠的人，还有赶夜路的人，与我擦肩而过。

有些结果，并不需要追求和寻找。我所需要做的，就是静静地等待；我所能做的，其实也只有静静地等待。这是一种状态，更是一种态度。我对这样的一个我，有时是满意的，有时是不满意的。

日子一天天地过去。不管轻松还是沉重，没有一个日子因为我的心绪而变快或变慢。日子一如既往。我像昨天一样，迎接明天的到来，却不知道今天该在哪里。

那些被说出的

那些我所写下的，大多让我感到心安；那些我所说出的，却时常让我不安。尤其是在酒醉或冲动的时候，我所说下的那些超越现实常规的话，总是为我带来现实困扰，总是让我在酒醒之后深深地谴责和后悔。写与说，两种冲动的表达方式，给予我的却是截然不同的心态。

是我过于追求完美了。是我一直在小心翼翼地保护着自己。这些心思，其实来自巨大的不安全感。在很多人看来，我活得多么滋润，所谓光环，所谓精神，所谓优越感，同时集中在一个人的身上。现实并不是它所表现出来的那个样子；就像人，并不仅仅是你的眼睛所看到的那样。

冲动的时候，就闭嘴吧。这是给自己减少麻烦的最好方式。在无法把握的人生中，这是可以自我把握的。

我时常想，交流是必需的吗？每天的交流，有多少是有效的？又有多少是没有被误解的？在这人世间，我已经说了太多的话，那些最让我心安和值得回味的，却是自己与自己的交流，是一个人面壁时的自语。我曾经那么热切地向往所谓交流，向往从封闭的环境里走出来，面对更多的人与更多的可能性；我曾经那么孤独地抗拒孤独，期待从交流中寻找勇气和力量。如今我变了，终于变了。

在一些本该沉默的地方，我努力让自己的话语表达变得客观、准确和完美，它们被说出的时候，却只是我所想象的一部分。而这一部分中，能被真正理解的，也只是更为微小的一部分。话语在被说出与被听到之间，有一段遥远的遍布了损耗和篡改的距离。我不想成为一个漠视这段

距离的言说者，很多言说的意义，恰恰在于对这段距离的抗拒和征服。它最大限度地克服了被损耗和被篡改，携着言说者的理性抵达它该抵达的那个地方。

我们在高谈阔论，说一些心不在焉的废话。不触及矛盾的根本，这是我们之所以能够一直坦然对话的前提，太多所谓对话，不过是为了共同维护一个心照不宣的谎言。我们已经在谎言里陷得太深太久，以至于忘记了很多事物的本来样子，把虚幻视为真实，把缺陷看成完美，把谬误当作真理，在日复一日的重复表演中，忘记了演员的身份。

他们只看重他们所看重的那部分。他们只想收获他们想收获的那部分。而我所看重的和我想收获的，却成为空无，成为一个可有可无的附件。这与我所理解的尊重与认同，并不一致。

在人与人之间的交往和交流中，我看到了那个更为巨大的社会现实。巨大的现实，被切割成了碎片状态，在日常生活中真实可触。

通过写作的方式，打开自己。我看到了在此刻之前让我感到陌生的自己。是这样的。

所谓人生如戏，戏如人生。

斩断一些想法，同时也更加坚定一些想法。

自己的院落

　　我一直觉得我的写作就像父亲在田地里的劳作一样。这样的想法让我忽略了日常生活中的体力劳动，每日伏在书桌前劳动，我以为我就是一个劳动者。

　　刨地。种菜。摆弄一个院子。整整一个下午。这样的劳动，让我放弃了那些纠结，变得心地坦然。在这座小城里，一个院子，就带来了另一种生活。

　　这是童年的生活。我在高楼下，试图恢复一种童年的生活。我不想再继续四处张望，我只想弯腰面对脚下的土地。我的梦想从此不是在远方。我的梦想是在自己站立的土地上，种点花，种点草，种点蔬菜，搭建一方属于自己的空间。在这里，我可以建立属于自己的逻辑，可以在季节之外面对属于自己的阴晴冷暖。

　　在院子里的劳动让我的肉身感到疲累。疲累的肉身让我感到踏实。此前我的情绪一直是飞扬的。我总觉得我的意义，以及生活和生命的意义，是在别处的。我似乎从来没有沉下心来亲近脚下的土地。包括我的童年和少年时代，与父母在田地里劳作，我也从来没有用心投入，以至于现在竟然对节气和庄稼播种收获几乎没有什么概念。

　　把一方土地平整好了，然后播种、浇水，等待种子发芽。一粒种子破土而出，它所带给我的喜悦，胜过了整个春天，因为这粒种子的成长是与我有关的，它的成长带着我的个人的劳动和期待。劳动让我重新发现季节，发现脚下的土地，也重新发现我自己。我以这种方式度过的那

些时光，给了我不同于书房里的体验。我一直以为精神生活的丰富可以弥补现实的匮乏，我一直以为我应该是那样的而不是这样的，我一直以为我的此生的劳动更应该是在书桌前。面对土地，我感到前所未有的安宁。这是中年的心境吗？

不再心比天高，不再渴望浪迹天涯。我只希望守护这个小小的院落，耕耘这个小小的院子，陪伴这个小小的院子，在这个过程中，我也被这个小小的院子守护、耕耘和陪伴，发现另一个自己。

另一个自己，也是本然的自己。这些年来，我一直在按照别人的要求来塑造自己。我把我自己塑造成了别人所期望的那个样子，却忘记了我是谁，我想去到哪里？

劳动在这个小小的院子里，面对属于自己的一方小小的土地，我感到安宁，不再渴望飞翔，不再憧憬远方的世界。我想让自己长成一株庄稼的样子。仅此而已。

图书在版编目（CIP）数据

海边的葡萄原乡 / 王月鹏著. -- 北京 ： 中国文史
出版社，2019.11
　ISBN 978-7-5205-1399-9

　Ⅰ．①海… Ⅱ．①王… Ⅲ．①散文集－中国－当代
Ⅳ．①I267

中国版本图书馆 CIP 数据核字（2019）第 245025 号

责任编辑：全秋生

出版发行：中国文史出版社
地　　址：北京市海淀区西八里庄路 69 号　　邮编：100142
电　　话：010－81136602　　81136603　　81136606 （发行部）
传　　真：010－81136655
印　　装：北京温林源印刷有限公司
经　　销：全国新华书店
开　　本：787×1092　　1/16
印　　张：16　　字数：248 千字
版　　次：2020 年 1 月北京第 1 版
印　　次：2020 年 1 月第 1 次印刷
定　　价：49.80 元